어학연수 때려치우고
세계를 품다

KI신서 1244

말문이 터지고 세상이 보이는 385일 배낭여행

어학연수 때려치우고 세계를 품다

1판 1쇄 발행 | 2007년 12월 5일
1판 5쇄 발행 | 2008년 6월 5일

글 · 사진 | 김성용 **펴낸이** | 김영곤 **펴낸곳** | (주)북이십일 21세기북스
기획 | 서지연 **편집** | 박혜란 **디자인** | 박선향 김정인 **마케팅** | 주명석 **영업** | 최창규
출판등록 | 2000년 5월 6일 제10호-1965호
주소 | (우:413-756)경기도 파주시 교하읍 문발리 파주출판단지 518-3
대표전화 | 031-955-2100 **팩스** | 031-955-2151 **이메일** | book21@book21.co.kr
홈페이지 | www.book21.co.kr **커뮤니티** | cafe.naver.com/21cbook

값 13,800원
ISBN 978-89-509-1303-8   03810

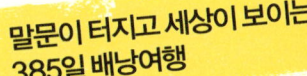

말문이 터지고 세상이 보이는
385일 배낭여행

어학연수
때려치우고
세계를 품다

글·사진|김성용

21세기북스

언어의 감옥에서 탈출하다

기호학 얘기로 시작해 보자. 기표와 기의로 인식된 언어는 의미화 과정을 거쳐 개개인에게 인지된다. 쉽게 말해 '똥'이란 기표는 '배설물'이란 기의와 만나고 이는 다시 '더러운 것'이란 의미화 과정을 거쳐 사람들에게 인식된다. '세계 일주'라는 단어는 어떠한가? 이 기표의 기의는 말 그대로 '세계 이곳저곳을 여행하는 것'이지만 흔히 '비싸다'와 '꼭 한번 해보고 싶다'는 이항대립적인 의미화 과정을 거쳐 사람들은 세계 일주를 '꼭 한번 해보고는 싶지만 비싼 것'이라고 생각한다. 거기에 '여행=노는 것'이란 사회 통념이 가해져 세계 일주는 '돈지랄'로 치부되는 경향이 짙다. 따라서 일반인들, 특히나 대학생들에겐 언감생심이다. 이렇게 시나브로 사람들은 언어의 감옥에 갇혀버려 세계 일주는 나 아닌 '누군가'가 하는 것이라 치부해 버리고 만다.

반면에 어학연수는 어떠한가? '영어권 나라에 머물며 영어 능력을 향상시키는 것'이 기의라면 '취업 대란에 휘둘린 대학생들은 반드시 다녀와 이력서에 남겨야 할 한 줄'이 한국 대학생들이 체화한 의미화 과정의 산물이다. 그리하여 세계 일주와 어학연수의 차이점은 그것이 돈지랄이냐 영어 공부냐로 일축되어 대부분의 대학생들은 여행이 아닌 어학연수를 떠난다. 여행에 투자하고도 남을 그 어마어마한 돈을 고작 영어 공부 하나에 퍼붓는 한국 대학가의 현실. 참으로 통탄할 일이다. 어차피 주어진 돈과 시간이면 어학연수 말고 여행을 떠날 수 있거늘 왜 그다지도 한국 대학생들은 어학연수에 집착하는 것일까? 여행이 공부라는 생각은 못해서일까? 아니면 어학연수는 돈지랄이라고 폄하하는 이가 아무도 없어서일까? 어학연수를 떠나는 이에겐 "공부 열심히 하고 와라" 손짓하면서, 여행을 떠나는 이에게는 "외화 좀 그만 탕진하시지?"라며 손가락질하는 한국 사회. 이해할 수 없다.

이 책을 통해 언어의 감옥에 갇혀버린 세계 일주의 빗장을 열어젖혀 한국 사회에 만연한 통념을 깨뜨리려는 기가 찬 생각을 품었다. 나는 1년여의 시간 동안 세계 일주는 하지 못했다. 다만 지구 한 바퀴를 돌고 왔을 뿐이다. 밖에 나가보니 세계는 엄청 컸다. 고작 1년여의 여행만으로 세계 일주 운운하는 것은 가당찮다. 그래도 지구 한 바퀴 돌아온 것은 사실이기에 난 내 385일의 여행을 '지구 한 바퀴 여행'이라 스스로 명명했다.

이 책의 무게는 385일 동안 24개국을 떠돌며 성장한 내 자아의 그것이다. 하지만 이 책을 붙잡고 나의 여행에 동참한 이가 뛰는 가슴을 주체 못해 여행을 떠나기로 마음먹었다면 이 책의 무게는 배가 된다. 나의 지구 한 바퀴 여행 이야기를 통해 단 한 명이라도 피가 끓어 올라 심장이 터질 듯한 그 젊은 박동 소리를 듣는다면 난 그걸로 족하다.

— *Simpson*

contents

385일 지구 한바퀴 여정

- 벨기에
- 영국
- 네덜란드
- 체코
- 오스트리아
- 프랑스
- 헝가리
- 스페인
- 독일
- 터키
- 이태리
- 레바논
- 이집트
- 수단
- 케냐

❶한국(2006.7.26) → ❷터키(2006.7.26~8.24) → ❸한국 → ❹미국(2006.9.2~2006.12.27) →
❺콜롬비아(2006.12.27~2007.1.10) → ❻페루(2007.1.10~2.8) → ❼아르헨티나(2007.2.8~2.13) →
❽브라질(2007.2.13~2.25) → ❾볼리비아(2007.2.25~3.11) → ❿페루(2007.3.11~3.17) →
⓫에콰도르(2007.3.17~3.25) → ⓬콜롬비아(2007.3.25~4.3) → ⓭베네수엘라(2007.4.3~4.8) →
⓮쿠바(2007.4.8~4.26) → ⓯스페인(2007.4.26~5.10) → ⓰프랑스(2007.5.10~5.24) →

한국

미국

쿠바

베네수엘라

콜롬비아

에콰도르

페루

볼리비아

브라질

아르헨티나

⑰ 영국(2007.5.24~5.31) → ⑱ 네덜란드(2007.5.31~6.3) → ⑲ 벨기에(2007.6.3~6.5) →
⑳ 독일(2007.6.5~6.11) → ㉑ 체코(2007.6.11~6.13) → ㉒ 오스트리아(2007.6.13~6.15) →
㉓ 헝가리(2007.6.15~6.17) → ㉔ 이태리(2007.6.17~7.11) → ㉕ 레바논(2007.7.11~7.12) →
㉖ 이집트(2007.7.12~7.24) → ㉗ 수단(2007.7.24~8.5) → ㉘ 케냐(2007.8.5~8.22)

어학연수 때려치우다

out of
korea

원래는 어학연수였다

대부분의 대학생이 그렇듯 나 역시 장기간 외국 생활을 해보고 싶다는 동경 비슷한 것이 있었다. 그러나 어학연수만큼은 가기 싫었다. 대부분의 대학생들이 본격적으로 취업 전선에 뛰어들기 전 영어 능력 좀 향상시키고자 하는 마음으로 가뿐하게 떠나는 게 어학연수라 생각했다. 현재 대학가에서 어학연수는 그저 한 번 다녀와야 하는 통과의례쯤으로 여겨진다.

사실 그보다도 어학연수가 영어 실력의 획기적인 도약을 가능케 하리라는 기대도 없었다. 처음 두세 달은 극도의 정신력으로 영어 공부에 매진하다가 이내 마음 맞는 한국 친구들과 어울려 노는 데 익숙해져 간다는 것이 어학연수 경험자들의 말이었으니까.

그리고 어학 공부를 위한 환경 역시 비록 영어권 국가에 나가 있을지언정 한국에 있는 외국어 학원과 다를 바가 없다고 생각했다. 상식적으로 생각해 보라. 영어를 배우러 온 이들이 모인 어학원에 원어민이 있을 턱이 없다. 오직 원어민 교사 한 명만이 오리지널 발음과 억양을 선보인다.

영어를 배울 때는 원어민이 구사하는 영어를 듣고 따라하는 것이 중요하건만 어학원에서 할 수 있는 일이라곤 일본, 중국, 한국 등지의 아시아계 학생과 유럽, 남미권 학생들이 서로 마주 앉아 고만고만한 영어를 주고받는 것이 전부다.

그리고 수업이 끝나자마자 한국인들을 만나 서툰 영어로 쌓였던 답답함을 한국어로 푼다. 실제로 어학연수 중에 있던 한 친구는 이렇게 말했다.

"영어는 늘지 않고, 한국어만 뒷걸음질 치는 것 같아."

물론 영어권 나라에 나가면 지천에 널린 게 원어민이다. 그래서 수업 시간 외에도 원어민과 쉽사리 어울리며 영어를 쓸 수 있을 거라 생각할 수 있다. 그러나 길거리의 원어민은 결코 말하는 기계가 아니다. 지나가는 사람 붙잡고서 "자! 이제부터 나와 영어로 대화해 보자!" 백날 부탁해 봐야 씨알도 안 먹힌다. 간단한 대화, "안녕", "몇 시예요", "어디에 뭐가 뭐가 있나요" 따위의 말이야 그들과 주고받을 수 있다. 한데 그건 대화가 아니지 않은가? 그리고 그런 말은 한국에 있는 외국어 학원에서도 얼마든지 주고받는 것이 아닌가.

고작 언어 하나 배우자고 한 달에 100만 원을 육박하는 수강료를 지불하는 것도 이해할 수 없었다. 미국, 영국, 캐나다, 호주 등등 이미 잘먹고 잘사는 영어권 나라에 그 어마어마한 외화를 퍼다 준다는 게 너무 배알 꼴렸다. 그렇게 "어학연수는 내 젊음에 대한 모욕이야!" 다짐하며 다른 방법으로 외국의 정취를 만끽할 방법을 모색했다.

그럴 즈음, 친한 친구 녀석이 SDaS(School for Designing a Society)라는 미국 학교를 알려주었다(이 학교에 대해선 뒤에 자세히 설명하겠다). 한국말로 굳이 말하자면 '틀 깸 단체' 정도쯤 되는 NGO 단체다. 이미 2개월간 그 학교에서 수업을 듣고 온 친구의 말을 들으니 마음이 동했다. 일단 학교 이름이 너무 마음에 들었다.

"사회를 디자인하다."

그리고 이 학교가 공식 교육기관이 아니라는 점이 흥미로웠다. 제도권에서 벗어난 '삐딱한' 교육을 받을 수 있다는 뜻이니 말이다. 25년간 받아온 정식 교과에 질린 나로선 달콤한 유혹이 아닐 수 없었다. 그리고 무엇보다 미국인 교수가 미국인 학생을 대상으로 수업을 진행한다는 점이 가장 끌렸다. 이는 영어에 휘감겨 지낼 수 있는 최적의 조건이 아닌가? 그곳에서 개설하는 수업을 들으면서 자연스레 영어도 익히고 사회에 대해 색다른 시선도 가져보면 일석삼사조가 되겠구나 싶었다.

한데 문제는 미국 비자였다. 이 단체는 정식 교육단체가 아닌지라 I-20가 발급되지 않아 학생 비자를 받을 수 없었다. 그렇다면 관광 비자로 입국해야 한다는 말인데 그럴 경우 최대 6개월까지만 체류가 가능하다. 그러나 SDaS 수업은 방학까지 포함하여 9개월은 체류해야 두 학기 모두를 이수할 수 있다. 물론 SDaS의 첫 3개월 과정의 수업만 마친 후 몇 개월 미국 여행하다가 귀국하면 아무 문제가 없다. 그렇지만 이 학교의 수업 내용이 너무 매력적이어서 이왕이면 두 학기 모두를 이수하고 싶었다.

인터넷에서 손품 팔고 유학원에다 발품을 판 끝에 한 가지 묘책을 찾아냈다. 방법인즉슨 SDaS 외에 정식 어학원에도 등록을 하여 I-20를 발급받아 학생 비자를 취득하고 동시에 관광 비자도 취득한다는 것이었다. 유학원의 말에 따르면 관광 비자와 학생 비자를 동시에 취득할 수 있다고 했다. 처음 미국에 입국할 때는 관광 비자를 제시하고 3개월간 SDaS

1학기 과정을 마친 후 캐나다로 출국하여 한 달여를 보낸 뒤 다시 SDaS 2학기가 시작할 즈음에 학생 비자로 미국에 재입국한다는 계획이었다. 참 비생산적이긴 했다. 이렇게 하면 필요 없는 어학원 등록비가 추가로 지출된다. 무엇보다 절차가 너무 복잡했다. 하지만 이런 손해를 감수하면서라도 SDaS의 수업은 꼭 듣고 싶었다. 그리고 이것이 유일한 방법이었다.

결국 이 계획에 맞추어 유학원의 도움으로 수속 절차를 밟아갔고 결국은 마지막 단계인 학생 비자 인터뷰를 열흘 앞두게 되었다. 그렇게 발버둥 쳤건만 결국 지나고 보니 나 역시 어학연수를 가는 그저 그런 한 명의 대학생에 지나지 않았다. 참 씁쓸했다. 나 역시 별 수 없구나 싶었다.

극적인 막판 뒤집기

미국행과는 별도로 터키 워크캠프 참가가 확정되어 있던 나는 유네스코에서 주최하는 워크캠프 관련 워크숍에 참석했다. 그리고 거기서 인생을 뒤흔들어놓을 사건을 만났다. 작년 캠프 참가자가 자신의 캠프 경험담을 PPT로 발표하는 시간에 만난 이름 모를 여대생. 그녀는 6개월간 여덟 개의 워크캠프를 참가하며 유럽 곳곳을 여행했던 자신의 경험을 감흥에 벅차올라 발표했다.

"유럽에 있었던 반년이란 시간이 제겐 정말 꿈 같은 나날들이었습니다. 여러분 앞에서 그 시간을 보여드리기 위해 그때 찍었던 사진들을 들추어보다 보니 또다시 여행을 떠나 온 것 같아서 너무 행복했습니다. 이런 소중한 시간을 허락해 주셔서 너무도 감사드립니다."

그녀는 울먹였고 난 순간 숨이 멎어들었다. 그녀가 여행하며 받았을 감동이 나에게까지 전달되면서 무언가 강력한 충격이 뒤통수를 강타했다.

"워크캠프 여행?"

가슴 깊숙한 곳에서 정체 모를 무언가가 꿈틀대는 느낌, 머리가 따뜻해지면서 "이거다!" 싶은 흥분이 온몸을 감싸 돌았다. 이곳저곳을 떠돌며 여행을 겸해 자원봉사를 한다는 것이 노마드적인 동시에 참으로 건강한 발상으로 다가왔다. 그리고 무엇보다 자원봉사로 돌아다니니 돈 들 일이 거의 없잖은가? 개안의 느낌. 터키 워크캠프 후 계획되어 있던 어학연수가 시시해졌다. 우연히 이상형을 스쳐 지나친 뒤 지금의 여자 친구를 바라볼 때의 그 묘한 기분이랄까? 미국만 바라보던 시각도 좀 더 확장되었다. 어차피 자포자기 심정으로 결정된 어학연수였기에 너무도 단호히 내던졌다.

"어학연수! 때려치우자!"

그러나 신중에 신중을 기해야 했다. 실질적으로 어학연수를 2개월 남긴 시점인 데다가 학생 비자 인터뷰가 열흘 뒤에 잡혀 있는 상황이었다.

'한때의 치기가 아닐까?'

그냥 남들이 가듯이 조용히 어학연수 가는 게 안전할 것 같은 생각에 좀 더 신중히 재고해 보기로 했다. 여행을 하면 내가 무엇을 얻을 수 있을까? 영어는 생존을 위해 사용할 테니 자연스레 늘 것이고 적어도 어학연수보다 다양한 경험을 할 수 있겠단 생각이 들었다. 그리고 무엇보다 여행이라는 미지수를 두면 전혀 예상치 못한 엄청난 것들을 얻을 수 있을 거란 묘한 도박성이 날 사로잡았다. 예측 불허란 무한 가능성의 다른 이름일 테니 말이다. 반면에 내가 어학연수를 통해 무엇을 얻을 것인가 생각해 보았다. 답은 간단했다. 조금은 향상된 영어, 학원에서 알게 된 친구들. 더 이상 생각이 넓혀지지 않았다.

머리를 뒤흔들었던 워크숍을 마치고 돌아오는 길에 서점에 들렀다. 장기 워크캠프로 적합한 나라 혹은 대륙을 살펴나 보자는 심산이었다. 중고등학교 시절 지리부도에서 보던 세계 지도가 따로 판매되는 것에 놀라며 무심히 펼치는 순간, 난 지도 속으로 빨려들어갔다. 거기서 지금 막 영화 〈트루먼 쇼〉의 마지막 장면 촬영을 마친 트루먼을 만났다. 갇혀 있던 새장의 하늘 문을 열고 들어온 그는 다짜고짜 두 개의 알약을 보이며 내게 묻는다.

"빨간 알약을 먹을래, 파란 알약을 먹을래?"

하나의 점에 지나지 않을 정도로 작디 작은 대한민국을 보는 순간 여태껏 난 매트릭스 안에서 속아 살아왔다는 강한 배신감을 느꼈다. 이 세상에 이렇게 넓은 땅덩어리들이 펼쳐져 있건만 왜 여태껏 그 누구도 이 넓은 세계를 보여주지 않았을까, 왜 난 이 세계를 보지 않고 코딱지만한 나라 안에서 아등바등 살아왔나 하며 혼자 씩씩거렸다. 그리고 이 억울한 감흥은 갈팡지팡했던 나의 워크캠프 여행을 전 세계로 확장시켜 놓았고 강한 확신까지 심어주었다. 그리고 결심했다.

"난 지구 한 바퀴를 돌고 오겠다."

나와의 싸움은 끝났다. 남은 일은 부모님을 설득하는 것과 6개월간 차근차근 준비해 온 어학연수를 정리하는 일이었다. 부모님을 설득하기 위해서는 '어학 능력 향상'이라는 키를 집요하게 물고 늘어져야 했다. 다행히 전 세계적으로 워크캠프 내에서는 영어가 공식 언어이기에 여행보다는 워크캠프에 중점을 두어 부모님의 마음을 움직이기로 했다.

"저 어학연수 안 갈래요."

눈치만 보며 타이밍을 엿보고 있다가 겨우 끄집어낸 말이었다.

"무슨 소리야? 어학연수를 안 가다니? 그냥 바로 졸업하려고?"

"아니요, 어학연수 대신에 여행…… 아니 워크캠프로 여기저기 돌아다니면서 견문 좀 넓히고 싶어요."

"아니, 이게 갑자기 무슨 뜬구름 잡는 소리냐? 너 다음주에 학생 비자 인터뷰하지 않니?"

"그건 취소하면 돼요. 저 정말 생각 많이 했어요. 솔직히 어학원 가서 일본, 중국 애들하고 떠듬떠듬 영어로 떠드는 것보다 캠프장에서 영어권 애들하고 영어로 부대끼며 사는 게 어학 능력 향상에 더 좋을 거예요."

예상은 했지만 부모님이 썩 내켜하시지 않았다. 하지만 여기서 물러설 순 없었다.

"어학연수보다는 훨씬 더 값지고 엄청난 것을 경험할 거란 확신이 들어요. 그냥 눈 한번 딱 감으시고 제 말 믿어주세요. 어학연수를 가면 지출이지만 여행을 가면 투자가 되실 거예요."

한참을 말없이 계시던 아버지께서 입을 여셨다.

"네가 생각한 거 있잖니. 어디서 무슨 캠프를 할 거며 예산은 얼마나 드는지 등등의 것들을 기획안으로 만들어서 보여다오. 그거 보고 다시 얘기하자."

가능성은 열린 것이다. 구체적인 계획을 알려달라는 부모님의 말씀은 일단 아들의 계획을 긍정적으로 보고 계신다는 말일 거라 생각했다. 자신감에 차서 기획안 작성에 돌입했다. 어학 능력 향상 이외에 저렴한 캠프 비용 역시 설득 무기 중 하나였기에 이 부분에도 중점을 두었다. 준비

중이던 일리노이주립대학 부설 어학원은 15주에 수업료만 4000불을 요구했다. 그러나 워크캠프는 2주 캠프 기간 동안 숙식 포함해서 200불 정도만 지불하면 되었다.

하지만 워크캠프 이외의 여행 경비에 관한 예산 편성이 난제였다. 일단 가장 부담되는 것은 단연 비행기 요금이었다. 이 부분에서만 비용 절감이 된다면 다른 부분은 그렇게 문제될 게 없었다. 적게 먹고 불편하게 자면 숙식비는 절로 감소되니 말이다. 그러나 비행기 삯은 내 의지의 영역 밖이다.

하지만 다행히 인터넷에서 손품을 판 덕에 '원 월드 티켓'이란 괜찮은 세계 일주 상품을 발견했다. 쉽게 설명하자면 몇몇 항공사들이 제휴를 맺어 세계 일주 여행자들에게 저렴한 값(어디까지나 상대 가격이다)에 지구 한 바퀴를 돌게 해주는 것이었다. 물론 그에 따른 소소한 제약들이 규칙이란 미명하에 존재하지만 내겐 상당히 매력적인 상품이었다. 바로 원 월드 전문 여행사를 찾았다.

"원 월드로 지구 한 바퀴 돌까 하는데요."

이 말과 함께 나는 시끌벅적한 상담 창구가 아닌 여행사 이사님의 사무실에서 오붓이 상담을 받게 되었다. 역시 자본주의 사회다.

"근데 혹시 학생이세요?"

이사님의 첫 질문. 그다지 상큼한 질문이 아니었기에 불편한 기색을 드러내며 그렇다 했다.

"학생이시면 굳이 원 월드로 갈 이유가 없는데요. 더 싸게 가실 수 있어요."

오잉? 이게 웬 떡이냐? 더 싼 가격에 세계를 돌 수 있다고 하신다.

ISIC(국제학생증) 소지자에 한해 학생 할인이 적용되는 STA 티켓을 이용하면 원 월드보다 저렴한 가격에 지구 한 바퀴를 돌 수 있단다. 항공료 견적을 뽑아볼 요량으로 대략적인 루트를 말씀드렸다.

"택스 포함해서 대략 300만 원에서 330만 원 정도 나오네요."

330만 원……. 믿을 수 없었다. 지구 한 바퀴 도는 항공료가 330만 원 정도라니(참고로 내가 지구 한 바퀴 도는 데 쓴 항공 요금의 총합은 현지에서 잡아 탄 비행기 삯까지 더해 400만 원이었다).

당연히 지구를 한 바퀴 돌려면 어마어마한 항공료가 지불될 줄 알았건만 남미 왕복 항공료만 해도 250만 원를 호가하는 것에 비해 절대적으로 저렴했다. 오호라! 정보의 부재가 얼마나 인간을 구속시켰는가? 반대로 정보로 인해 인간이 얼마나 자유로워질 수 있는지 가슴 벅차게 느꼈다.

다시 끼운 첫 단추

모든 상황이 나에게 유리하게 잘 돌아간다. 자금 면에선 숨통이 트였으니 남은 건 최대한 꼼꼼하게 나의 1년치 계획표를 세우는 것이렷다.

이때부터 매일 밤 홀로 방에 앉아 지도 속 여행을 시작했다. 처음엔 지도상의 대륙들, 그 안의 수많은 국가들을 옆 동네처럼 생각하고 마실 나가는 기분으로 훑어봤다. 그중 구미가 당기는 곳을 눈여겨봐 둔 뒤 지도 위에서 상상 여행을 떠났다. '무슨 무슨 대장정' 식으로 거창하게 생각하는 게 아니라 가볍게 소풍 가는 심정으로 쭉 따라가보며 그 위에 놓여질 미래의 김성용을 그려보았다. 그렇게 장난 삼아 게임하듯 지도 위를 거닐었다. 왜 이런 유행어도 있잖은가?

"세계 일주 그까이 거 그냥 지구 한 바퀴 돌아오는 거지 뭐, 그냥……."

그렇게 대략 지구 한 바퀴 여행의 청사진을 거칠게 그리고 나니 세세한 계획을 세우기가 수월해졌다. 그렇다고 모든 일정들을 이때 계획한 것은 결코 아니다. 여행 중간 중간에 굵직굵직한 워크캠프나 축제 혹은 투어 따위를 염두에 두며 대략적인 흐름만 만들어갔다.

'페루에 괜찮은 워크캠프가 있구나. 날짜가 이러이러하니 그전에 마추 픽추 트레킹을 다녀와야겠다. 그다음엔 어디 보자. 오호! 브라질 리우카 니발이 2월 중순에 열리네? 그럼 워크캠프 마치자마자 서둘러서 삼바 축 제 즐기러 브라질로 가야겠구나!'

이런 식으로 1년치 계획을 세워갔다. 25년을 살아오면서 이토록 나의 1년치 인생 일정을 치밀하게 계획했던 적은 없었다. 계획표를 만들면서 그 시간에 세계 곳곳에 있을 나를 떠올렸고, 그런 상상을 하며 내 여행 계 획은 보다 섬세하게 다듬어져갔다. 당연히 계획대로 모두 치밀하게, 완 벽하게 맞아 떨어질 리 없었다. 하지만 적어도 계획했던 것들을 모두 경 험하고 오리라는 다짐을 했다. 그리고 그 시간 시간이 내 여행 전체를 메 워나가는 단계라고 생각하니 어느 하나의 계획도 소홀히 할 수 없었다. 이때의 경험이 초석이 되어 나는 여행 내내 다음 일정을 구상하는 시나 리오 구상력이 빠르고 정확해졌다.

부모님께 제출할 여행 기획안을 만들면서 내가 시간 부자가 되었다는 사실을 깨달았다. 소설 《모모》를 보면 시간을 쪼개고 쪼개도 성에 차지 않는 '우리네 군상'을 마주할 수 있다. 아무리 시간을 아껴 쓰고 심지어 빌려 쓰곤 하건만 언제나 그들은 시간에 쫓겨 산다.

여행을 계획하기 전의 내 대학 생활이 그렇지 않았나 싶다. 허구한 날 입에 달고 살았던 "바쁘다"란 말. 뭐 그리 하는 것 없이 바쁘기만 했던지. 정말 시간은 아껴 쓸수록 부족했다. 역시나 여행을 계획할 초반에도 시간의 타래에서 허우적거리게 되었다. '언제까지 여행을 해야 복학하는데 별 지장 없는 사회 적응 시간을 가질 수 있을까?' 따위의 잡생각들이 내 사고 주위를 성가시게 맴돌았다.

그러다 어찌해도 모자랄 시간, 이럴 바엔 차라리 막 쓰자 생각했다. 그래서 내가 생각한 가장 큰 단위의 시간을 대출받았다. 1년. 누구 맘대로? 내 맘대로! 1년짜리 여행을 계획한 순간 난 시간 부자가 되었다. 그러니 그렇게 아깝던 1분 1초가 참으로 우스워 보였다. 그리고 결심했다.

"1년의 시간 내 멋대로 쓸 테다."

무언가 의무감에 의해 시간을 만지는 것이 아닌 내가 주무르고 싶은 대로 마음껏 주무를 수 있다는 사실, 가슴 뛰지 아니한가? 게다가 1년의 시간은 고스란히 여행에 바쳐진다. 그것도 전 세계에 뿌려진다. "해도 되나?"가 아닌 "어떻게 할까?"를 가지고 상상 여행을 시작했다.

하고 싶으면,

하고,

가고 싶으면,

가고,

부모님께 보여드릴 나의 여행 계획에 좀 더 설득력을 싣기 위해서는 '실례'가 필요했다. 그리고 그 실례가 나 스스로에겐 확실한 역할 모델이 되길 바랐다.

'어디 주변에 장기간 여행 다녀온 사람이 없을까?'

수소문한 끝에 그 실례를 아주 가까운 곳에서 찾았다. 등잔 밑이 어둡다더니, 학과 선배 광희 형이 1년여간 유럽과 남미 여행을 하고서 얼마 전 귀국했다는 고급 정보를 입수했다. 바로 찾아갔다.

"어학연수 그거 뭐 하러 가냐? 절대 가지 마. 동양권 애들끼리 어설픈 영어 주고받는데 영어가 늘겠어? 같은 돈이면 여행 가! 여행이 최고야, 최고!"

광희 형 역시 어학연수 대신 여행을 강하게 추천해 주었다. 좀 더 세세한 질문에 들어갔다.

"형! 여행 경비는 총 얼마 들었어요?"

형은 이 질문을 기다렸다는 듯이 바로 답해주었다.

"다들 여행 가면 돈이 어마어마하게 드는 줄 아는데 생각보다 돈 적게 들이며 여행할 방법이 얼마나 많다고! 다 하기 나름이야. 어학연수 비용이랑 차이가 없어. 한국에 살면서 1년 동안 쓰는 대학 등록금에다 학원비, 생활비 등등을 합친 거랑 비슷하다니까."

광희 형 말대로 돈은 어차피 한국에 있어도 지출된 금액에서 크게 벗어나지 않는다.

"너 어학연수 1년 코스면 대충 얼마가 필요한지 알아? 적어도 2000만 원은 줘야 할걸? 그런 데 쓸 돈이면 여행 가는 게 백 배 낫지! 안 그래?"

그토록 애타게 찾던 완벽한 역할 모델이 지금 내 앞에서 금전적인 부분까지 세세하게 찝어주며 여행을 부추기고 있었고, 이에 나의 여행에 대한 확신은 더욱더 굳혀졌다.

1년치 여행 계획서가 완성되었다. 일단 미국에서 3~4개월간 SDaS 학교를 다닌 후 남미를 시작으로 지구 한 바퀴를 돌아오는 여정이었다. 계획서를 찬찬히 읽어가시는 아버지의 눈만 따라갔다.

"비행기 삯이 정말 이거밖에 안 드냐?"

예상된 질문이었기에 준비된 답안을 꺼내 든다.

"이 카드가 국제학생증인데요, 이거 있으면 비행기도 학생할인 받는데요. 어학연수 비용으로 생각한 금액보다 적어요. 같은 돈이면 어학연수보다 여행이 훨씬 좋지 않나요? 전에 말씀드렸듯이 고작 언어 하나 배우자고 그 큰돈을 들이는 건 정말 외화 낭비밖에 안 돼요."

"흠……." 하며 아버지가 고개를 끄덕이신다. 분명 긍정적 제스처다.

"그래, 이게 어학연수보다 더 낫겠네. 재밌게 놀다 와라. 대신! 영어 하나만큼은 기가 막히게 늘어야 한다."

오, 할렐루야! 부모님의 허락이 떨어졌다. 만세, 만세, 만만세! 천군을 얻은 장수의 기분이 이런 것일까? 나의 여행을 위한 모든 절차들이 하나하나 길을 트여주니 설레는 마음에 몸이 붕 뜨는 것 같았다.

이제는 그간 준비한 어학연수를 과감히 접는 절차만 남았다. 전화나 메일로 매일매일 귀찮게 문의를 했던 유학원 박 대리님께 찾아가서 죄송합니다, 어학연수 안 갈래요 하기가 어찌나 죄송스럽던지. "김성용 학생! 이제는 인터뷰만 하면 되네요"라며 반갑게 맞아주는 그들에게 찬물을 끼얹을 때의 그 미안함. 그들에게는 워크캠프에 대해 솔직하게 말할 수가 없었다. 그래서 집안 사정상 짧게 여행만 다녀올 것 같다고 둘러댔다. 처음에는 적잖이 당황해 하는 기색이 역력했지만 이내 학생 비자 인터뷰를 여행 비자로 변경해 주며 격려의 말을 건네시는 유학원 박 대리님.

"오랫동안 준비했는데 안타깝네요. 다음에 또 기회가 올 거예요."

아쉬운 소리를 들을 거라 예상한 곳에서 듣는 위로의 말 한마디가 어찌나 고맙던지……. 그리하여 세계 일주로의 방향 전환을 위한 뒷수습은 단 3~4일 만에 번갯불에 콩 구워 먹듯 어느 정도 일단락되었다. 오랫동안 차곡차곡 준비했던 일이 단 며칠 만에 수습되니 괜시리 허무했다. 그리고 막상 어학연수를 접고 나니 불안한 마음도 일었다. 다 잡은 꿩을 눈앞에서 날려 보낸 뒤 어디 있는지도 모를 닭을 찾는 기분이랄까.

'그냥 쉽게 갈 걸 그랬나?'

또다시 나의 선택이 치기인지 용기인지 도무지 갈피가 잡히지 않았다.

그럴 때마다 프로스트의 〈가지 않은 길〉을 곱씹으며 스스로를 위안하려 했는데 막상 시 구절이 기억나지 않아 제목 '가지 않은 길'만 되뇌고 또 되뇌었다.

가지 않은 길. 가지 않은 길. '아무도' 가지 않은 길…….

비전향 최장기수 김선명 씨를 다룬 영화 〈선택〉에 이런 대사가 있다.

"선택이란 둘 중에 하나를 택하는 게 아니야. 둘 중에 하나를 버리는 거지."

어학연수와 지구 한 바퀴 여행, 이 두 가지 선택의 갈림길에서 난 여행을 택한 것이 아니었다. 어학연수라는 대학생들의 정형화된 코스가 주는 안정성과 평범함을 버린 것이다. 평범함을 버리고 나니 선택은 자유로웠다. 나는 지구를 한 바퀴 돌고 올 것이다. 그리고 욕심을 부릴 것이다. 내가 버린 선택마저 여행으로써 모두 다 껴안을 것이다. 난 하나를 버렸지만 두 가지 모두를 얻을 수 있다.

여행 얘기를 시작도 하기 전에 서론이 너무 길었다. 여행에 앞서 어학연수를 내려놓고 지구 한 바퀴 여행이라는 이 얼토당토않은 일을 결심하고 준비해 가는 모든 과정이 내게는 소중한 틀 깸의 시작이었음을 보여주고 싶었다. 헤르만 헤세는 소설 《데미안》을 통해 이렇게 말한다.

"새는 알에서 나오려고 투쟁한다. 알은 세계이다. 태어나려는 자는 하나의 세계를 깨뜨려야 한다. 새는 신에게로 날아간다. 신의 이름은 아프락사스."

사회적 통념을 거스른다는 것은 생각보다 쉽지 않았다. 하지만 막상 깨고 보니 별 게 아니었다. 천근만근의 그 첫발만 과감히 내딛고 보면 새로운 세계가 열린다.

여행에 대한 확신이 서지 않았을 때 서점에 들러 수많은 여행책들을 뒤적여 나의 역할 모델을 찾아 헤매었다. 그러나 대부분의 여행책들은 개인 감정에만 머물렀다. "나 너무 행복해요"라고만 말하고 만다. 내게 필요했던 것은 "여행! 반드시 가라!"라는 강한 확신의 글이었다. 누군가 나의 등을 세계로 떠밀어주길 바랐다.

그래서 이 글을 쓰기로 마음 먹었다. 누군가가 나처럼 지구 한 바퀴 여행을 꿈꾼다면 독려하고 싶은 마음에서였다. 그 혼돈과 불안함을 누구보다도 잘 알기에 토닥여주고 싶었다. 지구 한 바퀴 여행을 꿈꾸는 대한의 젊은이들이 불가능한 꿈을 마음에 감히 품어보길 바라며 1년치 생각덩어리들을 조근조근 풀어놓는다.

나는 깨달았다.
단 한 사람이나 단 한마디의 말이
순식간에 우리를
끔찍한 심연으로 떨어뜨릴 수도
혹은 도저히 닿을 법하지 않던
정상으로 올려놓을 수도 있다는 것을.
－체 게바라

생애 첫 워크캠프

본격적인 지구 한 바퀴 여행에 앞서 터키로 준비 여행을 나섰다. 터키 여행은 그 태생부터 지구 한 바퀴 여행과는 전혀 다른 배낭여행이었다. 나는 여행을 떠나기 전 대학생 포털 사이트인 '영삼성 닷 컴'에서 열정 운영진 1기로 활동했다. 사이트 내의 콘텐츠 제작 및 각종 기획안 작성 등의 임무를 6개월간 맡았고, 그 임기를 마친 후 배낭여행비 명목으로 200만 원을 받았다. '배낭여행비'라는 이름에서 드러나듯이 이 돈은 함부로 쓸 수도 없었다. 오로지 배낭여행만을 위해서 쓰여야 할 돈이었다. 게다가 배낭여행을 다녀온 뒤 여행 보고서를 콘텐츠화하여 사이트에 게재해야 했다.

여행지로 터키를 지목했다. 콘셉트는 워크캠프와 자유 여행의 조합 정도였다. 먼저 워크캠프를 성황리에 마친 후 자유 배낭여행을 떠날 심산이었다. 그래서 터키 워크캠프는 지구 한 바퀴 여행과는 별도로 훨씬 전부터 진행시켜 왔었다. 앞뒤 순서가 좀 복잡하기는 하지만 지구를 한 바퀴 돌기로 결심한 후 이미 빼도 박도 못하게 일정이 정해져 있는 터키 여행이 사실은 애물단지였다. 미국에서부터 반시계 방향으로 지구를 돌아 마지막에 터키에 들르는 것이 가장 효율적이건만 그러기엔 터키 워크캠프 일정에 차질이 생겼다. 그렇다고 터키에서 곧장 미국으로 향하기는 싫었다. 그래서 터키 여행을 마치고 귀국하여 한국에서 일주일여의 재정비 시간을 가진 다음 본격적으로 지구 한 바퀴 대장정에 돌입하기로 했다.

정말 비효율적인 루트였다. 하지만 제대로 된 배낭여행 한번 다녀와본 적 없는 내가 무작정 1년짜리 여행을 떠나는 것보다는 먼저 짧게 배낭여행을 맛보며 시행착오를 경험한 뒤 그것을 타산지석으로 삼아 좀 더 숙달된 배낭여행자의 구색을 갖춰 대장정을 떠나는 것이 여러 모로 고무적일 거라 생각했다. 그래서 난 한 달여의 터키 여행을 '준비 여행'이라 명명했다.

그들이 되다

터키 여행은 배낭여행보다는 워크캠프에 그 초점을 맞추었다. 외국에 나가보는 것 그 자체보다는 외국인과 부대끼고 싶은 바람이 더 컸다. 본격적인 워크캠프가 시작되기 전 3일간 프리 캠프pre-camp가 있었다. 참가자들 간에 관계를 돈독히하려는 목적이었다. 우리 팀의 리더인 네빈이라는 터키인의 집에서 기거하며 주변 여행도 다니고 워크캠프에 대한 정보도 들었다. 그는 이스탄불대학에서 영어를 가르치고 있었다.

본격적인 워크캠프는 이즈미르라는 도시 근처의 조그마한 휴양지에서 진행되었다. 에게해가 내다보이는 곳이었다. 워크캠프도 건물 보수부터 시작해서 벽화 그리는 일까지 그 활동의 종류가 매우 다양하다. 하지만 내가 참여한 프로그램은 '키즈 캠프kids camp'. 터키 아이들에게 영어 교육과 다양한 놀이를 통한 인성 교육을 시키는 것이 우리 캠프의 주 목적이었다. 우리나라에 있는 '영어마을'의 선생님 혹은 스태프로 활동한다고 보면 될 것이다.

하루 일과 전체가 아이들과 노는 것으로 꽉 차 있었다. 아침 9시에 가벼운 운동으로 시작해서 영어 놀이, 수영, 저글링 등으로 하루를 보낸 후 아이들이 잠드는 밤 10시가 다 되어야 공식적인 일과가 끝났다. 아이들과 노는 것은 말처럼 쉬운 일이 아니었다. 깨물어주고 싶은 만큼 귀여웠던 아이들이 가끔은 도를 지나쳐 내 주먹을 울리는 순간이 한두 번이 아니었다. "딱 한 대만 맞자"라는 말을 수없이 삼키며 2년 전의 김 병장으로 돌아가려는 나를 간신히 붙잡았다.

그래도 아이들은 많은 것을 깨닫게 해주었다. 그들의 눈높이에 맞춰 같이 웃어주고 장난쳐주고 우스꽝스런 표정을 지어주어야 한다. 무표정에 저음 일변도의 목소리로 25년여를 살아온 나로서는 쉽지만은 않았다. 하지만 "성격은 기득권이다"라는 말이 있듯이 터키에서는 얼마든지 그간의 나를 벗어 던지고 내가 원하는 자아로 둔갑할 수 있었다. 이게 여행의 묘미 아니겠는가? 나는 캠프 기간 내내 최대한 가벼워지려고 노력했다.

영어는 권력이었다

터키 아이들과 부대끼는 것 외에는 각국의 자원봉사자들과 생활하는 게 대부분이었다. 나는 그때마다 영어의 필요성을 절감했다. 사실 필요성이라기보다는 절실함이라고 해야 할 것이다. 그것은 힘, 권력의 문제였다.

영어의 힘은 대단했다. 워크캠프 공식 언어가 영어였기 때문에 영어에 능한 자가 매사를 이끌어 갈 수 있었다. 특히나 매일 밤 열린 스태프 미팅에서 영어의 영향력은 대단했다. 당일 일정 점검 및 다음 날 일정 조정이 주를 이루었던 스태프 미팅에서 의사 결정 주도권은 대부분 영어 능통자에게 돌아갔다. 내가 아무리 좋은 의견을 가졌다 해도 영어로 전달하는 과정에서 미숙한 점이 많으니 상대적으로 영향력이 줄어들 수밖에 없었다.

미국, 프랑스, 독일, 체코, 우크라이나 그리고 한국에서 각각 한 명씩 참가한 워크캠프의 토론장은 마치 각국 외교 정상들 간의 회의장을 방불케 했다. 나 역시 한국의 위상을 드높이자는 각오로 토론에 참여했다. 하지만 만만치 않았다. 나름대로 고르고 고른 문장을 그들 앞에 내놓을라치면 기다렸다는 듯이 들어오는 태클, "I don't think so".

그리고 이어지는 도저히 알아들을 수 없는 미국 원어민의 영어. 내겐 그저 "불라불라불라불라"였고 그에 할 수 있는 답변이라곤 "Yes, you are right"뿐. 치욕임일래라. 그후로 난 악으로 영어를 익혔다. 필요가 사람을 만든다고 하지 않나.

한국에서는 영어 능력이 숫자로 체감되곤 했다. 전 세계적으로 알아주지도 않는 토익 점수 숫자의 높낮이로 영어 전투력을 가늠한다. 그 숫자 싸움에 울고 웃는 우리 젊은이들에게 묻고 싶다.

"영어 공부 왜 해요?"

사실 여행 전의 내 영어 공부는 철저히 나를 무장시키는 소위 스펙 중의 하나에 다름 없었다. 난공불락 취업 전선에서 청년 김성용을 상품화시키기 위해서는 고득점의 영어 전투력 수치가 필수 사항이었던 것이다. 그래서 영어를 공부했다. 영어의 필요성을 절감했다는 주변 사람들의 애

터키어로 나자르, 영어로는 Devil's eye. 나무에 걸려있는 수많은 악마의 파란 눈들은 터키의 지천에 널려 있다. 이를 몸에 지니고 있으면 자신을 향한 남들의 시기심, 질투심을 나자르가 흡수해 준다고 한다.

기를 들어보아도 답은 하나. '사회가 요구하더라'. 그러나 아무도 왜 사회가 영어 실력을 요구하는지는 말해 주지 않았다. 그리고 나 역시도 알려고 하지 않았다. 그렇게 영어책과 씨름하기를 15년. 그토록 느끼고 싶던 영어의 필요성을 이곳 터키의 워크캠프에서 찾았다.

영어의 힘을 절감하니 지구 한 바퀴 여행에서 미국이 첫 행선지인 것이 참 다행스러웠다. 서너 달 동안 미국에 머물며 영어 실력을 최대한 끌어올린 뒤 여행을 떠나면 여러모로 도움이 될 것 같다. 남들이 어학연수에서 배우는 영어 실력만큼 이루고 가리라 다짐했다. 적어도 터키에서처럼 하고 싶은 말을 시원스레 하지 못해 서러울 일이 없어야 될 텐데……

그렇게 캠프 기간 동안 영어는 절대 반지의 위상을 누렸지만 동시에 영어는 도구에 지나지 않았다. 적어도 터키 아이들과의 의사소통에서는 그랬다. 평균 열두 살의 아이들과 영어로 기본적인 대화는 가능했지만 일정 수준을 넘어서는 대화는 벽에 부딪혔기에 언어를 뛰어넘는 그 무언가가 아이들과의 관계에서는 필요했다.

나에게 그것은 사진이었다. 출국 전 큰맘 먹고 구입한 중고 DSLR로 아이들의 사진을 찍어주면서 그들과 또 다른 언어로 대화할 수 있었다. 다행히 대부분의 터키 아이들은 사진 찍히는 것을 무척이나 좋아했기에 그들과 더욱 급속히 친밀해질 수 있었다. 게다가 몇몇 아이들은 사진 찍는 것에도 강한 흥미를 보여 그들에게 사진 찍는 법을 알려주며 더욱 가까워졌다. 사진은 의사소통의 또 다른 도구였으며 동시에 그들을 향한 나의, 그리고 나를 향한 아이들의 애정표현 방식이었다.

워크캠프의 묘미는 타국인들과 부대끼는 경험에만 있는 게 아니었다. 그들에게 한국을 알릴 수 있는 절호의 기회이기도 했다. 그러나 나의 미천한 한국사에 대한 지식과 짧은 영어 실력으로는 한국을 알리는 데 많은 제약이 있었다. 때문에 손쉽게 한국을 알릴 방도를 강구했으니 그것은 바로 음식과 게임이었다. 하룻저녁을 코리아 타임으로 정하여 참가자들과 터키 아이들에게 한국 음식을 선보였다. 한국에서 가져와 아끼고 아끼던 김치와 불고기 소스를 활용하여 김치볶음밥과 불고기를 만들고는 그들 앞에서 태극기를 휘날리며 음식을 소개했다.

"부~고기."

"기치보쿠바."

나름대로 나의 발음을 따라하는 이들을 보니 재미가 붙었다. 그래서 마지막엔 한국어로 "잘 먹겠습니다"를 선창시킨 후 식사를 했다.

김치볶음밥에 대한 반응은 썩 좋지는 않았다(실은 내가 먹어봐도 정말 맛없었다). 다들 표정을 있는 대로 찌그러뜨리며 "핫! 핫!"을 연발했다. 한국인들은 이 매운 것을 어떻게 먹느냐며. 그러나 불고기의 반응은 폭발적이었다. "Incredible!"부터 시작해서 터져나오는 환호성들. 간장과 설탕의 미묘한 그 맛에 외국인들 홀딱 반해버렸다.

터키 아이 중 한 명은 "Korea wonderful!"을 연신 외쳐대며 내게 뽀뽀를 하고 얼굴을 비비고 난리였다. 그 아이가 하도 좋아하길래 태극기를 선물로 줬더니 더욱 기뻐하며 코리아를 한국어로 뭐라고 하는지 물어왔다. '대한민국'이라 알려주니 그 아이, 태극기를 휘날리며 "대한민국!"을 외치는 게 아닌가. 그때 나는 세계에 나와 있는 한국인으로서 강한 자긍심과 책임감을 느꼈다. 비록 학생 신분에 불과하지만 외국인들은 나 한 명을 통해 한국 전체를 본다는 사실을 알게 되었다.

솔직히 처음 캠프를 시작할 때만 해도 나는 그저 아시아 변방의 조그만

나라에서 건너온 사람에 불과했다. 다들 한국에 대해 아는 것이 없었으며 아는 게 없으니 관심조차 없었다. 그러나 내가 먼저 마음을 열고 능동적으로 한국을 알리려 하니 그들은 지대한 관심을 보였다. 음식 외에도 제기와 공기 역시 아이들의 마음을 사로잡았다. 닭싸움은 '치킨 파이트 Chiken fight'라는 이름으로 소개했다. 'Three, Six, Nine'이라며 삼육구 게임까지 가르쳐줬는데 모두들 너무 재밌어했다. 가장 한국적인 것이 세계적이라는 말을 재차 확인하는 순간이었다.

6개국의 청년들이 한자리에 모여 2주간 한 가지 프로젝트를 수행했다는 것이 나에게는 흥분 그 자체였다. 다양한 문화를 습득했음은 물론이고 세계에 한국을 알릴 수 있어 매 순간 순간이 영광스러웠다. 봉사자들과 헤어지며 모두들 자신의 위치에서 최선을 다해 훗날 각 나라의 기둥에 되어 세계 무대에서 다시 만나기를 기약했다. 이렇게 세계로의 첫걸음은 대만족, 대성공이었다.

여행을 동반하라

"너 혼자 가?"

워크캠프를 함께했던 친구들이 물었다. 어깨에 괜시리 힘이 들어갔다. 혼자 떠나는 배낭여행. 낭만과 멋들어진 고독이 공존하는 그 불확실성의 미학. 이것이 나의 터키 배낭여행의 콘셉트였다. 최고조로 고독해져서 외로움이 그 바닥을 칠 때 새로운 나를 만날 수 있을 거라고 믿었다. 무리를 이뤄 여행을 떠나거나 바로 고국으로 귀국하는 친구들을 바라보며 혼자 콧방귀 뀌었다. 그러나 그렇게 만만하게 볼 일이 아니라는 걸 나중에야 깨달았다.

2주간의 워크캠프를 마치고 본격적인 여행을 시작했다. 홀로 타지를 떠돌아다닌다는 것, 그건 생각처럼 황홀하지도 낭만적이지도 않은 일이었다. 적어도 내겐 그랬다. 외로이 식탁에 앉아 케밥을 먹고 있노라면 복학 첫 학기에 혼자 학생 식당에 앉아 점심 먹던 그때가 떠올라 후다닥 먹다 배탈이 나기 일쑤였고, 내 사진을 남기고 싶어도 셀카 이외엔 방법이 없을 땐 '청승'이란 단어가 머리를 맴돌았다.

그렇게 혼자 다니는 여행에 염증을 느낄 즈음 '그들'을 만났다. 파묵칼레에서 홀로 일몰을 바라보고 있는데 남자 한 명에 여자 둘로 구성된 이들이 노래를 부르며 지나갔더랬다. 그리고 그중 한 여자 아이의 초록색 몸빼 바지가 눈에 들어왔다. 호기심이 일었다. 독특한 복장에 노래를 흥얼거리는 그들의 정체는 무엇일까? 그러나 그때 난 외로움에 심취하여 떨어지는 태양을 바라보기에 바빠 그들에게 다가서지 못했다.

그리고 다음 날, 파묵칼레에서 페티예로 가는 미니버스에서 어제의 그들을 다시 만났다. 이건 운명이다 싶어서 그들을 붙잡았다.

"Can you speak English(영어 할 줄 알아)?"

그러자 남자 아이가 답한다.

"Yes, but I'm from Barcelona(응, 근데 난 바르셀로나에서 왔어)."

스페인 아이들이었다.

"Ah! You are Spanish, right(오! 그럼 스페인 사람이구나)?"

그러자 그들은 고개를 저으며 "No, I'm Catalonean(아니, 난 카탈로니아인이야)."이라고 한다. 뭐? 바르셀로나가 스페인이 아니던가? 근데 카탈로니아는 어디 있는 나라야? 하며 당황해 하니 그 아이가 부연설명을 덧붙인다. 스페인 지방은 크게 여섯 개 정도로 분열되어 서로 독립하고 싶어한단다. 심지어 각 지방이 언어도 조금씩 다르다고 한다. 그중 그들이 사는 바르셀로나 지방이 바로 '카탈로니아'라고 했다. 그렇게 이야기를 주고받으며 내 사정을 얘기했다.

나는 혼자 여행을 한다, 그런데 이곳 숙소에 대한 정보가 불확실해서 걱정이다, 너희 숙소에 같이 가도 되겠느냐고 하며 외로움에 치를 떨고 있는 나를 거두어주길 간절히 바랐다. 다행스럽게도 그들은 흔쾌히 승낙

했고 그날부터 스페인인이길 거부하는 스페인 아이 세 명과 한국인 한 명으로 구성된 이 정체 모를 여행단은 10여 일을 함께하며 터키 유랑단이 되었다.

거지 여행에 합류하다

스페인 친구들 소개부터 하겠다. 음악 치료사인 마르세, 음악 선생님인 이베트 그리고 유일하게 나와 영어 소통이 가능했던 의대생 다비드. 이들의 여행 콘셉트는 공교롭게도 '거지 여행'이었다. 최소의 경비가 그들의 최대 관심사였다. 특히나 식사 문제에서는 더욱 엄격했다. 덩달아 나역시 최소의 경비만 지출하게 되었다. 덕분에 나의 체중은 여행 끝 즈음에 3킬로그램이나 감량되는 기염을 토했다.

그들의 여행 스타일은 한국과 많이 달랐다. 정보에 죽고 사는 우리 한국 배낭족들은 철저한 사전 조사를 바탕으로 잘 짜인 타임 테이블을 따라 여행에 임한다. 하지만 스페인 친구들은 그때 그때 상황에 따라 굉장히도 유동적으로 여행을 다녔다. 오직 론니 플래닛 하나만 들고 자신들의 관심사만을 쫓아다녔다. 타임 스케줄에 따라 움직이지 않고 곳곳을 누비면서 흥미가 있거나 더 알고 싶은 곳에서는 과감하게 더 머물며 시간을 투자하곤 했다. 마치 인디아나 존스가 지도 하나만 들고 마음 내키는 대로 목적지를 찾아가는 것과 같았다.

식사 시간에 우리는 한국과 스페인의 차이점을 이야기하며 열띤 토론을 벌이곤 했다. 그중 가장 뜨거운 감자로 부상했던 주제는 바로 '섹스'. 스페인인의 성향인지 그들 세 명만의 성향인지 모르겠으나 그들의 성 의

식은 너무도 개방적이었다. 개방이라는 말을 쓰는 것조차 무색했다. 열리고 닫히는 경계 자체가 없는 것 같았다. 동성애 역시 일반적이어서 길거리에서도 동성 간의 키스 장면을 쉽게 목격할 수 있고 누드 해변에서는 동성 간의 성관계를 백주 대낮에 볼 수 있다고 했다. 그곳이 스페인이란다. 한국에서는 아직까지도 동성애자에 대한 시선이 곱지 않다고 하자 그들은 이내 나를 골수 보수주의자로 몰아갔다.

그들 문화에선 남녀 간의 성관계 역시 너무도 쉬워 보였다. 사귀기로 한 당일 키스에서 성관계까지 가능하다는 그네들. 나로서는 납득할 수가 없었다. 마치 영화 〈몽상가들〉의 주인공이 된 기분이었다. 하지만 3대 1의 상황이었기에 나의 성 의식 역시 흔들리기 시작했다. 문화적 충격에서 오는 정신적인 아노미 상태.

'나 여태껏 속아 살아온 거야?'

하지만 외국인 친구와 여행하며 느끼는 문화적 차이가 언제나 그렇게 흥미롭고 재밌는 것만은 아니었다. 문화적 차이에서 불거지는 사소한 마찰도 있었다. 무엇보다 내겐 스페인어가 그렇게 거슬릴 수가 없었다. 생전 처음 접하는 언어여서 처음엔 호기심이 일었는데 이해할 수 없는 언어를 계속 듣고 있자니 이내 소음으로 들리기 시작했다. 더군다나 친구들의 스페인어는 어찌나 빠르고 크던지 그들이 한창 신나서 말을 주고받고 있으면 정신이 혼미해질 지경이었다.

게다가 당시 여행에서 내게 중요했던 건 '스피드speed'였건만 그들에겐 '릴랙스relax'였다. 이 양립할 수 없는 두 개념이 공존하려니 마찰이 잦을 수밖에. 아침에 일어나 후딱후딱 준비하는 나와는 달리 내 친구들은 참으로 여유만만했다. 그 답답함은 이루 말할 수 없었다. 그래서 한번은 좀 서두르자고 불만을 내비쳤는데 "용, 뭘 그렇게 서둘러"란 핀잔만 되돌아왔다.

그리고 무엇보다 가장 힘들었던 건 저녁 식사 시간이었다. 스페인 사람들은 저녁을 오후 9~10시에 먹는다. 처음 들었을 땐 "농담이지?" 했는데 진담이었다.

"그렇게 늦게 먹으면 점심 먹고 저녁 먹을 때까지 7~8시간을 기다리잖아. 그동안 안 배고파?" 물으니 "한국 사람은 저녁을 6~7시에 먹고 잠들기 전까지 7~8시간이 공복이잖아. 배고파서 어떻게 자니?"라고 되물었다. "그럼 너흰 그렇게 늦게 저녁 먹고 바로 잠 자?" 하고 물었는데 "그럼, 배부를 때 자면 얼마나 기분이 좋은데!"라는 놀라운 답변이 돌아왔다.

이베트와 마르세에게 여자들도 그러냐고 물으며 몇몇 한국 여자들은 몸매 관리하느라 저녁 8시 이후엔 아무것도 먹지 않기도 한다고 했더니 "진짜? 우린 그런 거 신경 안 써. 뚱뚱한 게 어때서?"라며 자신의 옆구리살을 내게 보여주었다. 3대 1이다 보니 또 어쩔 수 없이 나는 저녁 6시만 되면 어김없이 찾아오는 공복감을 참으며 저녁 9시까지 기다려야 했다. 그나마 그 시간도 스페인 친구들이 한 시간을 양보해서 타협한 시간이었다.

Open ended

야간 버스를 타고 이스탄불로 향하는 나를 배웅해 주는 그들에게 나는 마지막 선물로 하모니카를 들려주었다. 우리는 오토갈(터키의 버스 터미널)에 둘러앉았고 나는 윤도현의 〈사랑 two〉를 하모니카로 연주했다. 친구들은 평소 숙소에서 잠들기 전에 내가 불어주는 하모니카 소리를 참 좋아했다. 특히나 이 〈사랑 two〉를. 오토갈 길가에 앉아 눈물을 훔치는 세 명의 스페니쉬들과 그들에게 하모니카를 들려주는 한 명의 한국인, 이것이 그들과 내가 만든 터키에서의 마지막 장면이었다. 그러나 몇 달 후 난 그들을 다시 만날 것이다. 스페인, 아니 카탈로니아에서.

이들과 함께하고 보니 혼자 떠나는 여행의 최고 매력은 불확실성이란 생각이 들었다. 내 옆의 공석은 제로가 아니라 무한한 동반의 가능성을 지닌 무한수였다. 공석에 누가 앉을지 그 누구도 예측할 수 없다.

그런 면에서 인생을 여행에 비유하는 것 같다. 각자의 '마이 웨이'를 가진 이들이 만나고 헤어지는 것이 인생이듯 이 세계 위에는 서로의 길을 가진 수많은 여행객들이 만나고 헤어지기를 반복한다. 그런데 때로는 정말 혼자 가고 싶을 때가 있다. 고독, 자기 성찰 따위의 이유가 아니라 그냥 다 귀찮아서 혼자 가고 싶을 때 말이다. 그런데 꼭 그러고 싶은 경우가 아니라면 최대한 옆자리를 열어놓으라 말하고 싶다. 깨끗이 비워두고서 이런 팻말 하나쯤 걸어놓는 건 어떨까?

"Welcome to myself(어서 와요)."

보통 혼자 여행하는 이들은 자아를 찾아 떠나왔다고들 한다. 그러나 내 경험상 혼자 낑낑대며 자아 발견에 목매는 건 별 성과가 없다. 오히려 남을 통해서 자신을 발견할 때가 더 많기 때문이다. 손뼉도 마주 쳐야 소리가 나듯 나 역시 남들과 부딪쳐야 보인다. 옆의 자리를 비운 다음에는 들고 나서라. 누군가 와주기를 기다리지 말고 여기저기 들이대다가 마음에 드는 놈 있으면 데려다 앉혀라. 그리고 또 말해라.

"Welcome to myself."

터키와 미국 사이

터키에서 귀국하자마자 정신없는 하루하루가 이어졌다. 무슨 일이든 벌이는 건 쉽지만 정리하는 건 왜 그렇게도 귀찮은지. 먼저 터키 여행 관련 보고서를 작성해야 했다. 영삼성에 하나, 유네스코에 하나, 마지막으로 해외 자원봉사 지원금 신청을 위해 학교 사회봉사센터에도 하나. 운좋게도 내가 다니는 학교에서는 해외 자원봉사 활동에 대해 약간의 지원금을 대주었다. 단 모든 이들에게 주는 것이 아니라 봉사활동 보고서를 기가 막히게 작성해야 그 혜택을 누릴 수 있었다. 그래서 없는 시간을 쪼개어 보고서를 세 개나 썼다.

동시에 본격적인 지구 한 바퀴 여행을 위한 짐도 꾸려야 했다. 그리고 1년여간 떨어져 있어야 할 지인들과도 만나 안녕히 계시라 작별인사도 해야 했다. 정리와 시작을 동시에 진행해야 했는데 내게 주어진 시간은 고작 일주일이었다. 지금 돌이켜 보면 내가 무슨 배짱으로 그렇게 빡빡한 일정을 짰는지 모르겠다. 그런데 닥치니 다 하게 되더라.

그리고 드디어 대망의 지구 한 바퀴 여정을 단 하루 앞두게 되었다. 당시 일기장을 들추니 이런 글들이 끄적여 있다.

9. 2. 새벽 2:30
이제 열 시간 뒤면 세계로 떠난다.
출국 하루 전날은 무척이나 바빴다. 사계절치 짐을 꾸리는 일이 만만치마 않았던 탓이다.
어느 정도 정리가 끝난 지금, 입대보다는 즐겁지만 소풍만큼 마냥 신나지는 않는다.

1년간 기다리고 있을 수많은 일들 앞에 고개 숙여 "잘 부탁드린다" 읊어려본다.

"성격은 기득권"이란 말이 떠오른다. 1년간 이 기득권 마음껏 누리며 새로운 나를 만나리.

이제 잠들고 다시 눈을 뜨면 난 세계 앞에 덩그러니 놓인다.

이 밤은 그런 밤이다.

-Simpson

그리고 난 세계로 향했다.

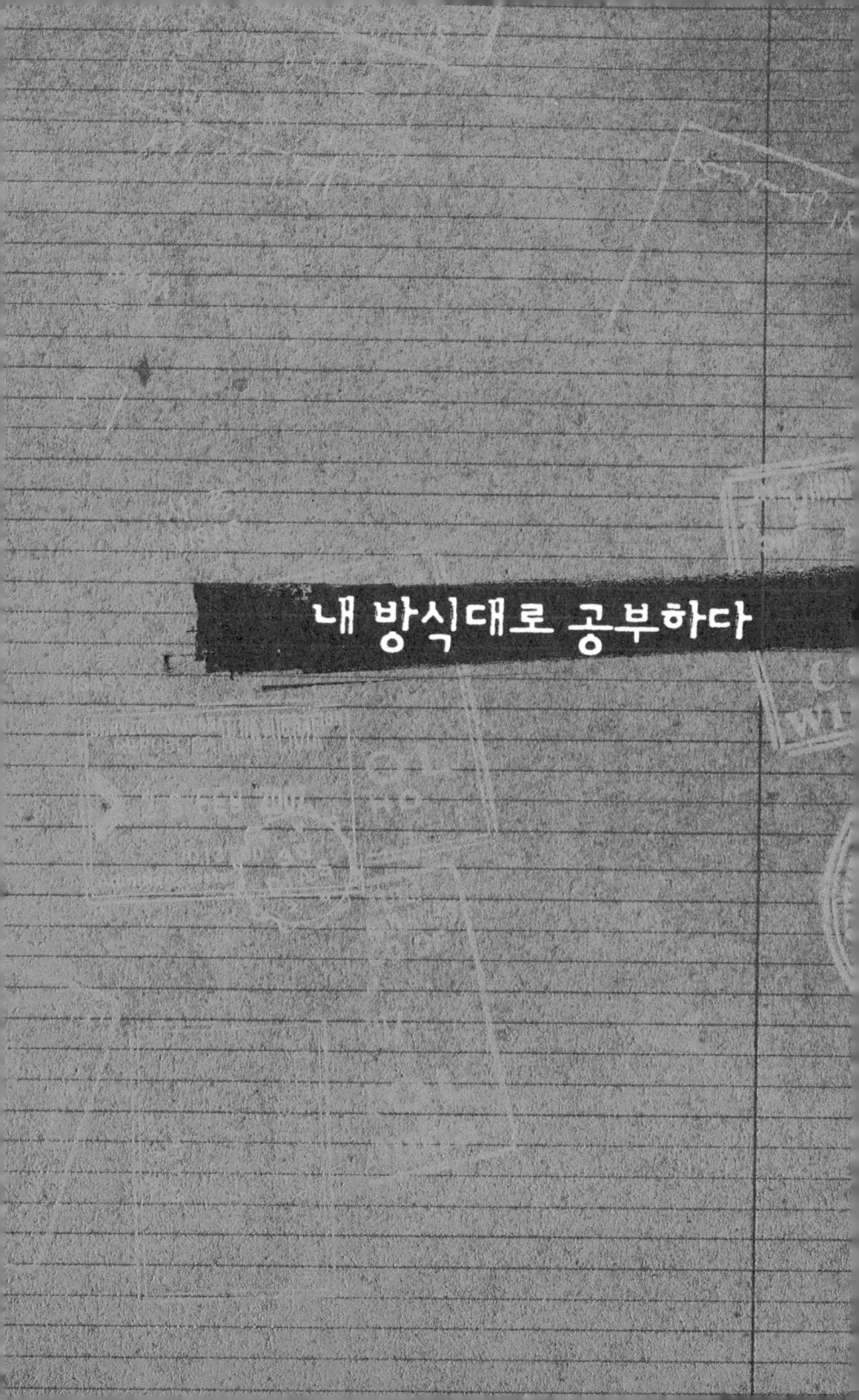

내 방식대로 공부하다

trip
to
U.S.A

사회를 디자인하다

미국에 간 이유는 단 한 가지. 공부가 너무 하고 싶어서였다. 한국의 대학
은 지긋지긋한 실업 대란으로 더 이상 순수한 상아탑이 아닌 직업인 양
성소로 전락했다. 나 역시 입학 이래 취업을 위한 공부만 강요받았고, 배
운 것 역시 사회적 필요에 의한 것이 대부분이었다. 지적 호기심에 이끌
린 진짜 공부를 하고 싶었다. 호기심에 몸부림치며 책 속에 파묻혀 닥치
는 대로 지성을 파먹고 싶었다. 그것을 '스쿨 포 디자이닝 어 소사이어티
School for Designing a Society : SDaS'가 가능케 해주었다.

"SDaS가 무슨 학교입니까?"라고 누군가 물어오면 난 곧바로 언어의
장벽에 부딪힌다. 이 학교를 한국말로 설명할라치면 대략 난감하다. 영
어로 풀어보자면 'social movemental school' 혹은 'activistical
school' 정도 될 것이다. 사회 개혁을 꿈꾸는 이들이 모인 이곳은 '체인
지change'가 아닌 '리디자이닝re-designing'을 지향한다. 그래서 난 한국
말로 이곳을 이렇게 표현하고 싶다. '틀 깸 학교'.

1980년 즈음 미국 일리노이주립대학에 '디자이닝 어 소사이어티

Designing a Society' 라는 수업이 개설되었다. 당시 사회 시스템을 직시하고 앞으로 나아갈 방향을 제시해 보는 것이 수업의 목적이었다. 수업을 수료한 당시 학생들은 졸업을 앞두고 의기투합하였다.

"배운 데서 그치지 말자. 아는 데서 그치지 말자. 우리가 학교를 만들어 사회를 바꿔보자."

그후 1991년에 '스쿨 포 디자이닝 어 소사이어티' 라는 이름의 학교가 얼바나샴페인Urbana-Champaign에 설립되었다. 그리고 10년을 훌쩍 넘긴 2006년 가을, 대륙 건너편 한국에서 한 대학생이 이곳에 왔다. 사회를 '디자인' 하기 위해.

교과목은 일곱 개였다. 한국어로 번역해 보려 했으나 그 과정에서 곡해될 소지가 다분해 영어로 옮겨본다.

1. Fundamentals

2. Art everywhere

3. Ecological design

4. Craftperson in time

5. Political economy

6. Movement theater: W/a utopia twist

7. Self-defence for women trees & men

일주일에 네 번(일, 월, 화, 수) 수업이 진행됐으며 수업 시간은 오전 10시부터 오후 1시까지였다(단 7번 수업의 경우만 수요일 저녁 7시부터 9시까지 진행되었다).

매일 아침 7시 30분부터 교실에 갇혀 '공부'를 강요받아 온 한국 학생에겐 아주 한가한 시간표다. 게다가 숙제의 강제성도 없고 시험도 없으니 '놀고 먹기'라 생각할 수도 있다. 그러나 천만의 말씀! 비단 영어로 진행되는 수업이기 때문만이 아니라 이곳에서 가르치는 갖가지 괴상망칙한 개념들이 내 머리를 뒤집어놓았기에 수업 시간 외에도 끝없이 자습을 병행해야 했다. 또한 언어의 한계로 인해 친구들이 따로 '리뷰 타임review time'이란 이름으로 나머지 공부를 시켜주어서 하루하루가 정말 고됐다.

폴스 스테이트먼트

제일 처음 내 뒤통수를 때린 개념은 '폴스 스테이트먼트False statement'였다. 직역하자면 '그릇된 명제'.

이를 위한 기본 전제 세 가지가 있다. 첫째, 현 사회 시스템 내에서는 씨알도 안 먹히는 얘기여야 한다It's false now. 둘째, 그러나 내가 생각했을 때는 사실이어야 한다You want it to be true. 셋째, 이게 먹혀들려면 세상이 바뀌어야 한다In order for it to be true, the world would have to change.

디자인design을 위해서는 디자이어desire에 대한 확신을 가져야 한다는 게 폴스 스테이트먼트의 목적이다. 첫 시간에 배운 단어들은 '얼터너티브alternative'와 '다이내믹dynamic' 그리고 '디자인'과 '디자이어'였다.

"어쩔 수 없다 생각지 말아라. 이 사회에 원래 그런 것이란 없다. 눈에 보이는 사회의 모든 것 역시 누군가에 의해 인위적으로 정해진 것의 총체일 뿐, 얼마든지 얼터너티브(대안)가 가능하다. 사회는 다이내믹(움직임)의 연속이기 때문에 사회적 필요에 의해 언제든지 변해야 한다."

그리고 결론은 "네가 바라는 대로 디자인해라. 그러면 사회는 변할 것이다"였다. 학교 이름인 'School for Designing a Society'에서 'the Society'가 아닌 'a Society'가 쓰인 이유 역시 정관사가 붙은 'the Society'는 정해져 있는 사회를 가리키는 반면에 부정관사로 적힌 'a Society'는 정해지지 않은 무한한 가능성을 지닌 사회를 가리키기 때문이다.

전이라면 "에이, 말도 안 돼", "설마" 싶었던 나의 바람들을 과감히 글로 옮기고 학교 사람들과 그에 관해 생각을 나누는 사이에 0퍼센트라고 생각했던 일들의 실현 가능성을 타진하게 되었다. '무'에서 '유'로 옮아가는 과정이었다.

내가 그렸던 몇 가지 몽상들은 이렇다.

1. 대학은 의무적으로 전교생에게 해외 배낭여행 기회를 준다.
2. 모든 이들이 무료 의료 서비스의 수혜자가 된다.
3. 수능 점수에 관계없이 학교, 학과를 선택한다.

나에게 붓대가 쥐어진 기분이었다. 내 멋대로 사회를 디자인하는 기분, 기존의 틀에 구애됨 없이 내가 원하는 대로 마구 지껄이는 과정을 반복하다 보니 "안 될 이유가 없잖아?"라는 생각이 들었다.

"못 할 이유가 없잖아?"

이런 과정에서 내가 살아온, 그리고 살아갈 한국 사회가 얼마나 자본주의에 찌들었는지를 깨달았다. 내 모든 바람들의 가장 큰 걸림돌은 '돈'이었기 때문이다.

False Statements:

ENV & SOCIETY

IS NON-POLLUTING

TO BODY & ACCEPTING

TO ALL PHYSICAL &

MENTAL ABILITY.

All HEALTHCARE OCCURS @ HOME

- HEALTH of INDIVIDUAL is NESTED in LARGER env
- ALL WORK is TEAM
- SCIENCE is CONSCIOUS
- ACCEPTABLE to COMMUNITY is HOSPITAL - ritual IO
  BODY PERSONAL WELL-BEING
- COMMUNITIES ARE MORE
  NATURAL is A FESTIVAL
- NO COMMUNITY HOSPITAL
  BUILDS TEST ROUTINE
- PART TEST MODULE

$ =

HEALTH =

NO
FI
CO

I O

TIME

그러나 틀을 깨고 생각해 보니 '시장'이란 존재 역시 하나의 선택된 시스템에 불과했다. 얼마든지 대안이 있을 수 있다는 생각이 들었다. 예를 들어 모든 이들이 무료로 진찰을 받는다는 '헛소리'에 혹자는 분명 이렇게 따질 게다.

"그러면 의사는 뭘로 먹고 사나?"

"그럼 누가 미쳤다고 그 고생하면서 의대 공부하겠냐?"

이에 사회 디자이너 김성용은 이렇게 답해본다.

"생명을 다루는 일을 왜 돈 받고 하나요? 그에 대한 보수를 국가가 줄 수도 있지 않을까요?"

"단지 병든 자를 돌보고 싶은 마음에 의대 공부를 할 수는 없나요?"

헬스 케어 인텐시브Health care Intensive(이 컨퍼런스에 대해서는 뒤에 설명하겠다)에서 만난 이스라엘 친구 애시, 그는 키부츠에서 의사로 일하고 있는데 그에게 한국 의대생 중의 몇몇은(분명 모두는 아니리라) 돈벌이가 잘 되기 때문에 의사를 하려 한다고 말했다. 이에 대한 그의 대답은 충격적이었다. 그는 내 말을 이해할 수가 없다며 키부츠에서는 의사들 봉급이 간호사와 별 차이가 없다고 말했다. 이에 난 "그렇게 박봉인 줄 알면서 넌 그 힘든 의대 공부를 왜 했어?"라고 되물었고 "환자들을 돕고 싶어서"라는 답이 돌아왔다. 시스템의 힘에 소스라쳤다. 꼭 지금처럼 살라는 법은 없다. 얼마든지 다르게 살 수 있는 것이다. 시스템 위에 사람 있지, 사람 위에 시스템 있는 것은 아니잖은가? 물론 현대사회에서 사람은 시스템에 잠식되어 있다. 그러지 말자는 것이 폴스 스테이트먼트의 주된 목적이다. 시스템이 옥죄고 있는 틀을 과감히 깨고 사람이 시스템 위에 서서 마음껏 사회를 디자인하자는 것이다.

사이버네틱스

사이버네틱스Cybernetics라는 용어는 SDaS에서 배운 개념 중 가장 어려웠고 솔직히 지금도 확실하게 콕 찝어 설명하기가 힘들다. 내 고물딱지 전자사전에 물어보니 'AI'란다. 뭐여? 이 학교, 인공두뇌 만드는 곳이었어? 그러나 자세히 듣고 보니 완전히 다른 개념이었다. 한국말로 해석하자 해도 이에 대응하는 적절한 한국어가 없다. 이처럼 SDaS의 수업 내용 중 상당수가 한국어로는 해석이 불가능하다. 언어 인지의 한계가 사고 범위까지 한정시킨다는 것을 뼈저리게 깨달았다. 그래서 내가 이해한 바를 풀어서 설명해 보겠다.

내가 배운 사이버네틱스는 사회학적 개념이다. 내가 하나의 사회 현상을 본다고 치자. 사이버네틱스는 이에 더 나아가 '사회 현상' 뿐 아니라 '사회 현상을 바라보는 나'까지 바라보는 개념이다. 이 과정에서 '나'란 존재가 어떤 준거에 의해 사회를 보는가를 연구하는 것이다.

예를 들어보자. 미국 추수감사절 즈음에 열리는 블랙프라이데이Black Friday 때 월마트에 진열된 10달러도 안 하는 CDP를 발견했다. "우와, 진짜 싸다! 월마트 괜찮은데"라고 생각하는 '나'를 내가 본다. 이때 '나'의 판단 준거는 '소비자 중심주의'일 게다. 그런데 '나'는 다르게 볼 수도 있다. 가격파괴는 비용 절감에서 기인했을 테고 이에 노동비 절감이 가장 큰 역할을 했으리란 생각으로 이어진다. '노동조합 없는' 월마트이기에 더욱더 확신이 든다. 결론적으로 "얼마나 많은 노동자들이 착취당했을까?"라고 생각하는 '나'를 내가 본다. 이때 나의 판단 준거는 음……, 싸잡아서 막시즘?

이렇게 관찰자와 관찰 대상의 관계를 연구 대상으로 삼는 게 사이버네틱스다. 철학에서 말하는 인식론과 같은 맥락이라고 볼 수도 있다. 이 개념을 염두에 두며 사고를 시작해 보니 나의 사고 흐름의 판단준거가 잡히고 종국엔 희미하게나마 전체적인 사고 흐름이 보였다.

사이버네틱스의 목적은 무의식적으로 쉽사리 간과하기 쉬운 개개인의 판단 준거들을 집요하게 물고 늘어져 그 다양한 잣대를 비교 분석해 가며 사회를 디자인하자는 것이다. 사회의 틀을 깨기 전, 먼저 디자이너 사고 준거의 틀을 깨자는 것이다.

폴스 스테이트먼트나 사이버네틱스는 SDaS 수업 중 빙산의 일각이다. 내용의 방대함과 난해성으로 인해 차마 지면에 글로 풀어낼 엄두가 나질 않는다. 이를 확인하는 가장 좋은 방법은 직접 SDaS를 방문하는 것. 우리 학교의 홈페이지를 알려드릴 터이니 적극적인 관심을 강요하는 바이다. www.designingasociety.org

수업의 채널 역시 다양했다. 위와 같은 개념을 설명하는 개론학 외에도 실험극, 실험 음악 등을 통해 실제로 그 개념을 살펴보거나 체험하기도 했다. 때문에 교수님들의 전공 역시 다양했다. 언어학에서부터 작곡, 그리고 연극까지. 이렇게 SDaS는 내 지성의 깊이와 폭을 전혀 예상치 못한 곳으로까지 끌고 가서 휘둘러 메쳤다.

SDaS 수업은 여섯 명의 교수와 일곱 명의 학생으로 진행되었다. 교수 대 학생 비율로 치자면 세계 최고의 교육기관이리라. 하지만 막상 수업 중엔 교수와 학생의 구분이 무색했다. 예를 들어 '크래프트퍼슨 인 타임 Craftperson in time' 이란 수업이 진행되는 시간엔 담당 교수인 마크 선생님이 먼저 개념을 설명하며 화두를 던진다.

"정보는 예측 불가능할수록 더욱 가치가 있다."

그러면 이에 대해 나머지 교수님들 역시 여타 학생들처럼 강의에 참여한다.

"마크! 하나만 물어보겠네. 난 그렇게 생각하지 않네. 난 정보에 있어서 가장 중요한 것은 확실성이라고 생각하네. 한데 자넨 왜 불확실성을 역설하고 있나?"

질문하는 다른 교수님들은 이미 학생과 다름없다. 물론 학생들도 거침없이 이 토론식 수업에 동참한다.

이들의 토론에 참여하며 나는 적잖은 충격을 받았다. 가장 많이 등장하는 문장은 "I don't think so(나는 그렇게 생각하지 않아)."였다. 남이 내놓은 문장에 언제든 반기를 들 수 있다. 하지만 더 충격적인 것은 이를 수용하는 상대방이다. 자신의 의견과 다른 의견을 언제든지 수용할 준비가 되어 있다. 그리고 "I think your are also right, but how about this(네 말도 일리는 있어. 그런데 이건 어때)?"라며 자신의 의견과 남의 이견을 비교하며 조율하기 시작한다. 정반합 과정이다. 이들은 토론을 통해 미처 자신이 보지 못한 부분을 발견하며 더욱더 다듬어진 결론을 도출해 낸다.

이에 비해 한국의 토론 문화는 어떠한가? 지극히 이기고 지는 싸움이다. 어떻게든 내 의견을 관철시키는 것이 토론의 지상과제인 듯하다. 나와 다른 이견은 잘못된 의견에 지나지 않는다. '다름'을 '그름'으로 치부해 버리는 토론 문화. 이는 〈100분 토론〉을 보면 여실히 드러난다. 왼쪽에 앉은 이와 오른쪽에 앉은 이는 한치의 양보도 없이 자신의 의견만 쏟아붓는다. 귀는 막고 입만 뚫려 있다. 이렇게 토론이 평행선만 긋고 있으니 양측의 의견을 겸한 또 다른 제3의 의견이 나올 리 만무하다.

SDaS 수업을 통해 타인의 말을 경청하는 법을 배웠다. 그리고 나와 다른 견해 역시 겸허히 수용할 줄 알게 되었다. 이것이 내가 배운 영어 문화다. 3개월간 SDaS에서 영어로 토론하는 사이에 미국인들과 자연스레 의견을 주고받는 힘을 기를 수 있었다. 어학원에 앉아 인터내셔널 스튜던트international student와 기본적인 회화를 떠듬떠듬대는 것과는 차원이 다르다.

패치 아담스를 만나다

인생이 만남의 연속이라면 여행은 만남의 기럭지를 무한대로 늘려준다. 그리고 그 기럭지 안에 미친 사람이 있다면 인생의 깊이는 끝 간 데 없이 깊어진다. 내가 여행하며 만난 이 중 가장 미친 사람은 패치 아담스였다.

로빈 윌리엄스가 주연한 영화 〈패치 아담스〉로 영화화된 그의 인생은 광기 그 자체다. 돈 없으면 아프지도 못하는 미국 땅에서 무료 병원을 설립하겠다는 광기에 찬 그는 의사이기 전에 사회 운동가다. 병들어 아파하는 것이 어찌 개개인의 책임인가? 인간이라면 누구나 병들 수 있다. 이는 개인의 문제가 아닌 사회의 문제이고 그렇기 때문에 사회가 같이 짊어질 문제라며 신자유주의로 점철된 미국 의료 시스템에 과감히 왼쪽 깃발을 꽂고 있다. 그래서 그는 현재 미국 웨스트 버지니아에 '게준트하이트Gesuntheit'라는 무료 병원을 시범적으로 운영하고 있으며 그 운영 자금을 모으기 위해 전 세계를 돌아다니며 광대 놀이 및 강연을 하고 있다.

그런 그를 내가 어떻게 만났느냐, 그게 또 한 편의 영화가 아니겠는가?

미친 거인

때는 거슬러 2년 전, 고등학교 친구 현철이가 영화 〈패치 아담스〉를 보고 선 그를 만나겠다고 미국으로 날아가 지금 내가 몸담은 SDaS를 다녔더 랬다. 패치 아담스는 SDaS에 종종 강연을 오곤 했고 단지 그 이유 하나 로 현철이는 미국으로 간 것이다. 패치 아담스를 만난다는 꿈 하나만 품 고. 그러나 현철이는 패치를 만나지 못했다. 너무나 아쉬웠던 현철이는 귀국 후 친구들을 소집했다.

"패치를 불러오자."

무료 병원 기금 마련을 위해 전 세계를 돌며 강연을 다니는 패치를 한 국에 초대하자는 말이었다. 처음엔 현철이가 무슨 소리를 하나 싶었다.

"대학생이 무슨 수로 그를 초대해? 돈은?"

그러자 현철이가 "우리끼리 단체를 만들어 기업의 후원을 받아 오자" 라며 당찬 포부를 드러냈다. 그리고 우린 정말 단체를 만들었다. 그 이름 도 거창한 'R&C(Research&Challenge)'였다. 패치뿐 아니라 그 이후에도 해외 명강연을 유치해 온다는 것이 우리 조직의 모토였다.

R&C란 이름으로 월세 40만 원짜리 사무실도 대여했다. 2005년 여름 엔 친구들과 함께 이 프로젝트를 추진하며 몽상가로 살았다. 강연장도 물색해 보고 세부 계획도 세우며 그렇게 우린 몽상의 나래를 펼쳐갔다. 세부 계획 중 몇 가지를 살짝 공개해 본다.

- 서울대 의대 강연회 후 총장과의 만찬
- EBS 강연회 참석
- 〈대학내일〉 인터뷰

지금 보면 당시의 우리가 참 귀엽다는 생각이 든다. 이유인즉슨 정작 중요한 스폰서 섭외엔 별 신경을 쓰지 않았기에. 왜냐, 그만큼 기업들에게 우리의 프로젝트는 매력이 있을 거라는 어마어마한 지레짐작을 했던 것이다. 돈도 없는 우리들이 무슨 배짱으로 이런 일을 저질렀는지. 꿈꾸면 다 이룰 수 있다 생각했던 참 아름다운 시절이었다.

하지만 지면으론 밝힐 수 없는 개인적 사건이 터져버려 갑작스레 우린 정신적 충격에 빠졌고 동시에 우리의 당찬 프로젝트는 유야무야 사그러들었다. 그리고 패치는 한때의 젊은 혈기라는 이름으로 거룩하게 우리의 기억 속에 모셔졌다.

몇 개월 후에 난 영삼성 열정 운영진 1기가 되었다. 그리고 사이트 관련 기획안을 작성하던 중 불현듯 기억 속의 그 패치 아담스가 시간을 비집고 고개를 들었다. 열정 운영진이란 이름으로 자연스레 삼성 계열사분들과의 끈을 가지고 있었기에 힘들게 내 얘기 좀 들어주십사 부탁할 필요가 없었다. 오히려 그쪽에서 나에게 무엇이든 말해 다오 하며 경청할 준비를 하고 있었다. 주제 무제한의 기획안 작성은 삼성 임직원분들에게 패치 프로젝트를 선보일 절호의 찬스였다. 그래서 나는 같이 활동하던 은경이와 혜현이를 설득해 패치 프로젝트를 야심차게 준비했다. 이름하여 〈This is life〉라는 기획안이었다. '영삼성 닷 컴이 패치 강연회를 주최하여 취업 대란에 찌든 대학생들에게 단비가 되어줄 새로운 시각을 제시한다'라는 매머드급 기획안이었다.

그러나 역시 문제는 돈이었다. 패치의 강연료 및 항공료 등 만만치가 않았다. 그래서 '비용 대비 효과'가 떨어진다는 이유로 내 기획안은 채택되지 못했다. 패치를 향한 두 번째 몸부림도 그렇게 막을 내렸다.

결국 나는 그를 불러오는 것을 접어두고 직접 만나러 나갔다. 2년 전에 친구가 그랬듯이 SDaS를 통해서. 그리고 결국 난 그를 만났다.

SDaS는 패치 아담스와 모종의 동지의식으로 강한 연대를 맺고 있다. 사회를 디자인한다는 우리 학교의 모토가 미국 의료 시스템을 다시 쓰겠다는 패치의 그것과 일치하기 때문이리라. 따라서 SDaS에 몸담고 있던 기간 중 열렸던 패치 아담스의 컨퍼런스 '헬스 케어 인텐시브'에 우리 학생들은 자연스레 스태프의 자격으로 참가하게 되었다.

컨퍼런스 리셉션 장 근처를 어슬렁거리는데 눈에 익은 이미지가 강력한 포스와 함께 시야에 들어왔다. 패치 아담스, 그가 내 앞에 있었다. 거인이었다. 190센티미터의 키에 뭐라 형용키 힘든 에너지를 발산하는 꽁지 머리를 하고 있었다. 마치 산 같았다. 몇 년간 머릿속으로 그리던 여인을 직접 눈으로 확인할 때의 이유 모를 당혹감이라고나 할까? 그렇게 만나고 싶었거늘 막상 마주하려니 애써 외면하고 싶은 이 모순이란. 내 두 눈에 담기엔 그가 너무 컸다. 머릿속으로 이미지만 잔뜩 그려놓았던 탓일까? 말 걸기가 쉽지 않았다. 괜시리 딴청 피우며 그에게서 등을 돌렸다. 이 바보 같은 놈! 그리고 몇 분이 지났을까? 갑작스레 내 앞에 나타난 거구, 패치 아담스가 날 덥썩 안았다.

"Hi! My name is Patch."

그가 내게 건넨 첫마디였다.

"Wow! I am Yong, Nice to meet you!"

그리고 이어지는 흔하고 식상한 인사말들, 그다음에는 할 말이 없었다. 아니 할 말이야 참 많았지만 쉽사리 입이 열리지 않았다. 이유 없이 그냥 그가 무서웠다. 그렇게 서로 2초간 침묵 속에 멀뚱히 서로의 말을 기다리다가 패치는 다른 이에게 인사의 말을 던지며 사라졌다.

"아, 이게 아닌데……. 그토록 그리던 이와의 첫 만남이 이렇게 어이없게 끝나는가?"

자학과도 같은 마음다짐을 하고선 용기를 내어 다시 패치에게 다가가 말을 건넸다.

"안녕하세요! 전 한국에서 왔어요. 한국에 강연 오실 계획은 없나요?"

그러자 그는 아주 또박또박 천천히 단어 하나하나를 씹어가듯 내게 답을 해주었다.

"북한에 갈 계획을 추진 중이다. 북한 측으로부터 입국 허가는 받았으나 현 국제 정세상 시기가 적합하지 않아 일정을 조정 중이다. 그것만 마치면 북한에 가서 광대 놀이를 할 계획이다. 너도 괜찮으면 같이 가자."

내용보다는 내가 영어에 서툰 것을 감안하여 아주 친절하고 배려 깊게 영어를 구사해 준 것에 감동 아닌 감동을 받았다. 이것이 그와의 첫 조우였다. 그 뒤로는 그를 주로 연설자와 청자의 관계로 만났다. 그는 항상 사람들에 둘러싸여 있어서 내가 쉽사리 다가가 말을 건넬 수 없었을뿐더러 일단 그의 강연 내용을 소화하는 것만으로도 벅차서 따로 질문을 하거나 할 겨를이 없었다.

그럼에도 불구하고 그의 광기는 강연 그리고 그가 계획한 컨퍼런스 프로그램을 통해서도 모두 느낄 수 있었다. 내가 맛본 그의 광기를 헬스 케어 인텐시브 컨퍼런스 현장 스케치를 통해 전해보고자 한다. 이하 글은 내가 영삼성닷컴에 기재했던 글이다.

헬스 케어 유토피아, 패치 아담스와 함께하다

내과를 찾아가 소화불량으로 인한 애로사항을 털어놓았다.

이에 돌아오는 의사의 답변, "A형 간염 예방 주사 맞으셨나요?"

소화불량으로 답답하다는 환자에게 전혀 무관한 7만 원짜리 주사를 권하는 그는 더 이상 의사가 아니었다.

어느 새부턴가 병원을 찾는 이들이 환자가 아닌 소비자로 인식되기 시작했다. 의술은 언제부턴가 의료 산업이란 산업군으로 범주화되기 시작하여 이제는 아예 '의료 서비스'라는 서비스업으로 변질됐다. 요즘 한창 시끄러운 한미 FTA 에서도 '의료 서비스'가 뜨거운 감자로 부상한 걸로 봐서도 의술은 영락없이 자본주의의 품에 꼼짝없이 안겨버린 신세가 된 게다.

미국 버지니아 해리슨버그에서 열린 '리디자이닝 더 헬스 케어 시스템Re-Designing the Health Care System'은 이처럼 변질된 의술의 정체성 재정립을 목적으로 전 세계의 의대생 및 의료 종사자 중심으로 9월 20일부터 5일간 진행되었다. 로빈 윌리엄스가 주연한 영화 〈패치 아담스〉의 실제 모델 패치 아담스와 사회운동 학교 SDaS가 주최한 이 컨퍼런스에는 미국뿐만 아니라 캐나다, 영국, 프랑스, 이스라엘, 베네수엘라, 싱가폴, 타이, 일본 등등 다양한 국가에서 모인 70여 명이 참가하여 의술의 유토피아를 논했다.

"지금 이 자리엔 미국을 포함해서 영국, 타이완, 싱가폴, 일본, 이스라엘, 베네수엘라 등등 여러 나라의 의료 관계자들이 모여 있습니다. 비록 컨퍼런스가 열리는 이곳이 미국이기는 하지만 우리는 5일간의 일정을 통해 미국 것을 과감히 버릴 것입니다."

사회자가 헬스 케어 인텐시브의 포문을 열었다. 헬스 케어에 대해 본격적으로 다루기 전에 계급에 관한 강연이 열렸다. 계급 구조가 사람의 일상 의사소통에 어떤 영향을 미치는지에 대해 짚어본 뒤 그것을 의사와 환자 사이의 그것으로 확장시켰다. 의술은 단지 '디시즈 매니지먼트Disease Management'가 아닌 '릴레이션십Relationship' 그 자체라는 것이 강연의 핵심이었다. 환자를 의료 시스템이라는 생산 시스템 내의 객체로 보는 것이 아니라 인간으로 바라보는 것, 그리고 환자와 눈높이를 같이하는 것. 클라우닝Clowning : 광대 놀이 역시 그 연장선상에 놓여 있다. 권위적이고 무뚝뚝한 의사와 그 어떤 인간적 소통이 가능하겠는가? 의사 스스로 광대가 되어 환자와 눈을 맞추고 웃음을 주며 교감을 주고받는 사이 의술은 진정 꽃을 피운다는 것이다(이에 대한 이해를 돕기 위해 영화 〈패치 아담스〉를 강추하는 바이다).

미국에는 현재 3억 명에 이르는 이들이 의료보험의 혜택을 받지 못하고 있다고 한다. 고가의 의료보험료 때문이다. 자본주의 논리하에서는 넘치는 수요로 인해 의료 수가가 높게 책정되는 것이 매우 '논리적'으로 비칠지 모른다. 그러나 컨퍼런스에서는 당연시되는 이 기본 전제에 의문을 던진다. "왜 경제 논리에 의료 시스템을 끼워 맞추는가? 이상적인 의료 시스템을 구축한 후에 경제를 논하자"라며 쿠바의 의료 시스템을 예로 든다. GDP가 미국의 9분의 1 수준이지만 의료 복지는 그들을 앞선다. 미국은 의사 한 명당 환자 수가 421명인 데 비해 쿠바는 275명이다.

돈 없으면 집에 가서 빈대떡이나 부쳐 먹는 게 아니었다. 돈 없어도 당당히 의료 진단을 받을 수 있어야 한다. 의대에서 피 터지게 공부하는 고등학교 친구들 얼굴이 떠오른다. "기능공이 되어가는 것 같다"라며 체념하던 그들을 붙잡고 한마디 하고도 싶다.

"환자가 소화불량이라고 하면 먼저 배를 쓰다듬어줘야 하는 거야."

광대 놀이

컨퍼런스의 마지막 날은 다사다난함의 연속이었다. 당혹스러움의 시작은 '무닝mooning' 부터였다. 단체로 기념사진 촬영을 마친 후 뜬금없이 패치가 개그 한수 가르쳐주겠다며 무닝을 제안했다. 무닝이란 단체로 엉덩이를 까고 사진 찍는 것을 일컫는데 사진에서 엉덩이가 달처럼 보인다 하여 'mooning' 이란다.

조직의 무서움이라고나 할까? 다들 엉덩이를 까니 나도 엉겁결에 따라서 엉덩이를 깠다. 그런데 나도 모르게 내 앞에서 엉덩이를 까놓고 있는 영국 여자 아이의 '그것' 을 보고 말았다. 정말 훤하게 보였다. 시선 둘 곳을 몰라 애매하게 화각을 맞춰가며 호기심과 당혹스러움 사이를 오갔다. 문화 충격은 참으로 달콤하면서도 떨떠름하다.

오후엔 다같이 광대 놀이를 나섰다. 패치 아담스는 의사와 환자의 눈높이를 맞추기 위해 광대 놀이를 시작했고 이 운동을 전 세계적으로 확장시켜 웃음이 필요한 전 세계 방방곡곡을 돌아다니며 광대 놀이를 하고 다닌다. 이번 광대 놀이는 컨퍼런스 참가자들에게 직접 광대 놀이를 체험할 기회를 줌으로써 의술에서 '유머' 가 어떤 식으로 치유에 기여하는지 살펴보는 것이 목적이다.

여러 팀으로 나뉘어 다양한 장소로 광대 놀이를 떠났다. 그런데 내가 탄 차는 앞서 가던 차를 놓치는 바람에 정해져 있던 장소로 갈 수 없게 되었다. 차 안에 탑승하고 있던 다섯 명은 즉흥적으로 아무 장소에나 찾아가 광대 놀이를 벌이기로 했다. 지나가다가 양로원을 하나 발견하여 무작정 들어가 광대 놀이를 시작했다. 갑자기 우스꽝스런 옷차림의 무리들이 나타나니 양로원 간호사분들이 너무 좋아했다. 참 신기했다. 한국에서 같으면 멀쩡한 모습으로 관계자분들께 양해를 구해도 승낙 여부가 불확실했을 터인데, 이곳에서는 다짜고짜 다가가 광대짓을 해도 다들 웃으며 넘긴다. 이는 문화적 차이일까, 아니면 포용력의 차이일까?

할머님들이 계시는 방에 찾아가 본격적인 광대 놀이에 돌입했다. 우스꽝스런 말투로 "하우 아 유?" 말을 건네며 "나는 우주에서 온 용스터예요"라고 소개했다. 처음에 할머니들은 "뭐 하는 놈들이야?" 했지만 이래저래 재롱의 강도를 높이자 금세 마음을 여셨다.

광대는 낮아져야 한다. 하지만 어설프게 낮아져서는 상대방의 우월의식만 부추길 뿐이다. 따라서 제대로 낮아져야 상대방과 눈높이를 같이할 수 있다. 그래서 우주에서 온 용스터는 할머님들을 즐겁게 해드리기 위해 〈아리랑〉을 열창했다. 할머님들이 보내는 열린 마음이 느껴졌다. 다같이 웃고 노래 부르는 그들의 활짝 핀 미소에 절로 마음이 울컥해 왔다.

'이분들 정말 외로우셨구나. 이런 어설픈 어리광에도 이렇게들 좋아하시다니.'

이 생각에 더욱더 광대짓에 박차를 가해 신들린 광대 놀음을 선보였다. 실제로 광대 놀이를 해보니 패치가 왜 광대 놀이에 그런 열성을 보이는지 이해할 수 있었다. 환자를 치료하는 것은 의료 기술이지만 그것이 전부는 아니다. 심적인 치료가 결여된 의술은 그저 기술에 지나지 않는 것이다. 환자의 마음을 보듬을 줄 알아야 한다. 그러기 위해선 환자와 함께하고 그들의 말에 귀를 기울여야 한다. 유머는 그들과 가까워질 수 있는 촉매제 역할을 톡톡히 해낼 수 있다.

나의 어리광에 할머님들이 자신의 이야기 보따리를 조근조근 풀어놓으신다. 당신의 손녀딸 사진을 보여주시면서 "내 손녀 참 예쁘지?"라며

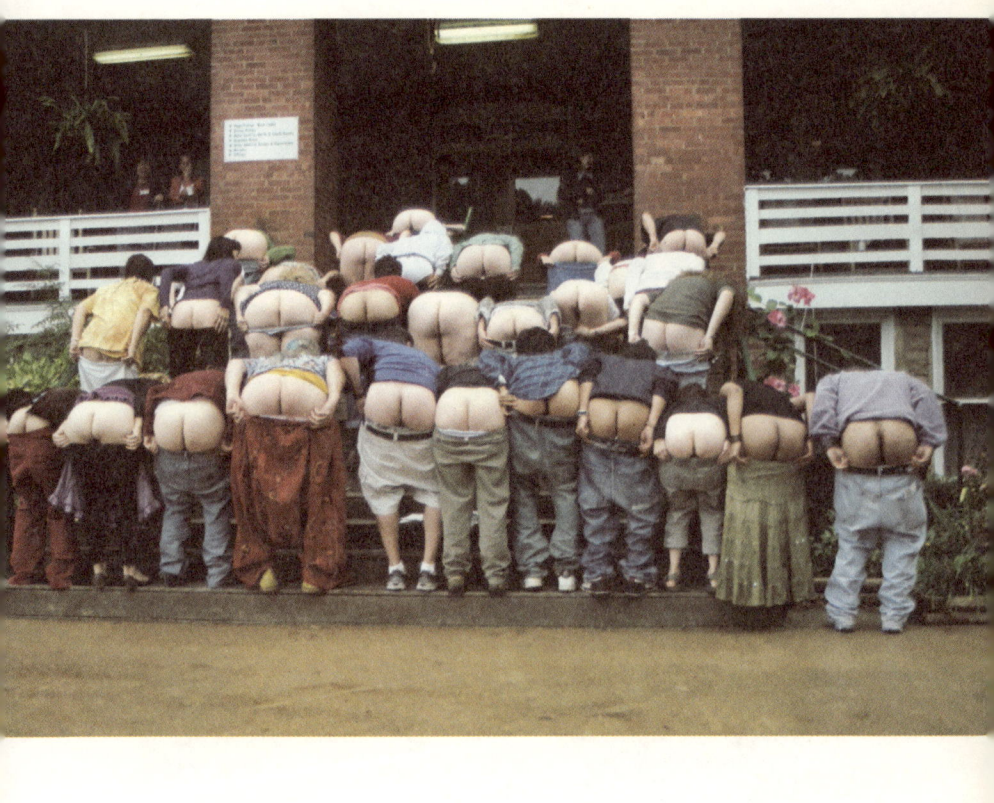

손녀딸 자랑에 기분이 좋아 보이신다. 나 하나 낮아지니 세상 사람들이
행복해진다.

게준트하이트, 패치의 분신

여행은 사람만 만나게 해주는 게 아니다. 듣도 보도 못한 공간과도 만나
게 해준다. 컨퍼런스를 마치고 오는 길에 웨스트버지니아주에 위치한 게
준트하이트에 들렀다.

 'Gesundheit', 영어가 아닌 독일어. 'For health'를 뜻하는 이 단
어는 독일인들이 남의 재채기에 넣는 추임새격인 단어다. 영어로 치자면
'Bless you', 스페인어로는 'Salut' 정도 될 것이다.

 게준트하이트는 무료 병원 설립을 추진하는 패치 아담스에 의해 1972
년에 설립되었다. 즉 패치의 무료 병원의 청사진 격인 셈이다. 그러나 아
직까지 병원으로서 완벽한 구색을 갖추지는 못했다. 웨스트버지니아 초
원 위에 땅은 확보가 되어 있으나 아직까지 허허벌판인 느낌이 강하다.
하지만 설립 이래로 자원봉사자들의 땀으로 몇 채의 멋들어진 건축물들
이 자리잡고 있다.

 이곳은 자원봉사자들에 의해 운영된다. 공동체 생활을 하는 이들의 하
루는 아침 8시 30분의 미팅으로 시작된다. 내가 갔을 때도 오늘은 무얼
하며 지낼 것인가를 주제로 미팅이 열렸고 이런저런 논의 끝에 오늘의 할
일이 정해졌다. 개 목욕 시키기, 땔감 구해 오기, 화장실 청소하기, 쓰레
기장 비우기 등등 참으로 소소한 것들이 그들의 일상을 채우고 있었다.
자연에 둘러싸여 자연과 함께하며 그렇게 하루하루를 보낸다. 자신들만

의 세상에 사는 사람들. 디카프리오 주연의 영화 〈비치〉의 그들 같았다.

게준트하이트는 참으로 고즈넉한 곳이다. 하지만 솔직히 정말 이곳이 패치의 꿈처럼 환자들과 의사들이 한데 어울려 서로를 치유하는 장이 될지는 미지수다. 미국 의료 시스템이라는 골리앗이 너무도 완강한 탓에 패치의 아이디어가 시나브로 증발해 버릴 것 같아 걱정이다. 그래도 누군가 이처럼 불가능한 꿈을 품고 자신의 일생을 바치고 있다 생각하니 나 역시 뜨거워졌다. 그것도 나이 환갑을 넘긴 노장이 열정적으로 자신이 생각한 바를 추진해 나가고 있다니. 그 삶의 열기에 나 역시 그처럼 뜨거워지지 않으면 불살라 타들어갈 것만 같았다.

"죽기 전에 이 프로젝트를 반드시 성공시키겠다는 생각은 없습니다. 다만 누군가 저의 이런 발버둥에 뜨거워져 제 뒤를 계속 이어나간다면 전 그걸로 족합니다."

아직도 패치 아담스의 음성이 귓가를 맴돌고 있다. 만남은 전염이다. 패치 아담스는 내게 뜨거운 가슴을 전염시켰다.

관광 비자로
미국 영어 빨아들이기

왜 한국 속담에선 두 마리 토끼를 동시에 잡지 말라 하는 걸까? 한국인의 급한 성미 때문에 두 가지 일을 동시에 하면 그르친다는 경험의 소산인 지 아니면 사촌이 땅을 사면 배부터 아파오는 한국인의 습성상 일거양득 하는 이들에 대한 배알 꼴림에서 기인한 것인지. 난 미국 생활에서 과감 히 두 마리 토끼를 쫓았다. 하나는 앞서 말한 SDaS였고 두 번째는 영어 다. 그리고 확신컨대 난 두 마리를 모두 잡았다.

영어를 수단화하라

미국에 오기 전에는 영어로 의사소통하는 데 있어서 가장 걱정되는 것이 말하기였다. 듣기는 중학교 때부터 영어 듣기평가라는 방식으로 접해왔 기 때문에 상대적으로 자신 있었다. 그런데 막상 미국 땅에 들어서니 말 하기는 둘째치고 들리지가 않았다. 미국 원어민의 발음이 어찌나 빠르고 흐물흐물하던지 도통 알아먹을 수가 없었다. 듣기가 안 되니 말하기도 안 된다. 본디 대화는 들은 후에 거기에 맞추어 말을 해야 하는 법인데, 들리는 내용을 모르니 뭐라 답할지를 몰랐던 게다. 정말 드릴로 귓구멍을 뚫어버리고 싶었다.

그러나 미국 체류 기간 세 달 동안 나의 영어 실력은 무섭게 성장했다. 가끔은 나 스스로도 놀라우리만큼 빠른 속도로 귀가 뚫리고 입이 터졌다. 비법은 간단했다. 영어를 우습게 봤다.

누군가 그랬다. "돈과 애인은 따라가는 것이 아니다. 다만 따라오는 것이다"라고. 사실 내가 한 말이다. 돈 벌기에만 혈안이 되어 돈을 쫓기보다는 주어진 일을 열심히 하다 보면 돈이 알아서 따라온다. 그리고 애인 역시 수차례 작업의 정석으로 공략하기보다는 맡은 일에 최선을 다하고 있다 보면 어느새 당신 옆에 와 있을 거란 말인데 그 말이 영어에도 적용된다는 사실을 아시는지? 3개월 미국 체류 기간 중 난 단 한 번도 영어를 공부하지 않았다. 대신 영어를 가지고 신나게 놀았다. 영어만 바라보며 "오, 영어여, 제발 나 좀 바라봐줘" 애원하기보다는 영어 이외의 것들을 얻기 위해 혹은 즐기기 위해 영어를 철저히 수단화했다. "영어 넌 2순위다!" 하고 외치니 영어가 알아서 따라왔다.

몰라도 듣고 틀려도 말하라

SDaS 수업 내용은 원어민이 들어도 어렵다. 미국인 친구들도 수업 중간중간에 수시로 재설명을 요구했다. 심지어 전문 학술 용어들이 난무하여 미국 친구들도 사전까지 뒤져가며 수업을 들을 정도였다. 그러니 나에겐 오죽하랴? 25년 평생을 한국에만 처박혀 지냈거늘 언제 내가 외국인과 제대로 된 영어로 대화 한번 나눠봤겠는가? 고작해야 교환학생 준비한답 시고 두 달여간 토플 공부 붙잡고 늘어졌던 것이 내 영어의 전부였다.

하지만 난 어려움을 수업 내용에서 찾았지 영어에서 찾지는 않았다. 안 들릴지언정 영어 듣기에만 급급하지는 않았다. 불타오르는 학문에의 호기심으로 영어를 뛰어넘어 수업 자체의 무수한 용어들과 개념들을 붙잡고 늘어지니 신기하게도 영어는 알아서 따라왔다. 물론 이는 결과적으로 놓고 보았을 때 그랬다는 말이지 한창 영어로 버벅이던 시절엔 참으로 죽을 맛이었다. 수업 첫날엔 20퍼센트도 못 알아들었다.

SDaS는 철저히 토론식으로 수업이 진행되기에 선생 및 학생들의 저마다 다른 억양과 속도의 영어가 교실 안을 떠돌아다녔다. 그래서 더욱더 수업의 흐름은 오리무중이었다. 하지만 절대로 호기심이라는 그 끈은 놓지 않았다. 아무리 안 들려도 대략적으로 무엇에 대한 토론인가는 알 수 있었기에(물론 가끔 그것도 종잡을 수 없을 경우가 있긴 했다) 들리지 않더라도 무조건 귀에 쑤셔넣어 내 마음대로 해석했다. 그리고 궁금하면 무턱대고 물어봤다. 문법적 오류 따위는 전혀 고려치 않고 마구 지껄였다. 순전히 호기심에 밀려 내뱉어지는 단어와 단어의 조합이었다. 그러면 일단 선생님이나 친구들이 질문에 대한 답을 해준다. 그다음엔 친절히도 내 질문의 문법적 오류를 요목조목 따져 고쳐준다.

수업 내용을 전혀 못 알아듣는 경우에는 다시 설명해 달라 수차례 반복적으로 요구했다. 처음엔 교수님들이 좀 더 쉽게 풀어서 설명을 해준다. 그래도 모르겠다 다시 말해 달라 하면 옆의 친구가 자신이 이해한 바를 좀 더 쉽게 학생의 입장에서 설명해 준다. 그렇게 2차, 3차에 걸쳐 설명을 들은 후에야 겨우 이해했다.

나는 SDaS의 유일한 외국인이었기에 교수님들이나 친구들이 정말 배려를 많이 해주었다. 그리고 이는 나의 영어 실력 향상에 큰 도움이 되었다.

몰라도 듣고 틀려도 말하라, 그다음에 생각하라. 이것이 영어 회화의 키포인트다. 한국 사람들은 말하거나 듣기 전에 너무 많이 생각한다.

영어로 놀자

SDaS의 좋은 점 중 하나는 나 이외에 모든 이들이 미국인이라는 점이었다. 일단 한국인이 나 혼자라는 것은 한국어와 단절될 수 있다는 뜻이고 나 이외에는 모두 미국인이라 함은 원어민에 둘러싸여 완벽한 영어를 흡수하기에 최적의 조건임을 뜻한다. 영어를 배울 때 환경은 정말 중요하다. 누구와 영어를 주고받느냐가 그 사람의 영어를 좌우한다. 들리는 발음, 억양이 부지불식간 나의 입에서도 튀어나오고 상대방이 쓰는 관용어구들을 순간적으로 포착하여 나중에 비슷한 상황에 직면했을 때 자연스레 써먹게 된다. 내가 어학원에서 배우는 소위 인터내셔널 잉글리시, 즉 아시아, 남미, 유럽의 어학연수생들이 교실 안에 모여 주고받는 국적 불명의 영어를 기피했던 것은 이 때문이다.

나라는 놈은 지지리 복도 많아서 SDaS 안에서는 무얼 하든지 원어민의 영어에 휩싸여 있었다. 덕분에 나의 영어 실력은 얼마만큼 SDaS와 함께 노느냐와 비례했다. 하지만 그것만으로는 성에 차지 않았다. 좀 더 영어 속으로 날 밀어넣고 싶었다. 그렇다고 지나가는 아무나 붙잡고 나와 함께 영어로 대화하자고 떼를 쓸 수는 없는 노릇이다. 앞서 말했듯 길거리에서 스치는 수많은 원어민은 말하는 기계가 아니다. 그들과 진정한 대화를 나누며 영어를 가지고 놀기 위해서는 그들과 관계를 맺어야 한다. 어떠한 형태로든 관계가 맺어지면 자연스레 둘 사이에 말할 거리가 생기고 이 말할 거리를 영어로 풀어나가는 과정에서 영어가 일취월장하는 것이다.

나는 누군가와 관계 맺을 거리만 생긴다 싶으면 주저없이 따라나섰다. SDaS가 위치한 얼바나샴페인은 일리노이주립대학이 있는 스쿨 타운이었기 때문에 그 대학에서 열리는 수십, 수백 개의 모임이 내게는 풍성한 영어 놀음의 장이 되었다. 정말 열심히도 따라다녔다. 심지어 시위에도 참가했다. 대학 내의 자판기가 코카콜라에 독점되고 있는 것에 분개한 대학생들이 시위를 준비했는데 그곳에까지 따라가 열심히 영어를 해댔다. 발품 팔아 이리 뛰고 저리 뛰며 영어로 노는 채널을 최대로 다각화시켰다. 이어질 글 묶음들은 나의 미국 생활과 다각적 영어 놀이에 대한 소개와 그로부터 파생된 영어와 관련된 온갖 생각 덩어리들이다.

● 나의 집

어린 시절, 외화 〈케빈은 열두 살〉을 통해 처음으로 미국이라는 나라를 접했다. 당시 드라마에 비춰진 미국식 주택과 그 앞의 초록색 정원이 내가 가진 미국에의 첫 번째 이미지였다. 그리고 성인이 된 후 내 머릿속에 그려진 미국은 외화 〈프렌즈〉를 통한 것이었다. 한 공간 안에 가족이 아닌 각자의 개개인이 공존하며 그 속에서 무언가 끊임없이 헤프닝이 발생하는 그런 역동성이 두 번째 미국의 이미지였다.

그후로 몇 년이 지나 난 미국이라는 나라에 왔다. 그리고 〈케빈은 열두 살〉에서 그렸던 집과 뜰을 갖게 되었고 〈프렌즈〉를 통해 꿈꾸던 친구와의 동거를 시작했다. 집주인이자 SDaS의 교수님이기도 한 작곡가 마크 아저씨와 만화 작가 지망생 롤린, 이 둘과 함께 〈한 지붕 세 가족〉처럼 알콩달콩 3개월간 살았다. 하지만 같이 사는 데 있어서 한국 정서로는 이해하기 힘든 점들이 적지 않아서 초반엔 적응 기간이 필요했다. 일단 미국식 개인주의가 내겐 너무 어색했다. 보통 한국 사람들은 개인보다 단체를 중시하는 경향이 짙어서 무얼 하든 남부터 신경 쓰기 마련인데 미국인들은 전혀 그렇지 않다. "난 내 할 일을 하겠다. 너 역시 네가 하고 싶은대로 하렴. 나는 아무런 상관도 하지 않으마" 하는 식이다. 이기주의와는 엄연히 다르다. 남에게 피해 끼치지 않으며 자신을 생각하는 것이니 나쁠 건 없다. 한데 솔직히 내 입장에선 그게 좀 야속해 보이고 가끔은 섭섭하기도 했다.

롤린이 부엌에서 무언가 음식을 만들고 있다. 내심 '같이 먹자고 하겠지?' 싶어 은근히 기대를 한다. 음식이 다 되었는지 롤린이 음식을 식탁으로 가져온다. 난 귀만 쫑긋 세우고 거실에 앉아 롤린이 날 부르기만을 기다리고 있다. 롤린이 나를 보고 웃는다. 나도 눈짓으로 "What's up?"을 외친다. 이제 나를 식탁으로 초대하겠지? 나 혼자 기대에 차 있다. 허나 롤린은 식탁에 앉아 혼자서 음식을 다 먹어치운다. 난 그걸 멀뚱히 바라보며 쩝쩝 입맛만 다시고 있다. 에이, 혼자 또 짜파게티나 먹어야겠다. 부엌에 들어가 냄비에 물을 올리고 있으니 마크 아저씨가 집에 들어오신다. 경로사상에 앞서 혼자 밥 먹는 것에 질려버린 난 마크 아저씨께 묻는다.

"Hey Mark! You want some Korean noodle(마크! 한국 라면 좀 먹어볼래)?"

"No thanks, I'll eat after your dish(괜찮아. 난 너 먹고 나면 먹을게)."

밥 하나 같이 먹기가 이렇게 힘들어서야. 전에 내가 만들어준 짜파게티를 보고 마크가 사람 뇌처럼 생겼다고 했는데, 그래서 거절한 건지. 아님 내가 괜시리 자기 때문에 음식 준비를 더 많이 해야 하는 게 싫어서, 내게 그런 '피해'를 끼치기 싫어서 그런 건진 잘 모르겠다. 무슨 이유에서건 거절을 당하니 좀 섭섭하다. 밥 먹으면서 이런저런 얘기도 하고 그러면 얼마나 좋아?

● 코리안 포틀럭 Korean Potluck

미국의 밤 문화는 주로 각자의 집에서 저녁 식사를 함께하며 이야기꽃을 피우는 것이다. 중국엔 흐지부지되었지만 학기 초반에만 해도 일주일에 서너 번 정도 정해진 '밀 플랜meal plan'에 따라 저녁 수다를 떨었다. 내가 처음 식사 당번을 맡았을 때 단 한 명의 외국인인 나에게 거는 친구들의 기대는 대단했다. "김치 담그는 거야?"부터 시작해서 "고추장도 주는 거지?"(고추장이 무슨 반찬인 줄 안다)까지. 한데 문제는 내가 해줄 수 있는 음식은 김치볶음밥뿐이라는 것……. 불고기를 할까 했지만 우리 학교에는 어찌나 채식주의자가 많은지. 김치볶음밥, 단일 종목만으로 친구들의 기대를 충족시킬지 의문이었다.

그러다 이야기가 흐르고 흘러 어찌하다 보니 이런 말로 맺음이 되었다.

"We are going to potluck. OK?"

포틀럭? 무슨 소리지? '한국 음식을 먹어 운이 좋다'라는 뜻으로 억지로 끼워 맞추었다(이는 단순히 'luck'이라는 단어에 대한 집착의 결과였다. 말했듯이 내 영어 듣기는 늘 이런 식이다). 그래서 난 뜻도 모르고 오케이해 버렸다. 대략 열세 명의 친구가 온다는 얘기를 듣고 나는 13인분의 김치볶음밥을 죽어라 비볐다. 그때 "용! 뭐 도와줄까?"라며 친구 리디아가 손에 한가득 음식 바구니를 들고서 집으로 들어왔다. 엥? 웬 음식?

"음식은 왜 가져왔어? 내가 오늘 당번인데?"

의아해 하는 내게 그 아이는 "오늘 포틀럭하기로 했잖아"라고 답한다. 그제야 난 고백했다.

"음……. 포틀럭, 그게 뭔데?"

"각자가 음식을 조금씩 가져오는 거야. 애나랑 제이슨도 가져올 거야."

뭐라고? 순간 채 비벼지지 않은 흰 쌀밥에 눈길이 닿았다. 정말 친구들이 하나둘씩 각자의 음식을 들고 부엌에서 요리를 시작했다. 한편으로는 김치볶음밥 하나만 내놓아야 한다는 부담감에서 벗어나 안도감이 들면서도 그 많은 밥이 처량하게 보였다.

포틀럭이란 인디언들의 풍습에서 기인했다 한다. 각 부족들이 자기의 음식 문화를 뽐내기 위해 주변 부족들을 불러다 잔치를 벌인 데에서 유래했다는데 그것이 지금은 각자가 자신의 음식을 가져와 함께 나누는 것으로 발전한 것이다.

이런 식으로 친구들과 밥정을 나누며 그 속에 깃드는 문화의 교류를 즐겼다. 수업 시간엔 주로 사회 디자인에 대해서 그리고 아주 정치적이고 형이상학적인 얘기투성이의 영어만 듣고 말하는 반면 식탁 위에선 아주 캐주얼한 미국의 문화들을 엿볼 수 있어서 참 좋았다. 또한 식탁 위에서 친구들이 알려주는 일명 '실용 영어practical English', 미국 욕을 배우는 시간엔 어찌나 두뇌 회전이 빨라지던지 듣는 즉시 암기가 되었다. 이렇게 나의 영어 실력은 두 가지 얼굴을 가지고 자랐다.

포틀럭 외에도 나는 따로 자리를 만들어 미국 친구들에게 한국을 알리

려 최선을 다했다. 일명 '코리안 나이트Korean night'란 타이틀의 파티를
비정기적으로 열어 미국 친구들을 우리 집으로 초대했다. 내 경험상으로
미국인들은 대한민국을 대한민국 자체로 보지 않는다. 그저 북한과 모종
의 끈으로 묶여 있는 나라, 북한과 미국 사이에 끼어 있는 나라로 보는 경
향이 짙다. 적어도 내 주위 친구들은 그랬다. 그런 연유로 내가 가장 많이
받는 질문은 이거였다.

　"북한의 핵 문제에 대해 어떻게 생각하니?"

남한의 문화에 대해 질문받기를 기대했다가 받는 이 질문엔 대략 난감이다. 그렇다고 그들이 대한민국에 대해 편협한 시각을 가졌다는 말은 아니다. 단지 그들은 남한에 대한 정보를 접할 기회가 없을 뿐이다. 그래서 난 또 민간 외교관을 자처했다.

"This is Korea."

음식 외교란 말이 있지 않은가? 음식만큼 한 나라의 문화를 잘 알릴 수 있는 수단이 있을까 싶었다. 이는 나의 터키 워크캠프에서 입증된 바 있었다. 그리고 나의 요리 실력이 일취월장하고 있었기에 과감히 친구들을 한국 음식의 세계로 초대했다.

학기가 진행됨에 따라 밀 플랜은 삐걱대기 시작했다. 친구들 각자 이곳에서 정착을 해가며 저녁 시간이 바빠진 탓이었다. 저녁 수다가 거의 유야무야되다시피 했을 때 친구들을 집으로 초대했다. 포틀럭이 아닌 순도 100퍼센트 한국식 저녁으로.

나의 요리 실력은 떡볶이에서 절정을 이루었다. 친구들은 고추장의 달콤짭짜름한 매콤함에 매료되었다. 김치 맛에는 자지러지기까지 했다(채식주의자들의 김치 찬양은 대단했다). 김치 냉장고의 존재를 알려주니 참으로 신기해 했다. 이렇게 음식을 통해 한국의 문화와 사회 풍속을 알려주며 한국을 더 이상 북한과 미국에 끼어 있는 존재만으로 보지 않기를 은근히 강요했다.

"봐라! 이게 한국의 맛이다!"

코리안 나이트에 소주가 빠질 수 있겠는가. 거금 5달러를 주고 소주를 공수해 와 그들에게 선뵈었다.

"꽃향기가 나네?"

소주에 대한 그들의 첫 소감이었다. 소주에 꽃가루를 풀었던가? "소주를 마신 다음에는 '크……아!' 라고 하는 거야"라고 귀띔해 주자 제이슨과 애나가 "크……아!" 하며 괴성을 질러댔다.

음식만으론 약하다 싶었다. 그래서 저녁을 마친 다음에는 어김없이 한국 영화를 보여주었다. 미국 친구들과 함께 본 영화는 〈JSA〉와 〈왕의 남자〉였는데 특히 〈JSA〉에 깊은 인상들을 받는 눈치였다. 그들은 왜 그토록 남한이 북한에 대해 어정쩡한 태도를 취하는지 이해하지 못했다. 다행히 이 영화를 통해 남한이 빠져 있는 딜레마를 이해한 듯했다.

터키 여행 때도 느낀 바였지만 한국을 벗어난 순간 난 민간 외교관의 책임을 짊어지게 된다. 외국인들은 나 하나로 한국을 보고 한국인을 느끼기에 민간 외교관 행세는 내 의지이기 이전에 어쩔 수 없는 업보(?)이자 자부심이다. 그런 면에서 나의 요리 솜씨는 최고였다.

● 태양에서 온 아이

영어로 노는 것이 마냥 신나지만은 않다. 가끔은 서럽고, 더럽고, 치사하다.

막 미국 생활에 기지개를 켤 즈음이었다. 일상에서의 능수능란한 영어 소통 감각을 기르려는 심산으로 맥도널드를 찾았다. 한국에서 못 보던 메뉴도 있었지만 일단 많이 먹어본 빅맥 세트를 먹기로 했다. 차례를 기다리며 머릿속에 수만 번 이런 문장들을 되풀이했다.

"빅맥 플리즈!"

"요! 왓업? 빅맥 플리즈, 맨~."

"캔 아이 해브 빅맥?"

이렇게 하면 "옛썰!" 하며 친절히 나의 주문에 답을 한 뒤 "히어 올 투고?"로 되받으리라 예상했건만 맥돌이는 생판 처음 들어보는 문구를 내뱉었다.

"……, ……? meal ……?"

뭐? 'meal'이라고? 'meal'은 밥이란 뜻을 지녔다 생각했기에 '그럼 내가 여기 밥 먹으러 왔지 뭐 하러 왔겠냐?' 생각했다(영어 듣기는 이렇게 하는 거다). 그래서 그냥 씨익 웃었다. 그랬더니 또 "……, ……? meal ……?" 톤이 약간 올라갔다. 난 또 웃기만 했다. 그러자 "너 감자랑 음료수도 먹을 거냐?"라고 짜증 섞인 목소리로 또박또박 씹어대는 그의 말을 듣고서야 난 그 'meal'이 세트 메뉴임을 알았다. 진작에 그렇게 말했으면 될 것을, 하며 간단히 "예스"라 말했다.

계산을 마치며 맥돌이가 던진 한마디.

"Are you from the sun?"

뚜껑이 화악 열렸더랬다. 그러나 배시시 웃으며 이렇게 말했다.

"No, I'm from the moon."

영어로 놀려면 가끔 이런 수모도 감수해야 한다.

● Dance English

"넌 뭘 잘하냐?" 묻는다면 난 자신 있게 세 가지를 답할 수 있다.

"사진, 리바운드 그리고 춤."

난 참으로 춤을 잘 춘다. 어디까지나 막춤이요 내 춤에 대한 평가 역시나 스스로 그렇게 생각할 뿐이지만 그래도 나는 춤을 잘 춘다.

미국에서 살사와 탱고 레슨을 동시에 받는 모험을 강행했다. 밤마다 찾아오는 외로움도 달래고 또 다른 경로를 통해 미국 친구들(흔히 '스텝 프렌드step friend'라 한다)을 사귈 수 있어 한 번이라도 더 영어를 말하고 들을 수 있겠다 생각했다. 그리고 무엇보다 다음 행선지가 남미였기에 살사와 탱고에 대한 기본적인 스텝을 익혀두면 여러모로 도움이 되리라 생각했다.

한국서는 레슨비가 얼마나 하는지 모르겠지만 그곳의 춤 값은 참으로 쌌다. 내가 받은 레슨의 경우 살사는 다섯 번 수업에 30불, 탱고는 일곱 번에 15불만 지불하면 되었다. 저렴한 가격에 춤도 배우고 미국인 친구를 사귀어 영어 몇 마디라도 더 던질 수 있으니 님도 보고 뽕도 따는 셈이었다. 또한 살사와 탱고는 모두 남녀가 짝을 이루어 극도로 밀착된 상태로 춤을 추기에 국경을 넘나드는 속삭임을 영어로 아주 '스위트'하게 구사할 기회가 주어져 너무 좋았다. 혹자에 따르면 영어의 첩경은 '베드 랭귀지bed language'랬다. 그러나 내 생각엔 '댄스 랭귀지' 역시 그에 뒤지지 않는 것 같다.

나의 춤발은 살사에서 용트름을 해대었다. 평소 내지르던 막춤의 근원이 살사에 있었음을 깨달았다. 솔직히 처음엔 남녀가 밀착하여 비벼대는 춤사위에 소스라쳤더랬다. 그러나 한두 번 하고 나니 그게 은근히 중독성이 있었다. 나의 리비도가 물 만난 고기마냥 펄떡펄떡대었다.

그러나 탱고는 날 외면했다. 첫 레슨부터 삐걱대더니 마지막 수업 때까지 날 물먹였다. 일단 기본 자세부터가 부담스러웠다. 살사보다 더 밀착해야 한다. 그러니 시선 처리가 어려웠다. 미국 표준 신장을 지닌 파트너와 함께 자세를 잡으면 나의 시선은 어김없이 그들의 가슴을 향하게 되었다. 이건 정말이지 나의 의지를 벗어나는 일이었다. 거기다 이곳 여성들은 어찌나 가슴 파진 윗도리를 선호하던지. 또한 스텝이 너무도 절제

되어 있어 춤추기엔 너무 답답했다. 그 답답함이 내 스텝을 꼬이게 만들었고 덩달아 심심치 않게 파트너의 발등까지 밟게 했다. 그런 탓에 내가 우리 클래스에서 가장 탱고를 못 추는 남자 파트너가 되어버려 대부분의 여자 파트너들은 나와 함께 춤추기를 꺼려했다.

그러나 어쨌든 살사와 탱고의 기본기를 몸에 익혔다. 그리고 무도회장에서 만난 몇몇 스텝 프렌드와 친분을 유지해 나가며 주기적으로 영어를 말할 수 있는 창구를 만들었다. 나의 춤이 남미에서 얼마나 스페인어의 부재를 상쇄시킬지 모르겠지만 남미를 향하기에 앞서 그들과 소통할 수 있는 무언가를 갖게 되어 뿌듯했다. 그리고 춤추며 익힌 파트너와의 감미로운 영어 속삭임들이 이런저런 작업에 큰 도움이 되리라 믿었다.

● 미국 자본주의의 선물, 내 몸의 시한폭탄

이번엔 영어 얘기에서 약간 벗어나 미국 생활을 하며 내가 피부로 체험한 미국 자본주의의 실태를 아뢰볼까 한다.

하루는 정전이 났다. 마크 아저씨가 전기세 내는 걸 깜박했단다. 미국은 정말로 무서운 나라다. 자본주의가 너무도 철두철미한 탓에 전기세 납부 기간을 단 하루 넘겼다고 바로 전기를 끊어버렸다. 잔인한 사람들 같으니라고. 돈만 있으면 뭐든지 할 수 있는 나라가 미국이라지만 동전의 양면처럼 돈 없으면 아무것도 못하는 나라가 바로 미국이다.

이는 미국 의료 시스템에서 절정에 달한다. 미국의 의료 시스템은 가히 세계 최악이다. 의료보험 역시 자유시장에 던져져 상품화되어 있었다. 미국인에게 의료보험은 마치 우리 나라에서의 생명보험 같은 개념으로 여겨진다. 때문에 거금을 주고 의료보험을 구입해야만 저렴한 가격으로 진찰을 받을 수 있다. 섣불리 의료보험 없이 치료를 받았다가는 집안 살림이 모조리 거덜나는 수가 있다. 심지어 어떤 이는 교통사고가 나서 응급차가 출동했는데 기를 쓰고 그 차에 올라타지 않겠다고 버텼다고 한다. 멋모르고 응급차에 실리는 순간 어마어마한 의료 수가를 지불해야 하기 때문이다.

나 역시 치통으로 치과를 찾았다가 완전히 도둑맞은 기분이었다. 간단한 엑스레이를 촬영하고 치과 의사가 진찰을 했다. 여기서 진찰이라 함은 그저 나의 이빨 상태를 확인한 후 "현재 이빨이 이러이러합니다"라고 알려주는 데에 그치는 것일 뿐 그 어떤 치료도 하지 않는다. 한데 고작 그것만으로 그들은 내게 130불을 청구했다. 의료보험이 없다는 게 이유였다. 미국 치과 의사들의 이빨은 정말 비쌌다. 잠자기 전에 금가루로 양치질이라도 하시나 보지?

"그럼 충치 치료를 하려면 얼마를 내야 하나요?"

홧김에 물으니 525불이란 말도 안 되는 답이 돌아왔다. 정말 정떨어지게 잔혹한 나라다. 이런 게 자본주의구나 싶었다. 결국 난 치료를 받지 않았다. 두세 달만 견디면 남미로 넘어가기 때문에 그곳에서 좀 더 인간적인 가격으로 치료를 받기로 했다. 패치 아담스가 의료 혁명을 부르짖는 이유를 알 것 같았다. 미국에선 돈 없으면 아프지도 못한다.

미국 자본주의가 내 이빨에 시한폭탄을 장착했다. 시도 때도 없이 치통이 도져서 심할 땐 눈물까지 흘렸다. 덕분에 남미에 내려가서도 한참을 치통과 싸워야 했다. 미국에서 너무 오랫동안 충치를 방치한 탓인지 치과를 찾아도 쉽사리 낫지 않았다. 밥 먹는 게 고된 노동이 되어버려 매끼마다 한숨을 내쉬며 힘겨이 자작운동을 해야 했다. 그럴 때마다 체 게바라가 남미 여행 중 천식으로 생사를 넘나들었던 것을 되새기며 내 여행의 충치를 체의 천식과 동일시했다. 그러면 무슨 사명감 같은 것이 감돌며 고통을 참는 게 훨씬 수월해졌다. 그렇게 쩌렁쩌렁 울려대는 치통을 부여잡고 나의 미국 자본주의에 대한 반감은 점점 커져갔다.

● DJ Yong

내 꿈은 라디오 PD다.

난 라디오가 참 좋다. 매체 특성상 이미지에 의존해야 하는 TV와는 다르게 라디오에는 사람의 음성이 전달된다. 외형상 일 대 다수의 커뮤니케이션일지라도 사람과 사람이 연결되는 진정한 '소통'이 가능한 것이 라디오다. 그곳에서 사람과 사람을 이어주는 '사람'이 되는 것이 내 바람이었다.

조금이나마 꿈에 근접하고 싶었던 나는 소출력 라디오의 세계를 알게되었다. 여행을 떠나기 전 6개월간 '마포 공동체' 라디오 제작국에서 〈뮤직 푸드〉라는 프로를 맡아 연출, 각본, DJ 등을 혼자 모두 알아서 하는 원맨 방송을 했다.

미국에 가서도 나의 라디오 사랑은 계속되었다. 미국에 가자마자 '켠' 것은 TV 채널이 아니고 라디오 채널이었다. 지지직대는 음질과 알아들을 수 없는 속사포 영어 멘트 속에서 유난히도 또렷이 들렸던 단어 'Volunteer'. 뭐? 여기 라디오 방송국도 자원봉사자를 뽑나?

SDaS의 선생님이자 한 지붕 아래 사는 마크 아저씨께 여쭈어보니 미국엔 커뮤니티 라디오 제작국이 지역마다 여럿 있고 아저씨 역시 소싯적엔 어느 제작국에서 뉴스를 진행했다고 했다. 그러면서 건넨 한마디.

"You can do that, too."

나는 마크 아저씨에게 이 동네서 가장 규모가 큰 라디오 제작국을 소개해 달라고 졸라댔다. 그렇게 해서 도착한 곳이 바로 FM 90.1 웨프트 라디오 스테이션Weft Radio Station이었다. 생각만큼 큰 규모는 아니었지만 이들이 소유하고 있는 대량의 음원에 솔직히 주눅이 들었다. 마포 공동체 라디오의 열악했던 음원 보유 상태가 생각났기 때문이었다.

처음엔 미국의 지역 라디오가 어떻게 굴러가는지 살펴보고 싶다는 마음뿐이었다. 광고도 없이 100퍼센트 주민들의 기부금으로 운영되는 이 지역 라디오의 원동력을 찾아보고 싶었다. 뭐든 이곳 라디오 제작 관련된 일이면 마다하지 않겠다는 생각으로 찾아가 담당 매니저를 만났다. 처음엔 한국이라는 내 국적에 호감을 보이는 듯했지만 어설픈 내 영어 발음과 3개월이라는 짧은 체류 기간 탓에 어떤 일을 맡겨야 할지 난색을 보이기 시작하더니 급기야 2층 창고를 보여주며 조만간 이곳 정리를 할 예정이니 도와달라는 말을 했다. 자존심이 좀 상했다. 아무 일도 개의치 않겠다고 다짐은 했지만 라디오 제작과 관련 없는 창고 정리 따위에 내 힘을 쏟을 순 없었다.

그때 '그것'을 보고 말았다. 이곳에 한국 노래라고 보유되어 있는 음원이 고작 세 장에 불과하다는 것. 게다가 그중 하나는 티베트 음악이었다. 그러니 그들은 달랑 두 장의 한국 음원을 가지고 있는 셈이었다. 그것도 사물놀이나 창 등 정작 지금의 한국인들은 거의 듣지 않는 음악뿐이었다.

또다시 가슴에서 태극기가 용솟음쳐 올라 물러날 수 없었다. 무슨 이유로 한국 음악이 이렇게 천대받는가 싶었다. 어떻게든 기회를 잡아 한국 노래를 틀어내리라 마음먹고 마구 들이댔다. 그래서 뜬금없지만 "I am

DEUX

The second Korean musician Ilco
hop group which consists of two ~~group~~ hav
Seong Jae. Their first album was n
field of Korean music was influence
as hiphop and regae så so there we
adopt foreign music in Korean way
the first time when their music was i
have such a powerful beat in music a
sorry that I can't show you their music
impressive point in their music is rap. I
so popular that whenever somebody
rap is very fast. So the cool somebody
about? I can look anything... I'm sorry
first because a rap??? you can say s

an expert in photo(나는 사진에 있어서는 전문가예요)."라고 말했다. 일단 내가 잘하는 것을 나열하면 어떻게든 되지 싶었다. 그런데 기적이 일어났다. 며칠 뒤에 라디오 제작국 50주년 기념 파티를 하는데 사진을 찍어줄 이가 필요하다는 것이었다. 옳거니 싶어 흔쾌히 승락했다. 일단 매니저에게 좋은 인상을 심어줘야 차후 무슨 진전이 있겠지 하는 마음에서였다.

누군가 그랬지 않은가? 인간은 정치적 동물이라고. 정말 두드리니 하늘이 열렸다. 행사 때 조금 오버하며 사진을 찍었더니 내가 매니저 눈에 들었던 모양이었다. 일본 음악을 소개해 주는 〈오타쿠〉란 이름의 프로그램에 참여하여 한국 노래를 소개해 보면 어떻겠냐고 제안했다. 구체적으로 무슨 역할을 맡을지는 담당 PD와 상의하라며 내게 그쪽 이메일을 알려주었다. 또다시 발끈했다. 뭐? 일본 노래를 소개하는 데 끼어서 한국 음악을 틀으라고? 그런데 곰곰이 생각을 해보니 달리 해석되기도 했다.

"그래! 일본 땅에 태극기 한번 제대로 꽂아주마!"

그래서 매주 화요일 저녁 11시부터 30분간의 시간을 한국 음악의 시간으로 확보할 수 있게 되었다. 와우! 라디오 방송으로선 황금 시간대였다. 게다가 행운인지 불운인지 영어로 진행하는 생방송이었다. 매주 한 명의 가수를 소개하며 그에 관련된 한국 문화를 알리는 것으로 프로그램 콘셉트를 잡았다. 콘셉트를 정하는 데는 어려움이 없었으나 어떤 음악가를 소개하느냐가 예상 외로 힘들었다. 내 취향을 따르느냐, 한국 대중음악의 흐름을 따르느냐……. 절충안으로 '내 취향에 맞는 대중음악'으로 결정했다.

김광석의 〈이등병의 편지〉를 틀어주면서 한국의 군대 이야기를 해주었고, 보아를 소개하며 우리네 아이돌 스타 시스템을 보여주었다. 그리고 서태지의 〈교실 이데아〉를 들려주며 한국 교육은 이러이러한 문제를 가지고 있노라 털어놓았다.

방송 덕택에 매주 영작문의 압박감에 시달려야 했다. 처음엔 대본 없이 갈까 하다가 아니다 싶어 매주 아주 '착실히' 준비했다. 초고 작성 후엔 어김없이 미국 친구들에게 첨삭 지도를 받았는데 이 과정에서 의도치 않게 작문 실력이 쑥쑥 자랐다.

미국 전파를 타고 듀스, 윤도현밴드, 김건모 등등 한국 가수의 노래가 흐를 땐 가슴속의 태극기가 펄럭였고 한국 노래를 통해 한국 문화의 면면을 소개할 땐 카타르시스까지 느껴졌다.

마지막 방송에서는 하모니카를 연주했다. 두 달간 내게 마이크를 빌려준 이들에게 그리고 어설픈 영어로 웅얼대던 내 방송을 들어준 얼바나샴페인 주민들에게 내 마음을 전하고 싶었고 내가 전파로 전해줄 수 있는 선물은 하모니카 연주뿐이었다. 윤도현의 〈너를 보내고〉를 연주했는데 너무 긴장했는지 실수투성이였다.

라디오 진행은 나의 영어 놀이의 결정판인 동시에 라디오 PD라는 내 꿈을 향한 몸부림의 최절정판이었다. 부디 이때 꾸었던 꿈들이 나중에 피와 살이 되어 돌아오기를.

'널 수 있어' 프로젝트

SDaS에서 미션이 떨어졌다. 세 달간 배운 사회 디자인의 툴을 가지고 직접 사회 디자인 기획안을 만들어보라는 것이었다.

지구 한 바퀴 여행을 준비하던 때부터 SDaS 수업을 듣는 그 순간까지 내가 품었던 '한국 대학'에 대한 문제 제기는 이것이었다.

"왜 한국 대학생들은 그다지도 어학연수에 열을 올리고 있을까?"

그리고 내가 디자인한 한국 대학 문화는 어학연수가 아닌 배낭여행이 활개를 치는 세상이었다.

먼저 문제 제기한 답부터 찾아야 했다. 나 역시 처음엔 어쩔 수 없이 어학연수를 택했고 실제로 어학연수를 준비했던 입장에서 한국 대학가에 부는 어학연수 열풍의 이유에 대해 진지하게 고민해 봤다. 이때 SDaS에서 배운 사이버네틱스를 적용해 봤다. 일단 어학연수를 준비하던 때의 '나'를 떼어내어 지금의 나와 마주앉혔다. 그리고 지금의 내가 그때의 '나'에게 물었다.

Q. '나'는 왜 어학연수를 선택할 수밖에 없었나?

A. 비자 문제 때문에 장기간 미국에 있으려면 어학원에 등록을 해야 했다.

Q. 그러면 왜 당시엔 어학원 등록 대신 여행에 대해 전혀 생각지도 못했는가?

A. 여행은 노는 것이라 생각했고 일단 돈이 많이 들 거라 생각했다.

Q. 두 가지 질문을 동시에 던지겠다. 노는 게 나쁜가? 어학연수도 돈이 만만치 않게 들지 않는가?

A. 맞다. 어학연수도 돈이 엄청 많이 든다. 1년이면 2000만 원은 기본으로 쓴다고 들었다. 그래도 이왕 큰 돈 내고 나가는 것이니만큼 사회가 인정해 주는 것을 안정적으로 얻고 그걸 이력서에 한 줄이라도 덧붙이고 싶었다. 노는 게 나쁘다는 말이 아니다. 쓸모가 없다는 말이다. 놀다 온 얘기를 면접관에게 한들 그것이 무슨 소용이 있겠는가?

Q. 왜 그런 큰 돈을 내고서까지 사회가 요구하는 획일화된 무언가를 얻고 싶은 건가? 좀 특별한 걸 해볼 생각은 없었나?

A. 이 사람이! 뭘 몰라도 한참 모른다. 지금 한국에서 취업하기가 얼마나 힘든지 알고나 하는 소리인가? 지금 이 살벌한 취업 시장에서 좀 더 나를 돋보이게 상품화하려면 이것저것 갖춰야 할 것들이 너무나 많다. 상황이 이러니 좀 더 안정적인 것을 찾아 하나라도 더 갖추고 싶은 것이 당연한 것 아니겠는가? 무모한 도박은 하기 싫다. 그리고 무엇보다 여행을 가고 싶다고 해도 여행을 통해서 무언가 확실한 것을 얻는다는 보장은 없지 않은가.

Q. 그럼 같은 또래의 대학생이 여행을 통해서 무언가 얻었다면 재고해

보겠는가?

A. 뭐, 누군가 그런 실례를 보여준다면 생각해 볼 수는 있겠다.

이렇게 사고의 흐름을 따라가다 보니 어학연수 광풍의 원인으로는 안정성과 그 외의 대안 부재가 가장 큰 요인으로 꼽혔다. 어학연수에 반론을 제기하기 위해서 내가 어학연수의 안정성을 반박할 순 없었다. 난 어학연수를 직접 경험해 보지 않았으므로. 그러나 어학연수의 비용으로 누릴 수 있는 또 다른 대안을 제시해 주며 "봐라! 비슷한 돈이면 어학연수보다는 여행이 낫지 않겠니?"라고 대들 수 있다고 생각했고 그 대안으로 내가 다녀온 여행을 보여줄 수 있겠다는 확신이 들었다.

그렇다면 그다음 단계는 어떻게 나의 여행을 효과적이며 최대한 대학생들 구미에 맞게 선보여 그들의 마음을 사로잡느냐는 것이었다. 나만의 유토피아를 그리는 단계까지는 마냥 재밌고 신기했지만 막상 그것을 구체화시켜서 실행 방안을 짜내려고 하니 도통 감이 오질 않았다.

그렇게 골머리를 앓던 중 한창 전 세계적으로 붐을 일으키고 있던 '프리 허그Free Hug' 동영상을 봤다. '프리 허그'란 팻말을 들고 서 있는 사내가 길거리의 불특정 다수들과 일일이 공짜 포옹을 하는 과정을 뮤직비디오 형식으로 담은 동영상인데, 영상 기획 자체의 참신함도 좋았지만 그 영상을 기폭제로 하여 전 세계적으로 프리 허그 운동이 전파되는 반응이 내겐 충격적이었다. 미디어의 파급 효과는 차치하더라도 한 평범한 개인의 생각이 동영상을 통해 전 세계인의 마음에 전달되고 또 그들을 움직일 수 있다는 사실 자체에 놀랐다. 저거다 싶었다. 동영상과 함께 짧지만 굵은 메시지!

"대한의 젊은이들이여! 여행을 하라!"라는 메시지를 내 여행이 담긴 동영상을 통해서 외치자 생각했다. 영상의 콘셉트는 몇 년 전 한 외국인이 나처럼 세계 일주를 하며 각국의 명소 앞에서 개다리춤을 추며 찍은 동영상을 편집했던 것에서 아이디어를 얻었는데, 각국의 명소 앞에서 나의 메시지가 담긴 티셔츠를 입고서 쇼를 하는 비디오 클립들을 동영상으로 만들기로 했다.

생각의 물고가 터지니 프로젝트 기획은 일사천리 진행되었다. 하지만 가장 중요한 메시지 문구를 선정하는 데에서 난항을 겪었다. 티셔츠에 무슨 문장을 적어야 내 메시지가 잘 전달될까? "여행을 떠나요", "난 자유다", "이곳에 당신이 설 수 있습니다" 따위가 떠올랐지만 썩 내키지 않았다. 그렇게 고심에 고심을 거듭했으나 쉽사리 답은 나오지 않았다.

머리를 스친 한마디, 넌 수 있어

기독교인인 나는 이 프로젝트가 나의 의지가 아닌 하늘이 내려주신 사명이라 생각했기에 처음부터 기도로 준비했다. 그리고 쉽사리 결정되지 않는 마지막 문장 선택에서도 기도에 끈질기게 매달렸다.

"이 프로젝트는 제가 시작하는 것이 아니라 하늘이 계획한 일을 제가 수행하는 것이라 믿습니다. 그러니 어떤 문장을 계획하셨는지 알려주시지요, 네?"

그렇게 2주가 넘게 매달렸으나 쉽사리 답은 내려오지 않았다. 그러던 어느 주일, 여느 때와 다름없이 예배 시작 전 찬양을 드리던 중 순간적으로 문장 하나가 머리를 스쳤다.

"널 수 있어."

거기에 덤으로 영문까지 따라왔다.

"It Can Be You(너일 수 있어)."

너무나 순식간에 스친 말이어서 처음엔 "이게 무슨 말이지?" 했는데 생각해 보니 내 티셔츠에 박힐 문장이었다.

널 수 있어, 이곳에 서 있는 '나' 그것이 '너'일 수 있다는 말이다. 옳거니! 간단하면서도 강한 메시지를 품은 이 문장! 주저할 이유가 없었다.

그러나 주변인들의 반응은 신통치 않았다. 미국인 친구들의 대다수는 광고 문구 같다고 했고 한인 교회의 친구들은 "널 수 있어"라는 말이 빨래를 널라는 말로 해석된다며 "너일 수 있어" 정도로 고치는 것이 어떻겠냐고 조언해 주었다. 마음이 흔들렸지만 그냥 소신껏 밀고 나가기로 했다. 찬양 중에 스쳤던 "널 수 있어"란 말이 너무도 선명했기에 확신할 수 있었다. 그렇게 나의 미친 프로젝트는 시작되었다.

졸업 연극

SDaS에서 유종의 미는 연극으로 거두었다. 한국식으로 치자면 '졸업작품전'이다. 지난 3개월간 머릿속에 그려온 수많은 사회 디자인들을 '연극'이라는 매개를 통해 마음껏 펼쳐 보이는 것이다. 일곱 명의 학생 전원이 하나씩 단막극을 쓰고 연출했다. 그리고 관객들에게 "이것이 제가 디자인한 사회입니다"라고 선뵈었다.

입대 전에 나는 연극하러 학교에 다닐 정도로 연극에 빠졌더랬다. 입대와 함께 겨우 '끊었다'고 생각했는데, 세상에…… 미국에 와서도 연극 연습을 하고 있을 줄이야.

3개월간 미국에서 영어로 생활하며 느낀 바를 단막으로 엮어봤다. 언어는 단지 도구만이 아니었다. 하나의 언어를 사용한다는 것은 그 속에 용해되어 있는 사고방식을 습득하는 과정이었다. 그래서 영어를 통해 바라본 미국인의 의식구조를 한국 대학생의 시선에서 그려보았다. 그중 한 토막은 이런 얘기다.

영어는 지독히도 소유 지향형 언어다. 뭐든지 '가진다'. 그래서 가장 많이 쓰이는 동사는 'get' 혹은 'have'다. 반면에 한국어는 존재 지향형이다. 영어와는 달리 소유 여부가 아닌 존재 여부에 중점을 둔다. 예를 들어보자.

"너 여자 친구 있냐?"와 "Do you have a girlfriend?"는 같은 의미를 지녔지만 큰 차이가 있다. 한글로 쓰인 문장을 영어로 직역해 보자.

"Does girl friend exist with you?"

미국인이 여자 친구를 '가진다have' 면 한국인은 여자 친구를 '존재하는exist 무엇' 으로 여긴다. 재밌는 차이 아닌가? 한글은 심지어 돈도 존재론으로 파고든다.

"너 돈 있냐?"

미국식 문장 "Do you have money?"가 한국말로는 "Does money exist with you?"인 것이다.

좀 더 파고들면 한글은 소유 자체까지도 존재로 해석한다.

"너 돈 가지고 있냐?"

돈을 가진 그 상태의 존재 여부를 묻는 질문이다.

이를 통해 미국식 소유론이냐, 한국식 존재론이냐는 질문을 미국인 관

Welcome to my English world

Yong

I'm from south korea, so I speak Korean, not English.
The biggest obstacle which made me hesitate coming School for Designing a Society was English. You know I used to speak Korean. But!! I decided to come US regardless of my English. Soo. I I've been here. Urbana for about (they are looking at their watch) —

3 months. The first person I met in this town was Mark. Do you know him? He has very awesome... (they are drinking beer) beard. He picked me up at champaign air port. How kind he is! Fortunately his English was so clear that I could hear very easily. But there was a word that I couldn't understand. Let me show you that situation.

Yong: I'm very worried about my English, do you think it's OK ?

Mark: Sure!! Your English is great so far (they are moving a sofa) so far?
I arrived at my American house! It was exactly same image with what I had seen in American film, and there was another house mate in my house. Her name is Lorette. She was having dinner, and I was very hungry, so I asked her for joining with her. And she responsed "Absolutely" (they are purchasing Absolute) Absolutely?? Frankly, at that time I didn't know the meaning of that word.

I like to cook, so I decided to invite my friends to serve Korean food. I did my best to my friends. I made rice and prepared (they are ~~coughing~~ saying "kimchi") Kimchi It was time to listen to their esteem about my Korean food. I predicted that they are good very very delicious" But instead, Jason who is a class mate yelled

객들에게 던졌다. 그리고 덧붙여 물었다.

"이런 소유 소구적 사고방식 때문입니까? 요즘 팍스 아메리카나Pax Americana가 그렇게도 기승을 부리는 것이?"

〈영어 완전정복〉으로 시작해서 〈태극기 휘날리며〉로 끝내려던 나의 의도가 제대로 먹혀들었는진 모르겠지만 관객들의 반응은 상당했다. 다시 한 번 흥행 배우임을 입증했다. 배우 김성용, 아직 죽지 않았어! 하고 싶은 말이 워낙 뚜렷했던 탓에 영어 실력이 내 연기를 가리진 못했다.

한국서 연극할 때는 무대 위에 선다는 것 그 자체가 좋아 미칠 것만 같았다. 그런데 미국에서의 연극은 무대 위의 희열보다는 내가 바라본 사회를, 내가 바라는 사회를 관객에게 보여준다는 것 때문에 좋았다.

SDaS서 배운 사이버네틱스를 보여주는 것에는 연극만한 매개도 없는 듯하다. 관객은 무대 위에서 하나의 사회를 보고 동시에 그 사회를 보고 있는 자신을 보게 된다. 그리고 공연 내내 그 간극 사이에서 줄다리기를 한다. 독일의 극작가 브레히트가 말한 '낯설게 하기'와 같은 맥락이 아닐까. 홍상수의 사실주의에 관객들이 불편해 하듯이, 미국의 관객들이 내가 만든 무대 위의 사회에서 무언가 '찔렸기'를 바랐다.

연극이 끝나고 난 뒤의 느낌, 한국에서는 허무했다. 이유는 없었다. 그냥 마냥 허무하기만 했다. 그런데 이상하게도 미국에서의 연극 끝 맛은 참으로 후련했다. 2주간 지겹게 끌었던 연극 연습이 끝났다는 것에 대한 홀가분함일 수도 있고, 내가 그린 사회에 관객들이 우레와 같은 박수를 던졌다는 데에 감개무량한 탓일 수도 있다. 허무하든 후련하든 난 커튼 콜 때의 그 포근함이 참 좋다. 무대 위에서 그린 수많은 디자인들이 더이상 디자이어가 아닌 그날이 오길 바랐다.

사상앓이

SDaS 수업은 전체적으로 반자본주의에 대한 성찰이 그 기저에 깔려 있다. 참 아이러니컬하다. 자본주의의 메카인 미국에서 반자본주의를 배우다니. 덕분에 난 25년 평생 오른쪽 날개만 죽어라 퍼덕였던 나를 발견했다. 그리고 SDaS는 내게 왼쪽 날개의 존재를 알려주었다.

대학 3년 동안 그 무엇도 내게 이러한 사상적, 근원적 실험을 부추기지 않았다. 거기에 군 복무 2년까지 더해 사회에 적응하는 법만 배웠을 뿐 사회 자체를 바꿀 꿈은 꾸지도 못했다. 다른 대학생들처럼 신보수주의에 찌들어 있었다. '취업 대란'에 의해 "어쩔 수 없잖아?"라며 그 어떤 변혁의 시도도 거세당한 채 사회가 요구하는 것만을 갖추며 자신을 상품화하는 데 급급할 수밖에 없는 젊은 보수주의자들, 그중의 하나가 나였다.

전혜린은 독일 유학 시절을 회상하며 이런 독백을 남겼다.

"반항을 위한 반항이 아니라 옳은 것을 끝까지 옳다고 주장할 수밖에 없는 실존적 성실에서 우러나온 반항이고 자기를 외계의 비속화 작용으로부터 막으려는, 그럼으로써 정신의 자유를 지키려는 데서 우러나온 빈곤의 감수요 초연이며 자기극복이다."

SDaS에서 보낸 3개월 역시 철저히 나를 인식의 제단에 바쳤던 시간들이었다. 솟구치는 사고의 조각들에 압도되어 그 사고를 붙잡고 늘어지지 않으면 내가 내 생각에 침잠돼버릴 것만 같았다. 그래서 마음껏 읽고 내 멋대로 생각하며 그것을 SDaS 친구들과 함께했다. 솟구치는 인식욕을 푸는 데 SDaS는 최적의 환경이었다. 그런 면에서 내 유학 생활을 감히 전혜린의 그것에 빗대고 싶다. 그녀는 자신이 유학했던 독일 뮌헨 북부의 슈바빙을 이렇게 묘사했다.

"누구나 그 속에 한번 들어가 그것을 숨쉬고 그 공기에 익숙해지면 다른 풍토는 권태롭고 위선적이며 딱딱하고 숨막혀서 도저히 참지 못하게 되는 곳이다. 그곳에선 아직도 가난이 수치 대신에 어떤 로맨틱을 품고 있고 흩어진 머리는 정신적 변태가 아니라 자유를 표시하는 것으로 간주되며 면밀한 계산과 부지런한 노력 대신에 무료로 인류를 구제할 계획이 심각히 토론되었다."

사상앓이와 함께 나의 독서 욕구 역시 나래를 폈다. 그리고 이 둘은 나의 지적 성장에 최대의 시너지 효과를 발휘해 주었다. 일리노이주립대는 미국 공립 도서관을 통틀어 최대 규모를 자랑한다. 교내의 아시아 도서관 하나가 한국의 웬만한 시립 도서관 수준이다. 나는 틈만 나면 이곳에 처박혀 닥치는 대로 책을 읽어치웠다. 정말 지성의 맛은 달콤했다. 그중 내 뇌리를 한 움큼 쥐어서 있는 대로 흔들어놓은 책이 톨스토이의 〈부활〉이다. 나는 당시의 감흥을 이렇게 일기장에 끄적여놓았다.

독서에서 타이밍의 중요함을 절실히 느꼈다. 소설 속 주인공, 네플류도프의 사상앓이 과정이 현재 내가 SDaS에서 겪고 있는 그 앓이와 너무도 흡사했다. 시스템에 묶여 있던 자아가 비로소 그것을 뚫고 나와 시스템 안의 자아가 아닌 자아 본연의 모습으로 살아가고자 하는 자기 단련의 시간들. 이 소설은 법과 징역수에 대한 주인공의 의식 변화에 초점을 맞추는데 그 과정에서 인간이 시스템을 만들어놓고 스스로 그 노예가 되어버림을 역설해 보여준다. 기득권 유지를 위한 법률에 죄 없는 이들이 죄인으로 내몰리고 그들을 감시하는 이들은 시스템의 가면을 쓰고 그들의 인격을 무참히 짓밟는다. 그들은 한치 양심의 가책도 느끼지 않는다. 왜냐하면 그들은 시스템을 따르는 것에 지나지 않는다고 자위하기 때문이다. 이 대목에서 나의 군 생활을 되짚어보게 되었다. 어쩔 수 없다며 나 스스로를, 내 후임들을 가혹했던 내부 시스템에 맞추어갔던 그 시절. 난 그것을 자랑스럽게 여기기까지 했다. 왜냐? 난 조직 전체를 위한다 생각했기 때문이다. 나 자신을, 내 후임들을 인간 개개인이 아닌 사회 구성원으로만 여겼던 탓이리. 네플류도프의 부활은 시스템의 장막을 걷어내고 자기 스스로도 죄인임을 인정하며 자신을 남의 위치로 낮춤에 있다. 카투사에 대한 그의 죄책감은 그런 면에서 원죄의식이라 할 만하다. 참으로도 난해한 원죄의식을 자연스레 형상화한 톨스토이의 능력에 감탄을 연발하지 않을 수 없다. 부활. 난 지금 부활하고 있다. 허나 앞으로 지금 나의 부활이 계속 유지될런지는 미지수다. 여행을 마치고 귀국함과 동시에 다시금 나의 자유로운 자아가 한국 사회라는 괴물에 잡아먹혀버릴 것만 같다. 그래서다. 이렇게 끈질기게 기록의 끈을 놓지 않는 것이. 내 성장 과정의 기록은 이 팬대를 통해 거울이 되는 것이다. 훗날 이 거울을 마주한 내게 따끔한 한마디를 던질 수 있게 하려 함이다. 보라! 이것이 나였다고. 김수영 형님이 외쳤듯 기침을 하여 뱉어진 가래를 보고 무언가 깨닫게 되길 바란다.

2006. 11. 7. 엘바나삼페인

사상앓이의 성장통을 겪으며 뇌가 말랑말랑해졌다. 전 세계의 정기를 빨아들이기 전에는 이러한 머리 유연화 작업이 꼭 필요하다. 타 문화를 접해본 이는 알 것이다. 다른 문화를 받아들인다는 것이 얼마나 힘든 과정인지를. 준비는 끝났다. 남은 일은 세계로 몸을 던져 말랑말랑한 두뇌로 온 지구를 빨아들이는 것뿐.

이탈리아 사람들은 만날 때나 헤어질 때나 "차우"를 외친다.

한국인들 역시 만날 때나 헤어질 때나 "안녕"을 외친다.

"안녕"은 헤어짐의 인사고 동시에 만남의 인사다.

성장의 날갯짓을 도와준 SDaS 친구들이여,

나 역시 그대들에게 "안녕"이라 말하고 싶다.

여행은 공부다

미국 SDaS를 떠나 이제 본격적으로 배낭여행을 시작할 때가 다가왔다. 사실 본격적인 배낭여행은 미국에 체류하며 준비했다. 터키에서 미국으로 넘어오기까지의 간격이 너무 짧았던 탓에 그 당시엔 미국 출국 준비만으로도 벅찼기 때문이고 또한 어차피 미국은 여행이 아니라 SDaS로 공부하러 간 것이었기에 시간적 여유가 많아서 차근차근 본게임을 준비할 수 있었다.

여행을 준비하는 기술적인 요령이야 이미 시중에 나온 여타 무수한 여행 관련 서적을 통해서도 얼마든지 찾아볼 수 있으니 여기서는 내가 여행을 준비하면서 중점을 둔 '공부' 에 대해 몇 마디 끄적여볼까 한다.

여행 콘셉트를 정하라

한국인들은 여행 준비를 정말 철두철미하게 한다. 그런데 그 준비라는 것이 대부분 여행 서적이나 웹사이트에서 관광 정보를 긁어다 모으는 것에서 그친다. 그래서 한국인의 여행은 지극히도 정보 중심적이어서 자신이 수집한 정보를 눈으로 확인하고 사진 찍어두는 데에 중점이 맞춰진다. 그래서 결과적으로 여행이 아닌 관광에 머무르게 된다. 게다가 인터넷상에서 이루어지는 왕성한 정보 교류 탓에 공유된 정보만이 돌고 돌아 결과적으론 모두들 똑같은 것만 보고 오게 된다. 단체 관광이 싫어 개인 배낭여행을 떠나건만 결과는 단체적 개인 배낭여행인 셈이다.

나 역시 처음 터키로 배낭여행이라는 것을 떠났을 때 인터넷 카페를 매일 출퇴근하며 온갖 정보를 끌어다 모았다. 한데 그 정보들 속에 파묻혀 있다 보면 부지불식간에 정보를 참고하는 정도를 넘어 그냥 생각 없이 그 정보를 따르게 되고 종국엔 남들 가는 대로 똑같이 루트가 정해진다.

한 예로 내가 터키 여행을 위해 정보 사냥을 하던 커뮤니티 안에는 지중해 연안의 도시 페티예라는 곳을 가면 헥토르라는 터키인이 패러글라이딩을 주선해 준다는 정보가 '강추'라는 글머리로 떠다녔다. 그리고 그 커뮤니티에 속한 나를 포함한 대부분의 사람들은 은연중에 '페티예에 가면 그 패러글라이딩을 꼭 해야 하는 것'으로 받아들였다. 그러나 막상 페티예를 가보니 패러글라이딩 말고도 할 것, 볼 곳이 넘쳐났다. 다행인지 불행인지 난 페티예의 다른 것들에 혹하여 패러글라이딩은 안 했다. 반면 거기서 만난 대부분의 한국 관광객들은 패러글라이딩을 하러 페티예에 올 정도로 자신이 수집한 정보에 강한 집착을 보였다. 그리고 그들은 이후에 아마 커뮤니티에 이렇게 글을 올렸을 것이다.

"페티예 패러글라이딩 강추예요! 꼭, 꼭 해보세요."

그리고 이를 보고 여행을 준비하는 누군가는 자신의 관광 준비 노트에 이렇게 받아 적을 것이다.

"페티예, 패러글라이딩, 꼭 해볼 것!"

정보의 지나친 공유는 이렇게 획일화를 양산하기도 한다.

공부하고 떠나라

자신만의 콘셉트를 정해 관광이 아닌 여행을 떠나야 한다. 그리고 그에 선행돼야 하는 것이 바로 공부다. 처음 터키로 나가기 전의 나 역시 나만의 색깔 있는 여행을 하고 싶었다. 그런데 무슨 색깔을 정해야 할지 도저히 감이 오질 않았다. 무지의 소산이었다. 아는 게 없으니 무얼 보고 싶은지 알 리가 만무했다. 그런 탓에 나의 터키 여행은 철저히도 나의 무지를 스스로에게 노정시키는 콘셉트가 되고 말았다. 유명하다는 유적지엘 간다 한들 역사적 흐름을 모르니 내게는 그것들이 한낱 돌덩이에 지나지 않았다. 그래서 다짐했다.

'다음 여행은 반드시 공부하고 떠나리.'

어차피 미국은 여행이 아닌 유학의 느낌으로 찾아간 곳이기에 따로 공부는 하지 않았다. 대신 미국에 체류할 때 다음 행선지인 남미에 관해서는 닥치는 대로 공부했다. 한국에 계시는 부모님께 부탁드려 남미 관련 책 몇 권을 소포로 공수받아 읽기도 했고 일리노이주립대 도서관 가득히 소장된 남미 관련 다큐멘터리 및 영화를 탐닉하기도 했다. 남미의 역사를 시작으로 문화, 정치 등등으로 확대해 파고들었다.

그중 이화여대의 이성형 교수님의 콜럼버스의 '대발견'에 대한 지적이 내겐 남미 이해의 키포인트가 되었다. 대부분 아메리카는 콜럼버스에 의해 '발견'되었다고 말하지만 아메리카는 그 이전부터 이미 그곳에 존재

해 있었다. 발견이라는 측면에선 아메리카 원주민들이 그를 발견했다고
도 말할 수 있다. 원주민들은 이미 아메리카에서 잘 먹고 잘 살고 있었는
데 어느 날 갑자기 웬 유럽인 하나가 등장하여 "우와! 내가 너희를 발견
했노라!" 하는 건 어불성설이지 않은가? 한데 유럽 최고의 발명품인 역
사가들은 그네들이 남미를 발견했다고 거짓말을 했고 우리는 순진하게
도 그냥 그렇게 믿으며 속아왔다. 역시 역사란 승자가 쓰는 것이다.

　그래서 나의 남미 여행 콘셉트는 지극히도 곡해된 남미에 대한 시선을
내 눈으로 직접 확인하자는 것으로 정했다. 비단 역사뿐 아니라 현재의
남미를 보여주는 온갖 미디어들이 어떤 색안경을 꼈는지 직접 확인하기
로 했다. 이는 신문방송학을 전공하는 나에겐 또 다른 도전이었다. 그간
내가 접한 남미에 대한 언론 보도의 필터를 까발리자는 것, 훌륭한 언론
인이 되기 위한 초석이라 생각했다. 이렇듯 여행은 나에게 폭넓은 공부,
거기에 예상치 못한 인식의 확장까지 가능케 해주었다.

작아 보이는 거인, 미국

SDaS 과정을 모두 마친 후, 난 3주간 미국을 여행했다. 여행지로서 미국은 별로다. 매력이 없다. 역사적으로 미국엔 이렇다 할 고유 문화가 없기 때문이다. 미국인들이 자신의 음식 문화라 자랑스레 내놓는 햄버거 역시 독일 것이고 프렌치 프라이 역시 벨기에에서 전수받은 것에 지나지 않는다. 뉴욕의 명물이라 불리는 길거리 과자 프리첼 역시 엄연히 독일 전통 과자였다. 이놈의 나라는 남의 것을 가져다가 돈으로 처발라서 죄다 자기 것이라 구라를 치고 앉았더라.

이런 문화 제국주의는 미국에 있는 박물관에서 절정을 이룬다. 그 유명하다던 시카고의 아트인스티튜트Art Institute와 뉴욕의 모마MoMA 그리고 메트로폴리탄미술관에서 난 미국 작품을 거의 보지 못했다. 대부분 유럽에서 건너온 혹은 돈 주고 사 온 '물건'들이었다. 흔히 졸부들이 자신의 교양적 치부를 가리기 위해 집에다 예술작품들을 한가득 전시해 놓는 것과 마찬가지다. 미국은 내게 그런 졸부의 이미지였다. 그런 탓에 미국 여행 내내 이런 생각만 들었다.

"돈 내고 돈 보러 왔구나."

내가 본 백악관

백악관은 생각보다 작았다. '세계 권력의 중심이 고작 이 작은 집 하나구나' 생각하며 '널 수 있어' 프로젝트를 진행했다. 촬영을 마치고 돌아서는데 백악관 정면 맞은편에 천막 같은 집을 만들어놓고 농성을 하고 있는 할머니가 보였다. '테러리스트 부시Terrorist Bush' 따위의 현수막을 보았을 때까진 그저 반전 운동가겠거니 하고 별 관심을 두지 않았는데, 자세히 들여다보니 소름 돋는 글귀가 눈에 들어왔다.

"since 1981."

이 할머니는 1981년부터 지금까지 한 자리에서 농성을 하고 계신 거였다. 순간 얼어붙었다. 내가 1982년에 태어났으니 내 일생을 넘기는 기간 동안 이 할머니는 이곳에서 농성하며 밤낮을 온몸으로 버틴 것이다.

내가 참 부끄러웠다. 젊은 혈기에 못 이겨 지구 한 바퀴 돌아보겠다고 몸부림치는 내가 이 분 앞에 서니 참으로 시건방져 보였다. 무엇보다 나의 '널 수 있어' 프로젝트가 한없이 우스워 보였다. 흥미 반 호기심 반으로 이 프로젝트에 임하는 나와는 달리 이 할머니는 진심으로 온 생을 다 바쳐 세계에 메시지를 전하고 있었다. 너무 부끄러워 숨고 싶었다.

"Where are you from?"이라고 묻는 할머니께 사우스 코리아에서 왔다고 말씀을 드리니 대뜸 "South Korea? So you mean that you are from Korea, right?"라며 '사우스 코리아'를 '코리아'로 정정해 주었다. 그리고 팻말 하나를 건넸다. 거기엔 한국어로 이렇게 적혀 있었다.

역사의 아이러니다. 링컨은 신분제를 폐지하여 흑인을 자유케 하였지만 '자본주의' 라는 또다른 사회적 굴레 안에서 그의 기념비를 청소하는 소위 3D 업종자들은 모두 흑인이었다.

새하얀 집, 백악관 바로 앞에 한 노숙자가 잠들어 있다. 부시에게 전화 한 통화 하고 싶어졌다.
"어이, 부시! 자네 집 앞에 도움의 손길이 필요한 이가 누워 있다네!
다른 나라 신경쓰기 전에 이부터 먼저 해결해 주는 게 어떤가?"

"한국은 곧 통일이 됩니다."

정말 쥐구멍에라도 들어가고 싶었다. 할머니께 정중히 부탁을 했다. 이 팻말을 들고 사진 한 장 찍어도 되겠냐고. 이에 할머니는 흔쾌히 응해 주셨다. 솔직히 부탁드리기 전에 한참을 망설였다. 이 할머니 앞에선 내 프로젝트가 장난으로 여겨졌기 때문이다. 그래도 무리하여 부탁을 드렸고 결국 촬영에도 성공했다.

이전까진 '널 수 있어' 촬영을 할 때마다 양손에 엄지를 치켜들고 활짝 웃어젖히며 사진을 찍었더랬다. 그러나 이번만큼은 결코 웃을 수가 없었다. 이유는 모르겠다. 내 얼굴에 나름 장엄함을 띤 채 팻말을 들고서 '널 수 있어' 촬영을 끝마쳤다.

자리를 뜨기 전에 할머니께 적게나마 기부금을 드리고 싶었다. 그러나 그분은 단지 농성을 하는 분이기에 섣불리 돈을 드릴 수도 없었다. 그래도 무언가 힘을 주고 싶어 지갑을 열었는데 달랑 10불만 보였다. 순간 갈등했다.

'이 10불이면 맥도널드 식사를 두 번이나 할 수 있는데.'

10불을 손가락으로 쥔 채 망설이고 있자니 할머니께서 이렇게 말했다.

"It's OK, I know that you are a tourist(괜찮아요. 여행자니까)."

그 말을 듣자 부끄러운 내 본성이 속삭였다.

'필요없다 하시잖아? 그 돈 도로 집어넣어.'

결국 난 그 부끄러운 10불을 꾸깃꾸깃 주머니에 쑤셔 넣고서 도망치듯 그곳을 빠져나왔다. "Good-bye"를 건네는 내게 할머니는 한국말로 "감사합니다"라 답했다. 그러곤 영어로 덧붙였다.

"Have a safe trip(여행 조심히 해요)!"

이 부끄러운 소인배에게 그 할머니는 안전을 기원해 준 것이다. 쉽사리 백악관 근처를 벗어나지 못했다. 할머니와 작별한 뒤로도 멀찌감치 떨어져 석양을 뒤로 한 채 백악관을 바라보았다. 그리 멀지 않은 벤치엔 한 노숙자가 곤히 잠들어 있었다.

내가 본 백악관은 세계 권력의 중심, 아메리칸 코어American Core이기 이전에 소외된 자, 테러를 죄악시하는 이들을 눈 앞에, 코 앞에 두고도 아랑곳하지 않고 '굳건히' 자태를 뽐내고 있는 새하얀 집일 뿐이었다.

칼리의 기적

남미라는 미지 대륙으로의 첫발은 콜롬비아의 칼리Cali에서 시작되었다. 뉴욕 JFK공항에서 칼리행 비행기를 기다리는 심정은 참으로 무거웠다. 여행지로 향하는 이의 가슴이 설렘으로 요동쳐도 모자랄 판인데 콜롬비아행 여행자 김성용은 파견 나가는 군바리처럼 갑갑하기만 했다. 지인들 모두 다 나의 콜롬비아행에 심한 우려를 표했다. "총 맞고 싶냐", "거긴 아직도 내전 중이래", "게릴라가 아직도 출몰한다더라"라며 나를 위험천만 무법의 나라로 향하는 겁없는 대학생으로 몰아갔고 심지어 "코카인이 맛보고 싶었던 게로구나"라는 우스갯소리까지 들었다.

무식한 게 용감하다고 솔직히 난 콜롬비아에 대해 아는 바가 없었다. 나를 콜롬비아로 이끈 것은 오로지 론니 플래닛에서 본 이 말, 'Cali is the city called 'the capital of Salsa'(칼리는 살사의 수도라 불리는 도시다)"였다. 그리고 그 칼리란 도시가 콜롬비아에 있어 간 것뿐이었다. 한데 주변에서 다들 만류하니 "정말 위험한 곳인가?" 하는 생각도 들며 조금 겁이 나기 시작했다. 연고지는 둘째 치고 숙박 시설조차 알아보지 않은 채로 론니 플래닛 하나 달랑 들고 가려니 불안감이 가중되었다.

그런데 이상하게 한편으로는 가지 말라니 더욱 가보고 싶은 생각이 들었다. 청개구리 심보라고 해야 하나? 이렇게 이것저것 재보다가 아예 생각을 놔버렸다. 에라, 모르겠다. 일단 가자! 어떻게든 되겠지!

박수칠 때 말 걸어라

그렇게 칼리행 비행기에 올랐고 몇 시간 뒤 날 태운 비행기가 콜롬비아 활주로와 키스를 했다(매번 비행기가 착륙할 때마다 나는 비행기가 활주로에게 키스한다는 느낌이 든다). 드디어 난 검은 전설의 대륙, 남미에 왔다.

그런데 기내의 사람들이 환호성을 지르며 박수를 치기 시작했다. 뭐야? 갑자기 웬 박수? 호기심에 옆에 앉은 아주머니에게 '말을 걸었다'.

"왜 박수를 치세요?"

"조국에 무사히 돌아왔는데 어찌 기쁘지 않겠어요?"

이 사소한 대화가 나의 콜롬비아 여행을 송두리째 바꿔놓을 줄은 꿈에도 모른 채 그 뒤를 이어 주저리주저리 대화를 이어갔다. 그리고 '지금이 기회다' 싶어 잠자리에 대해서도 넌지시 물어보았다.

"혹시 칼리에 저렴하면서도 좋은 숙박시설이 있나요?"라고 물었지만 속으로는 '저, 괜찮으시면 제가 며칠 아주머니 집에서 신세를 질 수 있을까요?' 라 외쳤다. 왠지 육감적으로 이분이 날 재워줄 거란 확신이 들었다. 처음에 그분은 내 론니의 지도를 보며 "이 호텔은 가격이 ……정도 하는데 괜찮겠수?"라고 물었다. 난 최대한 난감한 표정에 불쌍함까지 더해 "저 정말 돈이 없어요. 더 싼 호텔은 없을까요? 전 그냥 누울 자리만 있으면 돼요. 그런 숙소는 없겠죠?"라며 그분의 '그 말'을 짜내려 안간힘을 썼다. 그렇게 몇 번 더 불쌍한 표정으로 난감함을 표시하자 드디어 그분은 '그 말'을 해주셨다.

"그러면 말이죠, 그쪽에서 괜찮다면 며칠간 우리 집에서 지내는 건 어떠세요?"

와우! 이렇게 칼리에서의 기적은 시작되었다.

이상한 나라의 용군

순식간에 난 콜롬비아 칼리의 어느 가정집에 모셔졌다. 지구 반대편 한국이라는 나라에서 온 내가 신기했던지 인근 친척들이 모두 나를 보러 왔다. 스무 명 남짓의 대가족에 둘러싸여 난 멀뚱멀뚱 웃기만 하며 앉아 있었다(못 알아들을 땐 웃는 게 최고다). 마치 영화 〈웰컴 투 동막골〉의 미군, 스미스가 된 기분이었다. 그 가족들은 나와 나이가 비슷하면서 영어가 유창한 조카를 소개해 주었다. 그의 이름은 존 다비드였다(이하 환다비라 부르겠다).

"안녕! 콜롬비아에 온 걸 환영해! 한국에서 왔다며? 와우, 신기하네. 나 한국인 처음 보거든. 오늘 밤 뭐 하고 싶어?"

그는 호기심 어린 눈동자로 나를 쳐다보았다. 오늘 밤에 할 일? 사실 첫 밤은 숙소 해결만 되어도 감지덕지라 생각했기에 딱히 정해놓은 스케줄이 없었다. 때마침 내가 도착했을 때가 '페리아 드 칼리Feria de Cali'라는 살사 축제가 시작됐을 때여서 살사 춤을 추고 싶다고 했다. 이에 환다비가 "잘됐다. 오늘밤에 칼리에서 가장 크게 열리는 살사 콘서트가 있어.

인형이 아니다. 폭죽 덩어리다. 'The old year'라는 이름을 지닌 초대형 폭죽 인형들은 콜롬비아 연말의 최대 히트 상품이다. 12월 31일 밤 길거리에서 이들의 속터지는 화려한 폭죽쇼를 감상할 수 있다.

같이 가자!"라고 제안했다. 뭔지도 모를 살사 콘서트 관람 계획이라는 괜찮은 스케줄이 급조된 것이다.

사소한 말 한마디로 인해 공짜 잠자리부터 예상치 못한 밤놀이까지. 이 모든 게 너무나 급작스럽게 진행되었다. 그리고 그때부터 나의 살사 강행군은 시작되었다.

콜롬비아에선 신호에 걸려 정차해 있으면 어김없이 '쇼'가 펼쳐진다. 차에 앉아 즐거이 감상한 뒤 기분좋게 돈 몇 푼 쥐어준다. 주는 이나 받는 이나 모두 행복해진다.

살사 장애자의 황홀한 살사 강행군

그날도 어김없이 정오를 넘겨서야 눈을 떴다.

"아, 여긴 칼리지."

이곳에 온 후론 매일 아침(실은 점심이지만) 눈을 뜰 때 지금이 꿈인지 생시인지 혼란스럽다. 전날 밤의 그 음주가무가 진정 꿈이 아닌가 싶다. 3일 연속 밤낮이 바뀐 채로 살사만 취대니 정신이 몽롱할 수밖에.

첫날엔 '슈퍼 콘서트super concierto'라는 초대형 살사 콘서트에 가서 여섯 시간 동안 살사만 추었다. 축구 경기장으로 쓰이는 스타디움 전체를 채운 라티노들이 쌍쌍이 얼싸안고 살사만 춘다. 그 안에 얼떨결에 끼어든 동양인 하나가 어줍잖게 골반을 흔들어대니 주변의 아가씨들이 호기심에 다가온다. 아, 황홀해!

둘째 날도 살사의 밤! 밤 9시경이 되어 환다비와 차를 몰고 나가 약속된 그녀들(아직까지 환다비가 그녀들을 어떻게 아는지는 잘 모르겠다)의 집에 가서 친히 모셔 온다. 그러곤 살사 클럽으로 고고! 전날 황홀했던 살사의 밤을 맛보았기에 기대에 부풀어 그녀들과 스텝을 밟는다.

그러나 정식으로 살사 클럽에서 춤을 추려니 생각보다 쉽지가 않다. 전날에는 콘서트 장의 모든 이들이 난장을 벌이는 분위기여서 대충 골반만 흔들고 가끔 스핀을 돌리면 그만이었는데 정식 살사 클럽에서는 얘기가 달랐다. 미국 체류 시 남미의 밤문화에 익숙해지기 위해 나름대로 3개월간 살사 레슨을 받았기에 기본적인 스텝은 가능할 줄 알았건만 내가 배운 살사와 그네들의 그것은 전혀 달라 보였다.

게다가 환다비가 데려온 콜롬비아 아가씨들이 너무도 육감적이었기에 그녀들과 자세를 잡고 서 있으면 너무나 긴장해 실수만 반복하게 되었다. 파트너의 발등을 밟는 것은 예사였고 가끔 어설프게 스핀을 돌리려다 파트너의 팔을 꺾어버리기도 했다. 실은 그녀들을 품에 안는다는 것하나로도 황홀했기에 춤에 신경 쓸 겨를이 없었다. 처음 보는 동양인이어서 강한 호기심을 보이며 흔쾌히 춤을 허락하던 이들(절대로 여자 측에서 먼저 춤을 청하지 않는다)도 몇 번 발등 찍히고 팔 관절을 꺾이고 나면 이내 표정이 굳어버린다. 그러면 난 괜시리 미안해져서 더욱 긴장하게 되고 나의 살사는 흉기가 되어버린다. 이에 못 견딘 몇몇 라티노들은 노래가 채 끝나기도 전에 자리로 돌아간다. 아, 몸치의 비극이여…….

하지만 이렇게 항시 나의 밤놀이가 우울했던 것만은 아니다. 그건 현재중남미를 강타하고 있는 음악이 나의 춤에 날개를 달아준 덕분인데, 이름도 찬란한 그 음악이여! 그대 이름은 레게통reggaeton! 레게통이란 레게와 힙합을 섞어 살사로 버무린 음악으로서 2000년 즈음부터 중미를 시작으로 남미에 급속도로 퍼져 지금은 가히 살사에 버금간다고 할 만한 음악 장르가 되었다. 지극히도 말초신경 자극적인 음악인 레게통은 춤과떼려야 뗄 수 없다. 이 춤은 섹시하다 못해 섹스하다고까지 표현할 수 있는 그런 아주 고마운 춤이다. 옷 입은 채로 춤추며 섹스한다고 묘사하면대충 이 춤사위가 어떨지 짐작이 될 것이다. 가사 또한 대부분 섹스에 관한 내용이다. 그것도 아주 적나라하게 꼭 집어서 말이다. 예를 들면 "앞으로 해줘. 아니, 뒤로 해줘!" 등.

어쨌든 난 살사보다는 이 노래와 궁합이 더 잘 맞았다. 일단 그냥 느끼는 대로 골반만 돌리고 비비면 되었다. 살사의 매력이 나름의 룰을 파트너와 맞춰가는 것이라면 레게통은 오로지 욕구에 복받쳐 본능에 겨워 몸서리치는 것이다. 훨씬 쉬워 보이지 않는가? 본능에만 충실하다면 말이다.

레게통에 맞춰 몸서리 한판 치고 나면 살사에서 깎인 점수를 만회하고
도 남았다. 그리고 새벽 4~5시가 돼서야 본능에 지친 몸뚱이를 이끌고
집에 들어와 잠들었다. 꿈엔들 잊힐리요, 원초적 본능의 밤이여! 그때의
기억 때문에 난 여행을 마친 후 가장 좋았던 나라를 묻는 질문에 늘 단 한
치의 망설임도 없이 대답한다.

"콜롬비아의 칼리요!"

또 하나의 가족

밤에는 살사와 레게통 속에서 노느라 정신이 없었고 낮에는 환다비 가족
들 속에서 사랑받느라 황홀해 죽는 줄 알았다. 정말 귀빈 대접을 받았다.
"용! 오늘은 어디어디에 놀러 가자", "점심엔 뭐를 해줄게" 등등. 공짜로
재워주는 것만으로도 고마운데 거기에 먹여주고 관광까지 시켜주었다.
난 그저 그들이 가자는 대로, 먹자는 걸로, 하자는 걸 그냥 따르기만 하
면 됐다. "날 왜 그렇게 사랑해 주나요?"라며 눈물 글썽이는 멜로 영화의
여주인공이 된 느낌이었다.

2007년 첫 해를 환다비 가족들과 맞이했다. 지구 반대편에서, 그것도
한여름에 새해를 맞이하다니, 상상이나 해보았을까? 콜롬비아의 새해 맞
이 풍습은 참으로 이색적이다. '더 올드 이어the old year'라는 이름을 가
진 사람 크기만한 인형 안에 폭죽을 가득 집어넣고는 길거리에 뉘인 후
석유를 뿌려 불질러버린다. 그럼 순식간에 화염에 휩싸이고 이내 폭죽
놀이가 시작된다. '더 올드 이어'를 불태움으로써 지난해의 나쁜 기억을
날려버리는 게 이 의식의 의미라 했다.

집안에서는 역시나 살사로 축제 분위기가 고조된다. 살사 댄스로 새해 맞이 분위기가 물오를 즈음 라디오 방송을 통해 새해가 밝았다는 소식이 들려오고 모두들 서로 끌어안으며 "해피 뉴 이어!"를 외친다. 이때 환다비 가족 중 몇몇 분은 눈시울을 붉혔다. 지난해의 안 좋은 기억이 떠오른 까닭이기도 하고 무사히 새해를 맞게 해주심에 대한 감사의 눈물이라고도 했다. 새해에 흘리는 눈물이라……. 콜롬비아인들 정서의 밑바탕을 흐르는 한 때문일까? 반복된 수탈의 역사가 만든 눈물일까?

때로는 무모하게

무모함의 결실은 참으로 달콤했다. 정말 아무런 계획 없이 배낭만 짊어지고 론니 플래닛에 의지한 채 무턱대고 날아온 칼리였거늘, 이토록 엄청난 기적을 마주할 줄이야. 숫자 0은 부재가 아닌 무한한 가능성을 내포한다. 그 새하얀 캔버스에는 내가 생각지 못한 무수히 많은 것들이 그려질 수 있으니 말이다. 이런 경험을 한번 하고 보니 지금은 불확실한 일일수록 더욱 하고 싶다.

여행의 기술이라는 측면에서도 무모함은 중요하다. 가끔 여행 관련 카페에 들어가 루트 및 일정 점검을 부탁한다며 올려진 글을 통해 대부분의 한국인들이 어떻게 여행을 계획하는지 살펴보면 실로 놀랍다. 어찌나 철두철미하게 계획을 세우고 떠나는지. 가끔은 그 계획을 한치의 오차 없이 수행하고 돌아오는 것이 그네들의 여행의 이유처럼 보일 때도 있다.

물론 여행에 어느 정도의 계획은 필요하다. 나 역시 떠나기 전에 여행 전반에 관한 대략적인 청사진은 그렸다. 그러나 모든 일정을 세세하게 계획하진 않았다. 도망갈 구멍은 파놓되 그 구멍으로 어떻게 빠져나올지는 철저히 하늘의 뜻에 맡기는 식이었다. 여행 계획이 지나치면 여행지라는 미지의 세계에 넘쳐흐르는 다양한 가능성을 거세하게 된다. 오로지 자신의 계획만 꼬옥 부여잡고 그 어떤 변수의 개입도 허락지 않는 거세된 여행. 만약 칼리로 향하기 전에 내가 호스텔 예약부터 모든 일정을 정하고 그에 집착했더라면 과연 이 기적 같은 경험을 꿈꿔볼 수나 있었을까?

가끔은 무모해질 필요가 있다. 난 이렇게 무모함을 택할 때마다 스스로에게 이렇게 말한다.

"설마 죽기야 하겠어?"

나 자신을 1년간 세계로 내놓을 수 있었던 원동력의 하나가 바로 이런 정신이었다. 젊을 때만이 이를 마음껏 표출시킬 수 있다. 여행을 망설이는 대다수는 어떻게 여행을 시작해야 할지 모르겠다고 토로한다. 그럼 난 이렇게 대답한다.

"일단 시작부터 하십시오. 시작에는 방법이 없습니다. 시작하는 것만이 시작하게 합니다."

나 역시 여행을 떠나기 전에는 매사에 망설였다. 여행이 날 바꿔놓았다. 이제는 일단 하고 본다. 그러면 어떻게든 열리리라 생각하며. 1년간의 여행 그 자체가 불확실성 속에서 가능성을 찾아간 과정이기도 했거니와 칼리에서의 기적처럼 나의 생각에 확신을 달아준 일들이 너무도 많았기 때문이다. 리스크가 큰 만큼 돌아오는 상급은 달콤하기 마련이다.

여행, 그 사소함의 미학

내 여행에서 가히 반 이상의 비중을 차지한 웹사이트가 있으니, 바로 www.hospitalityclub.org이다(이하 HC). 전 세계의 배낭여행객들을 위해 만들어진 이 사이트의 주 목적은 프리 어코머데이션free accomodation, 즉 배낭여행객들을 자기 집에서 재워주는 것이다. 그것도 공짜로. 숙박의 대가로 돈이 오가는 것이 아니라 회원들이 각자 받았던 은혜를 또 다른 누군가에게 베풀며 조건 없이 서로 도와주고 도움받는 것이 이 사이트를 움직이는 원동력이다. 어제의 주인이 오늘엔 손님이 되고, 오늘의 손님이 내일엔 주인이 되는 곳.

또한 단순히 숙박을 해결하는 것뿐 아니라 다양한 문화를 직접적으로 교환할 수 있다는 것이 HC의 최대 매력이다. 손님 입장에서는 현지인과 부대끼며 그곳의 살아 있는 문화를 손쉽게 접할 수 있어 좋고 주인 입장에서는 타 문화권의 사람이 가져다주는 이국적 정취에 간접 여행을 떠날 수 있어 좋다. 이런 커뮤니티가 있다는 노다지 고급 정보를 난 정말 우연히 주워들었다.

여행을 떠나기 전, 나의 역할 모델이었던 학과 선배 광희 형을 찾았을 때 형이 공짜로 잠잘 수 있는 사이트가 있다며 처음으로 HC를 알려주었다. 하지만 당시에는 숙박 문제까지 염두에 둘 정도로 세세히 계획을 잡아나가는 단계가 아니어서 그다지 귀담아 듣지 않았다. 그런데 며칠 뒤에 만난 학과 후배인 태기도 전에 다녀온 자신의 남미 여행 얘기를 해주며 HC를 언급하는 게 아닌가. 자기도 처음엔 HC에 대해서 긴가민가했는데 정말 이용해 보니 의외로 현지인 친구를 사귀기가 쉽다며 HC를 통해 브라질 친구를 사귄 얘기를 해주었다. 그러면서 여행할 때 정말 요긴할 거라며 일부러 쪽지에 적어주기까지 했다. 솔직히 주니까 받았지 그렇지 않았으면 "그래? 좋았겠다" 하고 말았을 것이다. 이 사이트에 관심이 없었다기보다는 그때까지도 HC에 신뢰가 가지 않았던 탓이다.

그렇게 태기가 적어준 종이를 지갑에 넣고는 미국으로 날아왔고 한동안 HC에 대해 잊고 살았다. 미국 생활이 어느 정도 궤도에 오를 즈음에 당시 같은 시기에 샌프란시스코에서 어학연수 중이던 대학 친구 은호에게 남미 여행을 함께하자고 제안했다. 은호는 흔쾌히 오케이했고 둘이 의기투합하면서 본격적으로 남미 여행을 구체화시켜 갔다. 그때 문득 후배가 적어주었던 HC 주소가 떠올랐던 것이다. 한번 가봐? 진짜? 설마……. 그러면서 별 기대 없이 HC에 들어가보았다. '정말 공짜로 재워줄 사람이 있을까?' 하며 남미 이곳저곳에 포진해 있는 HC 멤버들에게 메시지를 날렸다.

"안녕? 나는 한국에서 온 용이라고 해. 반가워! 나랑 친구 한 명이 조만간 너희 도시로 여행을 갈 계획인데 말야, 네 사정만 괜찮다면 며칠 신세를 졌으면 해. 그래도 되겠니?"

그리고 며칠 뒤 정말 내게 답이 왔다. 콜롬비아의 수도 보고타에 사는 마우리치오라는 친구가 나를 재워주겠다고 했다. 우와! 정말 재워준다고 하네. 그 뒤 마우리치오와 한 달여간 이메일을 통해 서로를 알아가며 스케줄 조정을 한 끝에 최종적으로 미팅 날짜와 장소를 잡았다.

2007년 1월 1일, 환다비 가족과 너무도 아쉬운 작별의 인사를 나누며 칼리를 떠나 HC 친구, 마우리치오가 사는 보고타로 떠났다. 그가 직접 버스 정류장으로 마중 나와 나를 반겨주었다.

"안녕, 용! 내가 마우리치오야! 보고타에 온 걸 환영해."

만나기 직전까지도 설마했는데 정말 만나게 될 줄이야! 인터넷 속의 그가 세상으로 뛰쳐나와 나를 반기는 듯했다. 그렇게 만난 지 채 몇 분도 되지 않아 우리는 바로 공항으로 향했다. 그리고 거기서 미국에서 날아온 은호와 반년 만에 재회했다.

만약에 선배와 후배가 알려준 이 HC라는 고급 정보를 몰라보고 그냥 흘려들었다면 마우리치오가 베풀 이 반가운 환영 인사를 난 받을 수 없었을 거다. HC라는 사소한 정보를 잡고 늘어진 것이 나비효과처럼 나의 여행을 송두리째 바꿨다. 특히 나중에 얘기할 유럽 여행에서 이 사이트는 절대적인 비중을 차지했다.

이처럼 여행 중에 겪는 모든 일들과 만났던 모든 인연의 발단은 사소한 것에서 시작된다. 환다비를 만나게 된 칼리의 기적 역시 비행기에서 나눈 사소한 대화가 그 시작이었고 무엇보다도 내가 어학연수를 때려치우고 여행을 결심하게 된 계기 역시 정말로 사소한 누군가의 몇 마디였다.

이를 깨닫고 나니 매사에 집요해졌다. 머리를 스치는 모든 정보와 한마디라도 나눈 인연을 집요하게 잡고 늘어지기 시작했다. 그러면 그것들이 나중에 어떤 식으로라도 나에게 돌아왔다. 물론 그것이 나에게 해가 되는 긁어 부스럼이 될 수도 있다. 하지만 그 정도 위험을 감수하지 않고서 무엇을 얻으리요? 사소함의 미학은 겪어보지 않고서는 절대 알 수 없다.

귀국 후 지인들을 만나 여행 이야기를 풀어놓을 때마다 난 HC를 알리려 목청을 드높였다. 하지만 그 누구도 적극적으로 나서서 이 노다지 정보를 가져가지 않았다. 정말 단 한 사람도 웹사이트 주소를 알려달라고 하지 않았다. 예전에 내가 그랬듯이 그냥 "그런 사이트가 있구나. 좋았겠다" 하고 말았다. 참으로 안타깝다. 지금도 우리는 사소해 보이는 정보들을 수없이 스쳐 보낸다. 그것들을 우습게 보지 말기를 바란다. 스쳐 보낸 사소함 하나 때문에 후회할 일이 생길지 누가 알겠는가. 내 여행에서 사소함의 미학은 이것뿐이 아니었다.

타인에게 말 걸기

보고타행 버스에 오르기 전 환다비 어머니께서 가는 길에 먹으라며 과자를 몇 개 내 가방에 쑤셔넣었다. 버스에 오르자마자 느낀 허기에 과자 한 봉지를 뜯어 먹는데 왠지 옆에 앉은 콜롬비아 여성에게 말을 걸고 싶어 가볍게 한마디했다.

"과자 드실래요?"

그때부터 말문이 트여 이 얘기 저 얘기 나누었다. 천만 다행으로 영어를 할 줄 알았던 그녀. 그녀는 또 하나의 사소한 기적을 내게 안겨준 크리스티나다.

보고타에 도착할 즈음 크리스티나가 전화번호를 알려주겠다고 했다.

무슨 일이든지 좋으니 도움이 필요하면 언제든지 연락을 달라고 하는데 '와우! 이게 웬 떡이냐?' 하며 호기심에 날름 받아 적기는 했지만 한편으로는 '설마 전화할 일이 있겠어?' 싶었다. 이미 HC를 통해 알게 된 마우리치오가 나를 맞아주기로 했기에 크리스티나에게 따로 도움을 청할 일이 없을 거라 생각했다.

그러나 바로 다음 날 정말로 그녀의 도움이 필요한 상황이 발생했다. 여행 일정상 보고타에서 가장 먼저 해야 할 일이 아마존 지역인 레티시아로 가는 비행기 표를 구입하는 것이었다. 당연히 도와줄 줄 알았던 마우리치오가 너무 바빴다. 그래도 시간을 쪼개어 오후 중에 비행기 티켓 끊는 것을 도와주겠다고 했는데 오후 3시가 되어서도 연락이 없었다. 핸드폰으로 연락을 시도해 보았지만 전원이 꺼져 있었다. 그날은 반드시 비행기 티켓을 구입해야 했다. '어쩌지?' 하다가 전날 버스에서 만난 크리스티나가 떠올랐다. 생각 없이 받아놓았던 그녀의 연락처가 적힌 쪽지. 다행히 지갑 구석에 잘 모셔져 있었다. 상황이 상황인지라 한치의 망설임도 없이 전화를 걸었다.

자초지종을 설명하니 그녀는 바로 승낙했다. 와우! 보고타 시내에서 다시 만난 그녀는 구원자였다. 우리의 구원자는 인근 여행사에 동행해 주어 장장 세 시간 동안이나 비행기 표 발권을 도와주었다. 콜롬비아는 뭐 그리도 비행기 티켓 구매하기가 복잡한지…… 게다가 여행사 직원이 영어를 전혀 몰랐기 때문에 그녀의 도움이 없었다면 발권은 엄두도 못 냈을 것이다.

그때를 시작으로 보고타에 머물렀던 8일 중 6일을 그녀와 함께했다. 보고타 시내 관광 가이드를 자처했던 그녀는 매일매일 우리를 보고타 이곳저곳에 데려다주었다. 볼거리, 먹을 거리, 놀 거리 모두 다 소개해 주었다. 심지어 하루는 나와 은호 그리고 마우리치오까지 집으로 초대하여 저녁을 만들어주었다. 그때 크리스티나가 나와 은호에게 말했다.

"콜롬비아 어떤 것 같아? 좋지? 전혀 위험하지도 않고 말야. 대다수의 외국인들은 아직도 우리 콜롬비아가 내전 때문에 게릴라가 만연한 그런 위험천만한 지대인 걸로 알고 있어. 예전엔 그랬지만 지금은 그렇지 않아. 현재 콜롬비아는 급속도로 안정을 되찾아가고 있단다. 난 그런 것들을 너희들에게 보여주고 싶었어. 그러니 나중에 너희가 언론인이 되면 지금 본 콜롬비아의 발전상을 너희 국민들에게 꼭 알려줘야 해. 알았지?"

정말로 내가 본 콜롬비아는 안전했다. 크리스티나가 말했듯 콜롬비아에 대한 외신 보도가 대부분 내전, 게릴라 등에 초점이 맞추어져 있는 탓에 나 역시 적잖이 겁을 먹었는데 내가 마주한 콜롬비아는 결코 위험천만의 우범지대는 아녔다. 물론 아직까지 시국이 불안한 면은 분명히 있고 콜롬비아 어딘가엔 게릴라 세력이 공존하고 있다. 하지만 정치적, 경제적으로는 불안정할지언정 그 국민 개개인이 그것에 100퍼센트 영향을 받으며 살지는 않는다. 거시에 초점을 맞춘 언론 보도가 얼마나 미시를 왜곡시키는지.

크리스티나는 보고타의 발전상을 보여주려고 이곳저곳에 우리를 데려갔다. 아마도 나와 은호가 신문방송 학도이니 나중에 언론인이 되리라 생각한 것 같았다. 크리스티나와 약속했으니 난 정말 언론인이 되어야 한다며 스스로에게 최면을 건다. 외국인에게 나를 신문방송 학도라 소개하면 다들 내가 기자 혹은 PD인 것처럼 대해준다. 한국에선 워낙 전공과 상관없이 직업을 갖기 때문에 다들 내 전공에 큰 의미를 두지 않지만 외국에선 전공이 곧 직업으로 이어지기 때문인 것 같다. 덕분에 여행 내내 내 전공에의 확신과 자신감을 갖게 되었다. 그래서 언제나 난 자신 있게 말한다.

"난 라디오 PD가 될 거예요."

아마존 소녀와의 입맞춤

아마존에 왔다. '아마존' 하면 지구 어딘가에 있긴 하지만 갈 기회가 전무한, 또한 굳이 갈 이유도 없는 그런 곳으로 여겼는데 내가 지금 그곳에 와 있다. 페루, 콜롬비아, 브라질 3개국이 접해 있는 이곳 레티시아. 보고타공항에서 1시간 30분쯤 날아와 도착한 이곳의 첫인상은 작렬하는 태양 그 자체였다.

여기까지 오는 데 정말 많은 어려움이 있었다. 보고타에서 크리스티나의 도움으로 겨우 비행기 티켓을 구하고 또 그녀의 도움으로 레티시아에 있는 관광청 사람과 가까스로 연락이 닿아 그곳 직원 중 영어를 쓸 줄 아는 이가 공항으로 픽업 나올 거라는 약속을 받아냈다. 하지만 설마했다. 그 사람이 무슨 이유로 아무 대가도 없이 단지 우리가 외국인이란 이유로 공항까지 마중 나온단 말인가? 게다가 오늘은 공휴일인데.

반신반의하며 공항을 나섰다. 짐을 찾으려고 대기하고 있는데 웬 남자가 "숭영? 성종?" 따위의 어설픈 발음으로 날 찾았다. 우와! 정말 우리를 픽업하러 나온 모양이었다. 프랭클린이란 이름의, 스물네 살로는 절대

보이지 않는 스물네 살 청년의 도움으로 숙소를 쉽사리 잡았다. 근데 암만 생각해도 아무 이유 없이 우리를 도와줄 리는 만무하다는 생각이 들었다. 그래서 직업을 물으니 현지 여행 가이드라고 했다. 그럼 그렇지! 그래도 영어 미개척지에서 어설프게나마 영어를 할 줄 아는 이의 가이드를 받을 수 있는 게 어딘가 싶었다. 가격 역시 처음엔 2일에 4000페소를 부른 것을 3000페소(1페소=약 510원)로 깎아 계속 가이드를 해달라고 부탁했다.

시내를 가볍게 거닐기로 했다. 정처 없이 걷다가 자연스레 브라질로 넘어가게 되었다. 전혀 국경인지도 모르겠는 애매한 삼거리가 국경이란다. 그곳에선 국경도 별 의미가 없어 보였다. 출입국 절차는 고사하고 국경을 감시하는 이들 역시 눈 씻고 찾아봐도 보이지 않았다. 덕분에 계획에도 없던 브라질의 타바팅가Tabatinga란 곳까지 다녀왔다. 아마존 강가였다. 그런데 그곳 사람들은 좀 무서웠다. 무엇인지는 모르겠지만 우리를 보는 눈빛이 경계심인지 호기심인지 모를 애매함을 담고 있었다.

산타로사에서의 하룻밤

다음 날엔 페루 산타로사Santarosa로 넘어갔다. 오전에 레티시아의 이곳저곳을 거닐며 사진을 찍다가 오토바이 택시를 타고 공항에 갔다. 그곳에서 출국 도장을 받은 후 배를 타고 아마존강을 건넜다. 아마존강을 건너는 통통배 위에 앉아 있으니 '내가 지금 아마존강을 따라 흘러가고 있구나'란 생각에 적잖이 흥분되었다.

페루는 좀전의 레티시아와는 확연히 달라 보였다. 일단 상당히 조용하고 사람들 표정이 아주 무뚝뚝했다. 인터넷 어디에선가 주워듣기로는 페루 사람들은 여타 남미 국가 사람들에 비해 차갑다고 하던데 이런 걸 두고 하는 말인가 싶었다.

산타로사의 주민들은 원초적인 삶을 살고 있었다. 이런 삶의 모습을 처음 접한 나는 적잖은 충격을 받았다. 이들은 무슨 낙으로 살아갈까? 길가 의자에 앉아 지나가는 우리를 멍하니 쳐다보는 그녀들의 눈을 보고는 희망이란 게 있을까 하는 생각을 하다가 고개를 저었다. 이는 지극히 자문화 중심적 발상이다. 꼭 산업화된 삶을 사는 것이 행복은 아닐진데 그 기준에 맞추어 한 문화를 평가하는 건 옳지 않다. 지구상의 모든 이들은 각자 '다른' 삶을 살 뿐 열등한 삶이란 없다. 특히나 해맑게 웃고 있는 이곳의 아이들을 보며 각자 자신들의 문화 속에서 행복하게 살면 되는 것이라는 생각이 들었다.

내일 새벽에 출항하는 배편을 알아보고 출입국 사무실로 찾아가 여권에 페루 입국 도장을 미리 받았다. 그리고 숙소로 돌아가 낮잠을 자는데 조금 전 사진을 찍으며 알게 된 한 페루 여자 아이가 자기 동생을 안고 내 방으로 들어왔다. 은호는 밖에서 프랭클린과 대화 중이었기 때문에 방에는 나 혼자 있었다. 잠결에 배시시 웃으니 그 여자 아이가 내 팔찌를 가리키며 선물로 달라는 제스처를 취했다. 별 생각 없이 가지라 넘겨주니 그 여자 아이가 대뜸 내게 키스를 했다.

'뭐야?'

기습 키스에 너무도 당황했다. 솔직히 내 또래 이성에게서 키스를 받으면 좋기도 했을지 모르지만 이 꼬마 아이는 고작 열네 살이다. 한국에서 같으면 원조교제로 잡혀갈 상황이다. "한 한국인 관광객이 팔찌를 미끼

로 열네 살 페루 소녀와 부적절한 관계를 가진 것에 아마존 수사 당국은……" 따위의 기사가 내 머리를 스쳐 지나갔다.

그다지 상쾌하지 않은 페루 소녀와의 입맞춤. 분명 나이는 열네 살인데 입맞추는 솜씨는 이십대였다. 뭔가에 홀린 듯했다.

그런데 그다음부터 이 여자 아이는 무서운 집착의 기미를 보이며 내게 달라붙더니 이내 나의 CDP까지 달라고 졸라댔다. 순간 이거 큰일나겠구나 싶었다. 행여나 이 아이와 잘못 엮여 여기 아마존에 잡히는 것 아닌가 하는 두려움, 공포가 밀려들어왔다. 그래서 불편한 기색을 최대한 내비치며 퉁명스럽게 대했다. 그러니 그 여자 아이도 눈치를 챘는지 "차우(안녕)"하며 날 떠났다.

은호에게 이 일을 털어놓자 "너한테도 키스하디? 나한테도 했는데. 나한텐 키스하고 나서 자기 반지를 내 손가락에 끼워주더라고"라고 말했다. 어린 아마존 꽃뱀에게 우리 둘 다 물렸구나 싶었다. 여행이 진행될수록 정말 별일이 다 일어난다.

저녁 9시 30분이 되니 마을 전체가 칠흑 같은 암흑 속으로 빠져들어갔다. 오후 6시에 전기불이 켜졌으니 이곳 산타로사는 하루에 3시간 30분 동안만 전기의 힘에 의지해 살아가는 마을인 셈이다. 오지, 바로 그런 곳에 와 있었다. 정말로 아직까지 지구상에 이런 곳이 있구나 실감하며 잠을 재촉했다.

아마존을 거슬러 오르며

한숨도 제대로 못 잤다. 모기들이 발등을 잔뜩 물어뜯는 탓에 긁적이다 보니 새벽 2시 30분이었다. 3시 30분엔 숙소에서 나가야 했기에 그냥 일어나 짐을 챙겼다. 물론 전기가 들어오지 않아 손전등에 의지해 주섬주섬 챙겼다. 부두에 나가보니 배가 출항 준비를 하고 있었다. 너무 이른 탓인지 나와 은호뿐이었다. 새벽 4시 30분쯤 되어서야 적지 않은 사람들이 건너편 레티시아에서 아마존을 건너와 북적대기 시작했다.

열두 시간여 동안 우리를 페루의 이키토스Iquitos로 이끌어줄 쾌속정은, 뭐랄까, 생각보다 자그마하여 007 작전 수행에 쓰이는 그런 쾌속정을 연상시켰다. 그리고 언뜻 보면 잠수함처럼 보이기도 했고 아직 어두운 시간이었기 때문에 쿠바 침투를 앞둔 그란마호 같아 보이기도 했다. 그러면 나와 은호는 체와 카스트로쯤 되는 건가?

산타로사에서 이키토스까지는 아마존강을 거슬러 올라가야 하기 때문에 쾌속정으로 가도 열두 시간 넘게 소요된다. 처음에는 "우와, 진짜 넓다" 하며 감탄했다. 산타로사와 레티시아 사이의 강폭과는 비교도 되지 않을 정도로 큰 폭의 강줄기를 따라갔다.

그러나 원래 내가 상상했던 정글 속의 우거진 아마존과는 많이 달랐다. 간혹 강변에 한두 채의 오두막과 그 앞에 널려 있는 빨래들이 눈에 띄었다. 저들은 이렇게 고립된 곳에서 어떻게 살아가는 것일까? 특히나 아이들 모습이 많이 눈에 들어왔다. 호기심에 내가 손을 흔들면 그들도 웃으며 내게 손을 흔들어주었다. 몇몇 꼬맹이들이 자기들끼리 배에 올라 노를 저으며 아마존을 따라 흘러가고 있는 모습도 보였다. 순간 같은 나이의 한국 아이들이 같은 시간에 이 학원, 저 학원을 돌고 있을 모습이 떠올랐다. 무엇이 진정한 유년 시절인지 의문을 던져본다.

드디어 닭장 같던 쾌속정에서의 열두 시간을 무사히 견뎌내고 오후 4시

20분경 페루의 이키토스에 도착했다. 배에서 내리자마자 정체 모를 호객꾼들이 달라붙으며 알아들을 수 없는 스페인어로 쏘아댔다. 일단 상황 정리와 심적 안정을 되찾아야 했기에 이 모두를 무시하고 앞으로 돌진했다. 마치 검찰청 조사를 마치고 에둘러 싼 기자들의 포위망을 뚫고서 지나가는 이들의 모습 같았다. 거리로 들어서서도 오토바이 택시 운전수들의 끊임없는 호객 행위에 시달려야 했다. 이키토스 거리의 80퍼센트는 정체 모를 오토바이 택시가 장악하고 있었다. 정말 징그럽게 많았다.

드디어 본격적인 페루 여행이 시작되었다. 내일 아침 일찍이 비행기에 올라 리마를 거쳐 잉카의 수도, 쿠스코Cuzco로 들어간다. 세계의 배꼽, 쿠스코! 그곳에서 잉카문명의 정수인 마추픽추 대장정에 돌입한다 생각하니 가슴이 미친듯이 요동친다. 마추픽추여, 기다려라! 우리 용호가 간다!

일상성에 지배되는 패턴화된 행동의 반복에서는

새로운 것이 아무것도 생겨나지 않는다.

지성도 감성도 그저 잠들어 있을 뿐이고

의욕적인 행동도 생겨나지 않는 것이다.

인간의 뇌는 지, 정, 의 모든 면에서,

일상화된 것은 기억도 되지 않게끔 되어 있다.

의식 위로 올라가 기억에 남는 것은 '색다름' 의 요소가 있는 것뿐이다.

여행은 일상성의 탈피 그 자체이므로

그 과정에서 얻은 모든 자극이 '색다름' 의 요소를 가지며,

따라서 기억이 되는 동시에

그 사람의 개성과 지, 정, 의 시스템에 독창적인 각인을 새겨 나간다.

그러므로 여행에서 경험하는 모든 일들이 그 사람을 바꾸어 나간다.

그 사람을 고쳐서 새롭게 만들어 나간다.

여행 전과 여행 후의 그 사람이 같은 사람일 수 없다.

-다치바나 다카시의 '사색기행' 중

돈 주고 고생하라

굳이 여행을 두 가지로 분류한다면 난 이렇게 하겠다. 편한 여행과 지극히 불편한 여행. 답이 참 싱겁다. 한데 정말 그렇다.

일단 모든 여행은 비용이 든다. 현지에 뿌리는 외화를 말하는 게 아니다. 여행을 떠난다는 것 때문에 포기해야 하는 수많은 기회비용 면에서는 무일푼으로 떠나는 여행일지라도 비용을 수반한다. 소위 말하는 여행경비는 그다음 문제다. 혹자는 여유롭게 돈 쓰면서 편안하게 여행지를 돌아다닌다. 반면에 나 같은 사람은 매일매일 빡빡한 여행 경비에 쪼들려가며 굴러먹고 다닌다.

그런데 가끔은 그렇게 굴러먹기 위해서도 거금의 돈을 들여야 한다. 아마존 원주민들의 삶을 경험해 본다거나 험준한 산맥을 트레킹하는 따위의 소위 ○○투어, 혹은 체험 프로그램이 그것인데, 이를 위해서는 여행자금 이외의 것도 필요하다. 바로 체력이다. 아무리 고가의 편안함을 보장하는 투어 프로그램일지라도 여행자의 체력이 뒷받침되지 않으면 그림의 떡이다. 그런 면에서 젊은 날의 여행은 그 가능성을 배가시킨다.

늙은 산 마추픽추

내가 가장 큰돈을 들여 고생한 투어는 뭐니뭐니해도 마추픽추 하나만 바라보고 3박 4일 안데스산맥을 기어올랐던 잉카 트레일이다.

페루 잉카문명의 으뜸봉, 늙은 산 마추픽추. 이곳에 오르는 방법은 크게 두 가지다. 기차를 타거나 걸어가거나. 기차를 타고 편안히 마추픽추 인근 마을까지 간 다음 한두 시간 걸어가는 가장 간단한 방법이 있는 반면 3박 4일간 안데스산맥을 따라 트레킹하여 마추픽추에 오르는 방법, 즉 잉카 트레일도 있다.

나와 은호가 신청한 잉카 트레일 팀은 여행객 다섯 명에 가이드 한 명, 포터 네 명으로 구성되었다. 여기서 가이드는 트레킹 중간중간 마주하는 유적지와 마추픽추에 대해 설명을 해주고 포터는 숙영지 편성 및 식사 준비를 담당한다.

내겐 포터가 너무도 인상적이며 충격적이었다. 그들이 보여준 산타기 실력은 기인열전에나 나올 법했다. 숙영지 편성과 식사 준비에 필요한 모든 것들을 등에 짊어지고 가파른 산비탈을 날아다녔다. 그에 비해 그들이 받는 박봉은 가히 충격적이었다. 내가 지불한 3박 4일치 돈 240불 중 포터들에게 돌아가는 것은 20분의 1도 안 된다고 했다. 노동 착취다. 잉카의 후예들이 외국 관광객들에게 자기 조상의 업적을 보여주기 위해 죽어라 일하고서 받는 임금이 고작 그 정도라니. 그러나 정작 그들은 큰 불만을 표시할 수 없는 듯했다. 노동의 공급이 수요를 초과하는 비극……

게바라 역시 남미 여행 중 페루의 한 광산에서 광부들이 노동 착취를 당하는 것을 목도하고는 비탄에 젖어 혁명의 불씨를 품었다 했는데…… 바로 이런 것이었구나 싶었다.

트레킹의 강도에 대해 주워들은 것으로는 그럭저럭 할 만할 것 같았다. 그러나 실제로 해보니 너무 힘들었다. 첫째 날은 가벼이 산보 나가는 기분이었다지만 둘째 날부터는 고난의 행군이었다. 거기에 고산증까지 겹쳐서 죽는 줄 알았다.

고산증에 관해 조언을 하자면 트레킹을 시작하기 전 쿠스코에서 충분히 고산지대에 적응하는 기간을 가지는 것이 좋다. 나 같은 경우 일정상 어쩔 수 없이 트레킹 전날에 쿠스코에 도착했는데, 쿠스코에서만도 어질어질했다. 조금만 뛰어도 헉헉대었으며 사진 찍으려 잠시 숨을 머금는 것 역시 버거웠다. 그런데 적응 기간 없이 바로 다음 날 트레킹을 시작했다. 일단 시작하면 어떻게든 가게 될 거란 믿음이 있었다.

그러나 워낙 산타기에 관심이 없는 나였기에 가파른 경사의 비탈길을 오르는 것이 너무도 곤혹스러웠다. 거기에 수색중대 출신의 은호는 나와 달리 너무도 쉽사리 산을 타고 넘어가서 괜시리 열등감까지 더해졌다. 그렇게 하루하루 힘겹게 안데스산맥을 탔다. 내가 돈 내고 이게 무슨 짓인가 싶어 어금니 꽉 깨문 적이 한두 번이 아니었다.

하지만 그렇다고 해서 트레킹 내내 힘들기만 한 것은 아니었다. 눈앞에 펼쳐지는 안데스의 절경은 정말 꿈엔들 잊혀질까 싶을 정도로 놀라웠다. 돌이켜 보면 마추픽추보다 트레킹 내내 나를 둘러쌌던 안데스의 풍경이 더욱 가슴에 찐하게 남아 있다.

트레킹의 마지막 날엔 여유로이 마추픽추의 감흥에 젖기 위해 새벽 4시에 일어났다. 그런데 젠장, 비가 내리는 게 아닌가? 그토록 그리던 마추픽추와의 첫 대면이거늘 하늘이 도와주질 않았다. 야속했다. '그래도 볼 수 있을 거야'라 자위하며 마지막 남은 잉카 트레일을 힘차게 내밟았다. 드

디어 마추픽추 전경을 내려다볼 수 있다는 '상게이트'가 시야에 들어왔다. 조금만 더…… 조금만 더……. 스스로 채찍질해 가며 발을 내딛어 오른 그곳. 거기에 펼쳐질 마추픽추!

그 늙은 산의 전경이란 한마디로 "뭐야, 젠장!"이었다. 자랑스레 마추픽추의 위상을 뽐내고 있어야 할 그곳엔 안개만 자욱했다. 그때의 좌절감이란 마치 고득점의 모의고사를 외면한 수능 점수 같았다. 지나온 3일간의 안데스의 고난이 덧없게 느껴졌다. 너무 기대가 컸던 탓일까? 자연의 힘 앞에 무력하기만 한 인간의 존재를 깨달았다. 아무리 인간의 의지로 아등바등 기를 써봤자 자연의 힘 앞에서는 "죄송합니다"뿐인 것을.

'어찌하리, 이미 하늘이 안개를 뿌리셨으니 한낱 인간이기에 순응하는 수밖에…….'

그렇게 마음을 추스르고 마추픽추로 내려갔다. 그러나 막상 가까이 다가가니 어느 정도 안개가 걷히며 마추픽추의 형체가 눈에 들어오기 시작했다. 사진으로만 수백 번, 상상만으로 수십 번 그려온 그곳, 마추픽추가 내 두 눈으로 들어온 것이다. 좀 전의 상심은 온데간데없이 사라지고 가슴이 요동치기 시작했다. 잉카인의 존재를 버젓이 증명해 보여주는 거대 유기체. 그 앞에서 할 말을 잃었다. 왔구나! 내가 오긴 왔구나. 드디어 보는구나!

그 감흥 그대로 가져가 '널 수 있어' 촬영을 했다. 나와 마추픽추 전경을 풀샷으로 잡고 판초우의를 벗어던지며 '널 수 있어' 티셔츠를 휘날렸다. 그때 나도 모르게 "널 수 있어!"라고 외쳤다. 안데스 전역에 메아리가 울릴 정도의 성량이었다. 그 순간 가슴이 뻥 뚫리는 느낌이 들었다. 마추픽추를 걸어서 올랐다는 벅참인지 아니면 마추픽추에서도 나의 '널 수 있어' 프로젝트가 진행됐다는 것에 대한 흥분감 때문인지 온몸이 전율했다.

여행을 하면서 재차 확인하게 되는 것 중의 하나는 젊기에 가능한 일이 너무나 많다는 것이다. 내가 꼬부랑 할아버지가 되어 마추픽추에 온다면 그 스케일에 대한 감탄 정도에 머물지 않았을까. 연륜의 눈으로 인생사를 바라볼 수 있겠지만 지금 이 불 끓는 열정의 힘이 가득찬 정상을 맛보진 못할 것이다. 정상에서 바라보는 내 발밑 세상은 경이로우면서도 작다. 지금 이 곳은 내가 정복한 세상이다. 상승의 욕구야 젊은이라면 누구나 갖는 것이겠지만, 오늘 난 이 정상에서 내 안에 잠들어 있던 그 욕망을 다시금 되새긴다.

마추픽추라는 괴물만 머리에 담고 죽어라 산길을 오르며 한 가지 목표에 매달리는 집념을 다시금 되새겼다. 그리고 그것이 실망감으로 끝나든 황홀한 달콤함으로 끝나든 무언가에 올인했다는 경험의 힘, 난 이 모든 깨달음을 돈 주고 고생하며 얻었다.

나처럼 돈 주고 고생하는 게 쉬워 보이는가? 돈 주고도 못 하는 게 젊은 날 고생이란다. 그까짓 거, 그냥 하면 되지 싶은가? 이는 당신이 젊다는 증거다. 그러니 어서 짐부터 싸라. 아니라고? 당신은 이미 나이를 먹을 대로 먹었다고? 모르시나 보다. 젊을 땐 젊음이 보이지 않는다고 했다.

잉카 트레일을 마치자마자 은호와 석별의 정을 나누었다. 은호가 내게 고맙다 했다.

"너 아니었으면 언제 내가 남미에 여행 올 생각을 했겠냐?"

나 역시 녀석에게 마냥 고맙다. 이십대의 평생 잊지 못할 여행에 누군가 동참해 주었다는 게 얼마나 큰 힘이 되는지. 나눌수록 커진다는 게 이런 것이 아닐까? 많은 것을 함께하고 그 누구와도 공유할 수 없는 우리 둘만의 무엇을 가졌다는 것의 애틋함.

그 때문인지 은호를 보내고 나서 기분이 아주 허했다. 지나온 옛 애인들과 헤어졌을 때 느껴봤던 그런 멍한 기분. 영화 〈모터 사이클 다이어리〉의 마지막 장면에서처럼 은호와 나는 훗날을 기약하며 각자의 길을 갔다. 은호는 뉴욕 NYU에서 영화를 공부하기 위해 미국으로 돌아가고 난 두 번째 워크캠프가 열리는 페루의 아야쿠초Ayachucho라는 작은 도시로 향했다.

이제 다시 혼자다. 내 여행의 새로운 한 막이 시작된 것이다. 또다시 차오르는 이 적당한 불안감, 흥분감, 기대감. 감상에 젖지 말자. 아직도 가야 할 길이 너무 아득하다.

페루, 두 번째 워크캠프

첫 번째 워크캠프였던 터키에서 영어의 힘을 절감했기에 지난 4개월간 미국에서 갈고 닦은 내 영어 실력으로 이번 워크캠프에서는 당당히 헤게모니를 잡을 거라 자신했다. 그러나 오산이었다. 그러기엔 영어만으로 부족한 무엇이 있었다.

두 번째 워크캠프에서는 고아원 아이들을 돌보는 일을 했다. 키즈 캠프의 경우 자원봉사자들 간의 의사소통 못지않게 아이들과의 커뮤니케이션이 중요하다. 아이들의 말을 들어주고 같이 놀아야 하는데 말이 안 통하면 얼마나 답답하겠는가? 내가 그랬다. 영어로는 전혀 대화할 수 없는 페루의 아이들을 앞에 앉혀놓고 스페인어 한마디도 할 줄 모르는 내가 해줄 수 있는 건 "아뵤!" 하며 이소룡 흉내를 내는 것이 전부였다. 그나마 그것이 아니었으면 아이들과 전혀 어울리지 못했을 것이다. 아무리 꼬맹이들이라도 말이 통해야 놀고 싶지 않겠는가?

이곳 아이들은 터키 아이들과는 너무도 달랐다. 모 아니면 도랄까? 몇몇은 지나칠 정도로 친화력을 보이는 반면 다른 몇몇은 마음을 굳게 닫

아버려 쉽사리 다가서기가 어려웠다. 그런 아이들과는 깊은 대화를 주고받으며 교감을 쌓아가야 하는데 말이 통하지 않으니 내가 돌볼 수 있는 아이들이 한정될 수밖에 없었다.

이런 아이들과의 의사소통의 단절은 그대로 봉사자들 간의 역할 분담을 가져왔다. 하루는 고아원 측에서 창고 정리를 한다며 봉사자들에게 일손을 부탁했다. 아이들 돌보는 일을 소홀히 할 수는 없었기에 봉사자 중 두 명만 창고 작업을 하기로 했는데 그중 하나가 나였다.

"용은 스페인어를 못 하니 창고 작업을 하는 게 좋겠어."

캠프 리더의 친절한 상황 설명이었다. 억울하지만 어쩔 수 없었다. 그곳에서도 언어는 권력이자 능력이었으므로.

제2외국어에 눈을 뜨다

이번 워크캠프에서도 주기적으로 스태프 미팅이 열렸다. 회의 내용은 아이들과 함께할 프로그램을 구상하는 것이 주였다. 또다시 영어를 매개로 한 헤게모니 싸움이 시작되었다. 지난번 터키 워크캠프에서는 어줍잖은 영어 탓에 꿀먹은 벙어리가 되어 한마디도 제대로 못했지만 다행히도 이번엔 한층 보강된 영어 덕에 내 의견을 적극적으로 개진할 수 있었다.

하지만 여기서도 역시나 스페인어가 문제였다. 스태프 회의 때는 자원봉사자 외에 페루 쪽 워크캠프 담당자도 참석했는데, 그가 영어에 서투른 탓에 영어로 진행된 회의는 계속 스페인어로 되새김질되었다. 아무래도 워크캠프 담당자는 이래저래 전할 말도, 우리에게 내려야 할 지침도 많았기에 그와의 의사소통이 실질적으로 회의의 대부분이 되곤 했다.

물론 스페인어를 쓸 줄 아는 친구들이 통역을 해주어 나의 의사를 전달할 수는 있었지만, 통역되는 과정에서 잡음이 생기기 마련이고 직접 스페인어로 대화하는 것보다 훨씬 지연되기 때문에 나 스스로 너무 답답했다. 무엇보다도 의견 충돌이 격해져서 말이 빠르게 오고갈 분위기가 형성되면 으레 영어는 끼어들 엄두가 나지 않을 만큼 빠른 스페인어가 난무했다. 그러니 자연적으로 스페인어를 쓸 줄 아는 친구들이 내놓은 의견이 더욱더 담당자에겐 솔깃하게 들릴 수밖에 없었다.

　세계 무대에서 두각을 나타내려면 영어 하나로는 부족하다는 것을 뼈저리게 느꼈다. 여행 중 만나는 외국인들, 특히 유럽인들은 적어도 3개국어는 자유자재로 구사하는 경우가 대부분이다. 그런 그들을 보며 항상 궁금했다.

　'저들은 뭘 먹고 살길래 저렇게 외국어 구사가 자유로울까?'

　언어의 뿌리가 같다거나 알파벳이 똑같기 때문에 쉽다는 대답이 일반적이겠지만 내가 보기엔 자연스런 외국인과의 혹은 외국 문화와의 접촉이 그네들의 다국어 능력 배양을 가능케 하지 않았나 싶다. 또한 더 많은 언어를 습득하고 싶은 욕구도 한몫할 것이다.

　특히나 유럽의 경우 다양한 언어권이 맞닿아 있는 곳이니 그들에게 외국어는 참으로 쉬운 대상이 아닐까? 반면 우리나라는 단일민족을 부르짖으며 국제사회에서 고립되어 있는 형국이니 영어 이외의 언어들을 접하기가 참으로 어렵다. 그런 탓에 한국인들은 영어, 영어, 오직 영어만 외치며 한 우물을 판다. 이상한 것은 그렇게 한 우물만 파는데 그 우물은 왜 그다지도 얕은 건지.

페루 아이들은 날 밤부차(Bambucha)라고 불렀다. 그들이 좋아한 동명의 페루 환타 광고 캐릭터가 나처럼 생겼기 때문이란다. 이 아이들을 보고 있노라면 '교육'에 대해 곱씹게 된다. 한국의 아이들이 교육의 포화속에서 피폐해져 간다면 이곳, 페루의 아이들은 교육의 부재속에서 메말라 간다고나 할까?

꾸이를 요리하다

페루에 가면 반드시 먹어봐야 할 음식이 있다. 그것은 바로 꾸이cuy다. 잉카 시대 때에도 페루인들이 전통 음식으로 먹었던 꾸이는 기니피그를 구워먹는 것을 말한다. 쉽게 말해 프라이드 치킨 대신 프라이드 기니피그라고 생각하면 된다.

한데 이 음식 먹는 게 그렇게 간단하지가 않다. 기니피그에 대한 거부감뿐 아니라, 꾸이가 접시 위에 놓여진 자태가 너무도 식사를 힘들게 만들기 때문이다. 몸통을 튀기는 거야 당연하게 여길 수 있지만 머리까지 통째로 구워버려 그것을 그대로 접시 위에 놓으니 그 모습에 식욕은 항상 식탁 밖으로 도망가버린다. 기름에 튀겨질 때 기니피그가 느꼈을 고통이 그 튀겨진 얼굴에서 그대로 드러난다.

이렇게 먹기도 힘든 음식을 나는 페루 워크캠프 덕에 직접 만들어 먹는 모험을 강행하게 되었다. 이번 워크캠프에서는 음식을 자원봉사자들끼리 순번을 정하여 직접 준비했다. 미국 친구 오언과 쿠킹 팀을 맡았던 날, 우린 과감히 그 엄청난 꾸이를 직접 만들어보자고 의기투합했다. 여기에 페루 친구 루시가 적극적으로 우리의 요리 고문을 담당해 주어 꾸이를 만드는 모든 과정을 도와주었다.

아침 일찍이 꾸이의 주 재료인 기니피그를 구하기 위해 루시와 함께 시장으로 갔다. 기니피그는 쥐와 토끼를 섞어놓은 것 같은 모양이다. 시장 아주머니께서 기니피그 잡는 모습을 적나라하게 모두 보여주었다. 먼저 살아 숨쉬는 기니피그를 끄집어내어 멱을 뒤튼 다음 칼로 목 부위를 살짝 긋는다. 그러면 기니피그는 1~2분간 사지를 바르르 떨다가 완사해 버린다. 그후엔 펄펄 끓어오르는 물에 기니피그를 살짝 데쳐주어 털 제거를 용이하게 한 뒤 제모 작업에 들어간다. 털이 모두 제거된 다음에는 배를 째서 그 안의 내용물을 빼낸다. 이런 잔인무도한 공정을 거치니 기니피그 고기가 완성되었다.

내가 예상했던 것보다 더 끔찍한 광경이었다. 이런 걸 어떻게 먹나 싶었다. 아마 외국인이 한국 사람의 개 잡는 모습을 보면 지금 내가 느끼는 것과 비슷하게 소스라칠 것이다. 이런 걸 당연시하게 만드는 문화의 위력은 정말 엄청난 것이다. 이럴 땐 정말 문화 상대주의 관점을 최대화하는 것이 중요하다. 왜냐고? 그렇게라도 하지 않으면 난 꾸이를 못 먹을 테니 말이다.

재료가 다 준비되었으니 본격적인 꾸이 요리에 들어갔다. 먼저 고이 잠든 기니피그를 뜨거운 물에 푹 삶은 후 밀가루 옷을 입혀 기름에 튀겼다. 실상 만드는 과정은 통닭과 다를 바 없었다. 다만 기니피그의 머리통 역시 같이 튀긴다는 게 다를 뿐이다. 그리하여 드디어 내가 직접 만든 꾸이가 식탁 위에 올려졌다. 솔직히 너무 맛있었다. 아침에 죽어 나가고 찢겨지는 기니피그들을 직접 보며 '이런 광경을 보고도 과연 내가 저녁에 이걸 먹을 수 있을까?' 했는데 참말로 맛있게 먹었다.

생각해 보면 그날의 꾸이 요리는 장족의 인식 전환을 보여주었다는 데에 의미가 깊다. 쿠스코에서 처음 은호와 꾸이 요리 사진을 보고선 저런 걸 어떻게 먹냐며 혀를 찼는데, 어느새 난 자연스레 먹게 되었고 이제는 더 나아가 내가 직접 만들어 먹기까지 했다. 여행의 묘미는 이처럼 문화의 포용력에 한 몸을 내던져 문화 충격의 역치를 낮추는 데 있지 않은가 생각해 본다. 그날의 꾸이 요리는 평생 잊을 수 없을 것이다. 그날 고이 잠든 다섯 마리 기니피그의 명복을 빌며……

물전쟁이다. 해마다 2월 초가 되면 페루의 길거리는 물폭탄 전쟁터를 방불케 한다. '나는 관광객이니 괜찮 겠지?' 식의 생각은 금물. 그들에게 관광객은 더없이 좋은 물폭탄 타겟이 된다.

소문난 잔치도 가봐야 안다

"미국인들은 맥도널드만 먹는다 카더라."

"아르헨티나 사람들은 클럽에 가서도 탱고만 춘다 카더라."

"브라질 사람들은 길거리에서 축구만 한다 카더라."

여행 정보 수집 시 '카더라' 뉴스만큼 신뢰성 가는 정보도 없다. 특히 남미처럼 우리들에게 오지로 인식되는 곳은 극히 제한된 정보로 인해 카더라 뉴스가 판을 친다. 내 여행의 목적 중 하나는 출처 모를 카더라 뉴스들의 허와 실을 까발리는 것이었다.

콜롬비아 여행을 하면서 처음으로 카더라 뉴스들이 얼마나 현실을 왜곡시키는지 알게 되었다. 대부분의 콜롬비아 관련 카더라 뉴스는 게릴라와 코카인, 내전 등으로 점철되어 있다. 물론 콜롬비아에는 아직도 게릴라가 있으며 코카인 사업이 상당한 규모이긴 하지만 그것이 전부는 아니다. 적어도 내가 만난 콜롬비아는 살사와 레게통이 온 거리를 뒤덮고 그 안에 유쾌하고 열정적인 라티노들이 모여 사는 곳이며 나의 1년치 여행에서 거쳤던 24개국 중 최고의 나라다.

카더라 뉴스는 어디서 오는 걸까? 신문방송학을 전공하는 학생으로서 가져봄직한 흥미로운 논제였다. 미디어를 세계로 열린 창이라고 봤을 때 우리네가 가지는 세계 인식은 미디어로부터 주입되는 것이 대부분이다. 미디어가 선택한 이미지와 사실에 근거를 두고 이것이 종국엔 '카더라'로 변형되어 전 지구를 떠다닌다. 미디어가 무엇을 선택하느냐가 관건이다. 여행을 하며 수많은 카더라 통신의 허와 실을 직접 목도하고 보니 어떤 정보든 두 눈으로 확인하기 전까지는 쉽사리 믿지 않게 되었다. 정보의 비판적 수용력을 길렀다고나 할까? 이 역시 여행이 내게 준 선물이다.

관광객 리우 습격 사건

페루 워크캠프를 마치자마자 난 오로지 이동만이 여행의 목적인 양 미친 듯이 달렸다. 페루의 리마에서 일부러 비행기까지 타고 아르헨티나의 부에노스아이레스로 날아가 거기에서부터 단 일주일 만에 초인적인 힘을 발휘하여 이과수폭포를 거쳐 브라질의 리우 데자네이루까지 육로로 올라왔다. 오직 리우카니발 하나를 보기 위해.

리우카니발에 거는 나의 기대는 엄청났다. TV를 통해서 본 그 현란한 삼바 퍼레이드를 내 눈에 직접 담는다는 흥분과, 지금이 아니면 지구 반대편에서 열리는 대축제를 몸소 느낄 수 없을 거란 초조함까지 더해져 남미 여행 스케줄 자체를 이 카니발 일정에 맞추게 되었다.

내가 그린 리우카니발의 모습은 이랬다. 온 거리를 가득 메운 브라질 사람들이 흥겨운 삼바 리듬에 맞추어 음주가무를 즐긴다. 그리고 그 안에 황홀경에 빠진 내가 있다. 아, 상상만 해도 벅차올랐다!

그러나 실상은 너무도 달랐다. 매일 밤 거리가 인파로 가득 차긴 했지만 모두 외국에서 온 관광객이었다. 브라질 사람 다들 어디 간 거야? 매년 이 세계적인 축제가 열릴 때면 리우의 현지인들은 관광객들의 침범을 피해 다른 곳으로 피신 여행을 떠난다는 우스갯소리가 나돈다고 한다. 그런 탓에 물가도 평소의 4~5배까지 뛰었다. 그렇다고 관광객들이 재밌게 노는 것도 아니었다. 거리마다 인파로 가득 차 있건만 다들 손에 술잔만 든 채 슬렁슬렁 배회만 했다. '왜 삼바춤을 안 추는 거야?' 했는데 사실은 못 추는 거였다. 왜냐? 앞서 말했듯 대부분이 관광객이니 그들이 삼바를 알 리가 없었던 것이다. 아마 그들도 다른 이들을 보며 '왜 삼바를 안 추는 거야?' 라고 생각했을 것이 분명하다. 리우 현지인들이 직접 삼바의 진수를 선보여야 관광객들이 어줍잖게라도 따라할 텐데. 모두들 피신 여행을 떠나셨다고 하니……

"세계적 축제의 하나로 손꼽히는 브라질의 리우카니발은 가히 지상낙원이다" 카더라 통신에 속은 그때의 경험은 나의 비판적 정보 수용력에 큰 밑거름이 되었다. 카더라 통신에 대한 무비판적 수용이 주는 폐단을 온몸으로 씁쓸하게 경험했다.

내 생애 가장 돈 냄새 나는 생일 파티

2007년 2월 19일, 글로벌 스탠더드에 따라 나는 스물다섯 살이 되었다. 내 스물다섯 번째 생일 파티는 세계 최고의 퍼레이드로 꽃단장되었으니 바로 카니발 꽃 중의 꽃, 삼바드럼이다.

리우카니발 하면 떠오를 이미지의 대부분은 이 삼바드럼에서 나온다.

기상천외한 아이디어로 연출된 퍼레이드의 총집합! 거기에 정열의 삼바 리듬과 춤이 어우러지니 어찌 이보다 더 흥겨울 수 있으리오? 나는 거금 15만 원을 내고 입장권을 샀다. '이건, 내 생일 선물이다!' 라고 생각했다.

리우에는 상당수의 삼바 스쿨이 있는데, 이는 모두 카니발 단 하루의 퍼레이드를 위해 존재한다. 이들은 전 세계인들 앞에서 그간 갈고닦은 멋진 퍼포먼스를 선보이며 경쟁을 하고 최고의 삼바 스쿨로 선정되는 곳은 상당한 상금을 거머쥐게 된다. 이 한 번의 사치성 행진을 위해 엄청난 자금과 인력이 동원되는 것이다.

사실 돈 냄새가 너무 강했다. 본디 축제라 함은 문화의 소산이어야 할진데, 이곳에서 보여지는 것은 대개 돈으로 처바른 느낌이었다. 예쁘고 신기한 춤 의상들을 보면서 그저 비싸겠다는 생각만 했으며 사방을 둘러싼 광고의 홍수 속에서 언제나 숨막혀야 했다.

원래 삼바드럼은 이처럼 초대형 규모의 행사가 아니었다. 언제부턴가 미디어가 개입되면서 카니발 중계권이 상당한 자금을 끌어 모으게 되자 규모는 규모대로 커지고 섹스어필 역시 극대화된 것이다. 축제의 딜레마가 이렇다. 규모를 키우자면 돈이 필요하지만 막상 돈이 들어가면 축제만의 고유한 문화 맛이 떨어지고 종국엔 돈 맛만 씁쓸히 남는다.

리우카니발, 소문난 잔치여서 먹을 것은 넘쳤으나 내 입맛에는 맞지 않았다. 그래서 처음으로 여행지에 와서 '실망감'이란 것을 느꼈다. 그러나 그래서 후회하냐고? 천만의 말씀! 실망도 직접 경험해 봤으니 느끼는 것 아닌가? 세계적 축제라 카더라는 현장을 다녀와 그에 대해 이렇게 몇 마디라도 던질 수 있다는 것 자체가 나에겐 자산이요 자부심이다. 그후로도 나의 카더라 뉴스 진상 파악 작업은 쭈욱 계속되었다.

생각의 지도를 넓히다

trip
to
bolivia

하루살이, 볼리비아

속았다.

포토시Potosi행 버스표를 예매할 때 삐끼가 보여준 사진 속의 깔끔한 버스는 온데간데없고 무슨 동네 마을버스처럼 허접하게 생긴 구닥다리 버스가 날 기다리고 있다. 설상가상으로 고급 버스라 믿고 맨 앞자리를 지정했는데, 아니 웬걸, 이 구닥다리 버스의 앞자리엔 다리 뻗을 공간조차 없다. 여태껏 타왔던 버스 중에서 최악 중의 최악이다. 도로 사정은 또 '어찌나' 좋던지. 중간에 도로 반 이상이 주저앉아 있질 않나 산사태로 반 정도 침몰되어 있질 않나, 인터넷에서 보았던 '볼리비아의 공포 버스'라는 명성이 이거였구나 싶었다. 그렇게 야간 버스에서 잠을 잘 자는 나 역시 자다 깨다를 수차례 반복하고서야 힘겹게 밤을 보낼 수 있었다.

다음 날 아침, 수크레Sucre라는 도시에 도착해서는 나보고 대뜸 내리라고 한다. '뭐야? 포토시까지 가는 직행 아니었어?' 생각하며 버스에서 내렸는데 다행히 바로 포토시로 가는 버스가 있었다. 그런데 이번에는 버스가 아니라 봉고차였다. 봉고 안의 사람들은 정말 다닥다닥 붙어 앉아 있었다. 무슨 기네스북에 도전이라도 하시나? 그렇게 볼리비아 사람들 사이에 껴서 힘겹게 이동하는 와중에 문득 이런 생각이 들었다. 여태껏 내가 탔던 버스는 대부분이 참 고급이었다는 것이다. 그래서 그런지 버스 안에는 대부분 외국인 관광객뿐이었다. 그 말은 이동 중에는 현지인들과 부대낄 기회가 없었다는 말이며 현지인들이 실제로 사는 모습에서 비껴나 이동해 왔다는 것이다. 그렇게 편하게 여행하면서 무슨 현지인들의 삶을 보겠다고 건방을 떨어왔는지.

이들과 함께 버스를 타고 오면서 처음엔 너무 불편해 짜증이 났다. 하지만 좀 적응이 되어 주변을 둘러볼 여유가 생기니 옆에 있는 볼리비아인들의 초연한 표정이 눈에 들어왔다. 그들에게는 이런 열악함이 자연스러운 일상인 듯했다. 아무도 불평 불만이 없었다. 만약 우리나라 사람들 같았으면……? 아직도 모르겠다. 그들의 다른 삶의 모습에 싸구려 동정이 스멀스멀 기어오른다. 동정해선 안 된다고 생각하면서도 어찌할 수가 없다. 이런 것도 문화 상대주의로 봐야 하는 걸까? 아니면 이들이 이런 삶을 살 수밖에 없게 만든 역사, 혹은 세계 경제를 탓해야 할까? 생각이 꼬여만 간다.

드디어 간신히 포토시에 도착했다. 해발 4100미터의 도시에 오니 기다렸다는 듯이 고산병이 날 덮친다. 숨쉬기가 버겁고 머리까지 지끈거려온다. 나는 숙소를 잡자마자 뻗어버렸다.

다음 날 아침 일찍이 광산 투어, 코어퍼러티브 마이너Cooperative-miner를 떠났다. 과거 포토시에 부귀영화를 안겨주었던 그 광맥이 흐르는 곳으로.

광맥 안으로 들어가 마주한 볼리비아 광부들의 작업 현장은 내게 충격 그 자체였다. 끔찍했다. 어떻게 이런 작업 환경에서 평생 일을 할 수 있을 까? 쾌쾌한 냄새, 어두운 공간, 붕괴에 대한 두려움. 그들은 그 속에서 하루 열 시간을 어떻게 버틸 수 있는 것일까? 이 또한 이네들의 삶이기에 내가 가타부타 토를 달 수는 없지만, 그래도 이건 너무하지 않나 생각이 들 정도였다.

이건 분명 노동 착취다. 이런 열악한 환경에서 뼈 빠지게 일해서 광부 들이 받는 하루 임금은 고작 1만 5000원이란다. 그들이 피와 땀으로 캐 낸 수많은 광물들은 도대체 다 누구 주머니로 들어가는 건가? 저 위 어딘 가에서 편히 앉아 있을 고용자라 불리는 작자들에게 돌아갈 게 뻔하다. 내가 지금 이들을 보기 위해 '광산 투어'라는 명목으로 지불한 돈이 조금 이나마 이곳 광부들에게 돌아갈지 여부도 불투명하다고 생각하니 화가 치밀었다. 처음 광산에 오르기 전에 투어 가이드가 우리에게 반강제적으 로 광부들에게 줄 선물이라며 코카잎과 음료수 따위를 사게 만들었는데 그런 입에 풀칠도 못할 거리를 광부들에게 생색내며 주고선 우리가 지불 한 투어 비용은 고스란히 위에 있는 누군가에게로 들어갈 거라 생각하니 분노가 사그라들지 않았다.

체 게바라가 페루의 광산에서 마주한 광부들의 참혹한 노동 착취 현장 에서 느꼈을 신자유주의에의 분노를 이제야 이해할 수 있었다. 왜 미국 처럼 잘사는 나라만 잘살고 이곳같이 열악하게 살아가는 나라는 항상 열 악하게만 살아야 하는지, 그리고 그 둘이 한 세계 안에 공존한다는 이 비 극을 이해할 수가 없었다.

오후엔 포토시역사박물관에 갔다. 포토시는 한창 잘나갈 무렵 영국의 런던에 버금가는 부와 명성을 자랑했다고 한다. 포토시의 넘치는 은을 얻고자 전 세계의 물자들이 이곳으로 집결되었고 그 결과 명실상부한 부의 도시가 되었단다. 하지만 단일 광물에 지나치게 의존했던 산업구조 탓에 은이 바닥나버리자 이 부의 도시 포토시는 지금처럼 휑하니 폐허만 남게 되었다.

처음 포토시에 왔을 때 페루의 쿠스코와 비슷한 분위기가 느껴진다고 생각했는데 그게 다 이유가 있었다. 부의 집결지로, 그리고 잉카의 수도로, 둘 다 한때 영화를 누렸던, 하지만 지금은 몰락해 버린 역사의 상흔 그 공통분모 때문에 두 도시는 그다지도 비슷한 냄새를 풍기고 있었던 것이다.

포토시의 전성기 시절 노동 착취 얘기가 불거져 나와서 나는 또다시 충격을 받았다. 당시 은을 캐내기 위해 아프리카의 노예들이 대거 '투입' 되었지만 고산지대에 적응하지 못한 흑인 노예들이 하나둘씩 죽어 나가자 이곳 볼리비아의 원주민들에게로 그 화살이 돌아갔다고 한다. 비단 은을 캐는 노동의 착취뿐 아니라 스페인의 동전을 제작하는 공정 과정에서도 수많은 원주민들이 고통을 받아야 했다. 보통 역사는 스페인의 남미 정복기에 천연두가 창궐하여 당시 원주민의 80~90퍼센트가 사망했다고 하지만 이런 노동 착취의 현장을 마주하니 다른 역사적 가설이 내 안에서 고개를 들었다.

"스페인 정복자, 이놈들이 원주민들 혹사시켜서 다 죽인 다음에 생뚱 맞게 천연두 운운하며 자신의 죄를 은폐시킨 거 아냐?"

역사는 승자에 의해 쓰이니 그 누가 진상을 알리요?

역사박물관에서 알게 된 과거 볼리비아 원주민들의 노동 착취사와 탄

사진은 사진기로 찍는게 아니다. 마음으로 찍어야 한다. 특히 여행 사진은 찍사의 마음이 얼마나 피사체와 일치했는지가 관건이다. 내가 볼리비아인들이 타는 버스에 오르지 않았다면 이런 사진은 찍을 수 없다.

광에서 마주한 현재 볼리비아인들의 노동 착취가 너무도 내 가슴을 저며 왔다. 과거엔 스페인에 강제로 노동을 착취당하고 500여 년이 지난 지금은 자본주의라는 시스템에 얽혀 합법적으로 노역하는 볼리비아의 모습이 비단 이 한 나라에만 존재하는 게 아닐 거란 생각이 날 참으로 비통케 했다.

여행을 하며 주워 듣고 보는 것이 많아지다 보니 이와 같은 역사적, 사회적 상상력이 내 머리를 흔들어놓는다. 조금씩 사회가, 세계가 눈에 보이는 느낌이 든다. 개안이라고나 할까? 갑자기 무슨 초능력이라도 가지게 된 것처럼 눈앞에 보이는 사소한 것들에서도 사회학적 상상력의 거리들이 물밀듯이 쏟아진다.

나는 이런 여행을 해왔다. 남들처럼 관광 명소라 불리는 곳에 가서 사진 한 장이라도 더 찍으려 발버둥치지 않았다. 그런 건 '널 수 있어' 촬영을 위해서 갔을 뿐 대부분의 시간은 이처럼 나의 사회적 시야가 트이는 데 도움이 되는 쪽으로 시간을 할애했다. 여행에 정석이란 것은 없겠지만 나는 젊은 사람들이 좀 더 세상을 보는 안목을 넓힐 수 있는 쪽에 초점을 맞추어 여행하기를 간곡히 바란다. 당신이 젊고 건강한 혈기를 지닌 한국의 미래라 생각한다면 맛집, 멋집 따위를 쫓아다니거나 명품을 찾아 떠나는 관광은 제발 지양하라고 말하고 싶다. 현재 대부분의 한국 관광이 이런 사치성으로 점철되기 때문에 사람들은 여행을 돈지랄과 동일시하는 것이고, 그래서 언론 보도 역시 증가하는 해외 여행에 늘 경종을 울리는 것이리라.

여행은 자신을 성장시킬 수 있는 가장 압축적이며 전방위적인 경험의 총체다. 평범한 의학도였던 에르네스토 게바라 역시 남미를 오토바이로 일주하며 여행하는 과정에서 혁명가 체 게바라로 부활했다. 그리고 불가능한 꿈을 가지라고 외쳤다. 나 역시 여행을 먼저 다녀온 이로서 간곡히 우리 한국 청년들에게 외치고 싶다.

　"여행을 통해 불가능한 꿈을 가져. 그것이 널 수 있어."

여행을 값진 것으로 만들어주는 것은 무엇보다도 낯설음과 고독이다.

낯선 땅, 낯선 언어, 낯선 얼굴

— 그리고 그 모든 것 속에 자기가 '혼자' 있다는 생각.

이러한 낯설음과 혼자라는 의식 속에서 여태까지는 느껴보지 못했던

불안, 두려움, 기대와 모험심, 절망 등이 눈을 뜨는 것이다.

사물은 여태까지와는 다르게 느껴진다.

어쩌면 일상의 질서 속에서 습관의 베일에 가려 불투명하게 보이던

사물이 비로소 위장을 벗고 실체를 드러내줄지도 모른다.

낯익은 사물들과 낯익은 얼굴, 기계적인 습관의 틀 속에서 잠자고 있던

무의식의 어떤 형체가 서서히 의식의 표면으로 떠올라오고

잊었던 자기와의 참다운 대면이 시작될 수도 있는 것이다.

—전혜린

싫으면 가지 마!

이런 생각이 든다. 계획의 묘미는 그것을 틀어버리는 데 있다고. 이 말장 난 같은 명제를 여행을 통해 입증했다. 비행기 일정상 남미 다음 행선지 인 쿠바로 날아가기 위해선 어떻게든 베네수엘라까지 가야 했고 난 브라 질을 종단하여 아마존을 통해 올라가려 했다. 그래서 리우데자네이루 다 음에는 북쪽의 살바도르 쪽으로 올라갈 계획이었다. 그런데 리우카니발 에 대한 실망감이 너무 컸던 탓에 브라질이라는 나라 자체가 싫어졌다. 그래서 최초에 계획했던 브라질 종단을 과감히 접고서 행로를 볼리비아 쪽으로 돌렸다. 브라질이 나와 맞지 않을뿐더러 리우카니발 일정에 맞추 기 위해 페루에서 급하게 비행기를 타고 부에노스아이레스로 가느라 놓 친 볼리비아에 대한 아쉬움이 너무 컸던 탓이다.

문제는 효율성이라는 측면이었다. 볼리비아로 들어가 베네수엘라로 올라가려면 어쩔 수 없이 내가 지나쳐온 페루와 콜롬비아를 다시 거쳐야 한다. 아무리 여유롭게 다니는 여행이라 해도 갔던 나라를 다시 가려니 비효율적이란 생각에 머뭇거리게 됐다.

생각의 전환! 미국 SDaS에서 한 친구가 이런 폴스 스테이트먼트를 내놓았던 것이 생각났다.

"반드시 효율적으로 살 필요는 없다."

그 말을 곱씹어보니 여행도 꼭 효율적일 필요는 없다는 생각이 들었다. 그 누구도 택하지 않는 비효율의 길을 일부러 가보는 것도 여행이 아니면 언제 해보겠냐 싶었다. 그래서 난 브라질을 벗어나 '남미의 꽃'이라 불리는 볼리비아로 향했다.

여행이 이렇다. 내 맘대로 행동하고선 그럴싸한 명제로 끼워 맞추면 그게 바로 여행의 묘미가 된다. 왜냐고? 그게 여행이라니까!

길거리 스페인어

남미 여행이 내게 준 가장 값진 선물, 그건 스페인어다. 알파벳 발음도 못하던 내게 스페인어가 와서 달라붙었다. 익혔다기보다는 익혀졌다고 표현해야 한다. '여행의 힘' 아니면 '필요의 힘' 정도로 말할 수 있으려나? 남미에서 영어는 외국어, 아니 외계어에 가깝다. 그런 탓에 기본적인 스페인어 없이 여행하기는 정말로 어렵다. 심지어 장사하는 분들이 값이 얼마냐는 그 간단한 "How much?"도 못 알아듣는다. 덕분에 처음엔 바디 랭귀지가 일취월장했다. 혀가 움직이지 않으면 몸이라도 움직여야 했다. 그리고 그 몸짓 언어가 어느 정도 기능을 발휘했기에 이 정도면 족할 듯싶었다.

그런데 페루 워크캠프에서 스페인어 불능자의 비애를 맛보고는 스페인어 공부에 대해 고민을 하기 시작했고 급기야 잠시 남미 어딘가에 한 달 정도 머물며 어학연수를 해볼까를 심각히 고려하기에 이르렀다. 그러던 즈음 브라질과 볼리비아의 국경에 있는 코룸바Corumba라는 조그만 도시에서 우연히 한 이스라엘 여행객을 만났다. 나처럼 스페인어에 무지한 상태로 여행을 왔다던 그의 스페인어 실력은 제법 쓸 만했다. 그렇다고 어학 코스를 밟았다거나 남미에 장기간 머물렀던 것도 아니었다. "넌 어쩜 그렇게 스페인어를 잘하니?"라고 묻자 놀라운 대답이 돌아왔다.

"How can I get a girl without spanish(스페인어를 모르고 어떻게 애인을 사귀겠니)?"

오호라! 무얼 하든 동기가 중요하다. 그리고 모든 동기는 리비도로 귀결되는 것이었다!

그후로 '나도 스페인어를 독학해 봐?'라고 스스로에게 운을 띄웠다. 어학 코스를 밟지 않고 스페인어를 익힌 이가 있다는 것이 큰 힘이 되었다. 그리고 브라질에서 엿본 내 스페인어에의 가능성이 본격적인 스페인어 공부에 불을 지폈다.

스페인어도 아닌 포르투갈어가 쓰이는 브라질에 있을 때 난 언어의 상대성을 발견했다. 언어는 참으로 상대적이었다. 언어 구사는 절대 우위가 아닌 상대 우위에 의해 구사됨을 깨달았다. 미국 체류 시절, 구사 가능 언어는 영어와 한국어뿐이었다. 그래서 어떻게든 한국어를 쓸 기회만 있으면 죽어라 가나다라를 나불댔다. 3개월간 영삼성에 글질했던 블로그들이 이를 방증해 준다. 왜냐하면 영어와 한국어 중 한국어가 절대적으로 우위를 점하기 때문이다. 그래서 아이러니하게도 영어 못지않게 한국어 실력도 향상되었다.

남미에 왔다. 한국어는 쓸 엄두도 못 냈다. 영어도 무용지물인 이 대륙에서 어찌 아야어여를 풀어내리요? 영어와 스페인어, 이 둘 중에서는 영어가 상대 우위를 지니게 되었고 자연스레 영어가 내 모국어가 되었다. 누구를 만나든지 먼저 물었다.

"영어 할 줄 아세요?"

이번엔 브라질에 왔다. 허허, 여긴 영어는 고사하고 스페인어도 잘 안 통한다. 포르투갈어와 스페인어, 이 둘을 놓고 보니 자연스레 스페인어가 상대 우위를 점하여 정말 더듬대는 수준인 스페인어가 어느새 '모국어'가 되었다. 그래서 브라질에선 이렇게 물으며 말문을 텄다.

"스페인어 할 줄 아세요?"

그래서인지 브라질에서 내 스페인어의 가능성을 읽었고 본격적으로 스페인어 공부를 시작하게 되었다. 나의 스페인어 교재는 길거리와 서영사전이 전부였다. 길거리에 널브러져 있는 온갖 스페인어를 주워 담은 후에 사전을 뒤적이며 그것이 무슨 말이었나 일일이 확인하면서 그렇게 하나하나 체득해 나갔다. 그렇게 익힌 어휘가 조금씩 쌓이다 보니 쏼라쏼라로만 들렸던 스페인어가 희미하게나마 잡히기 시작했다. 우호호! 이렇게도 언어가 익혀지는구나! 하루하루 스페인어 늘어가는 재미를 만끽했다. 쓸 줄은 모른다. 오로지 말하고 듣기만 가능하고 거기에 문법은 전혀 모르는 내 스페인어. 어설프지만 너무도 사랑스럽다.

보통 필요가 사람을 만든다고 한다. 하지만 호기심이 사람을 가능케 하기도 한다. 나의 영어는 순전히 필요에 의해 늘었다. 하지만 스페인어는 호기심에 의한 것이었다. 남미 사람들을 향한 애정과 그네들의 삶을 좀 더 알고 싶은 호기심이 너무도 간절했기에 그들의 말을 배워 대화를 나누고 싶을 뿐이다. 그러니 자연히 스페인어가 따라왔다. 영어 공부에

대해서도 언급했듯이 언어 습득의 첩경은 철저히 그 언어를 수단화하는 것이다. 호기심에 의해 배운 언어로 사람을 만나고 사귀고 문화를 더 깊숙이 알게 되었고 그것이 내 남미 여행의 원동력이 되었다. 이렇게 떠다니다 보면 얼마나 더 많은 언어를 배우고 체험하게 될까?

여행 덕에 제2외국어의 가능성을 엿본 나는 스페인어라는 두 번째 외국어 우물을 파기 시작했고 귀국한 지금에도 열심히 파고 있다. 이는 어학연수를 떠났으면 생각도 못할 일이다. 일거양득. 그래서 난 여행이 참 고맙다.

마음 놓고 사랑하세요

여행은 이성을 마취시킨다. 그리고 일상에 짓눌려 있던 감정만 오롯이 남게 된다. 사랑에 관해서 말이다. 여행 길 위에서 만나는 사람들은 감정에 있어서 참으로 자유롭다. 좋으면 좋고 사랑하면 사랑하고 떠나고 싶으면 떠난다. 무책임하다고? 그렇다, 무책임하달 수 있다. 그러나 그것이 여행이 주는 특권이다. 허구한 날 책임감 속에 살면서 여행까지 책임감으로 하고 싶은가?

여행을 하면 사람은 그냥 사람으로만 보인다. 여행자는 사회와 무관한 미확인 물체이기에 그 어떤 사회적 포장도 무의미하다. 상대방도 나를 '나' 그 이상으로도 그 이하로도 보지 않는다. 왜냐하면 나 역시 미확인 물체이기 때문이다. 서로에 대해서 미확인인 순간엔 감정만 존재한다. 그리고 그 감정에만 충실해진다. 어찌보면 책임질 일이 없기 때문에 감정에만 충실한 것일 수도 있다. 한국처럼 좁디좁은 사회에서는 연애 후 폭풍이 두려워 감정을 드러내기가 꺼려진다. 드러낸 감정이 도리어 비수가 되어 가슴에 꽂히고 나중엔 그것이 주홍 글씨로 따라다니는 경험, 다들 한번쯤은 해보지 않았나?

여행 길에서 만든 몇몇 무책임한 사랑 얘기에 친구들은 나보고 탕자 혹은 난봉꾼이라 놀려댄다. 그러나 다들 부러운 눈치다. 분명 대다수는 자기 자신의 심연 깊은 곳에 무책임하게 타오를 감정의 불씨를 가지고 있다. 사회가 그걸 억누르고 있을 뿐이다. 여행을 떠나보라. 한국에서 태우면 후레자식이 될 감정의 불씨가 여행 길에선 낭만이 되니.

라파스 비포 선라이즈

영화 〈비포 선라이즈〉를 봤던 게 벌써 10년 전이다. 마지막 장면이 참 인상적이었다. 주인공들이 함께했던 공간들을 찬찬히 비추던 장면, 아직도 기억에 선연히 남아 있다. 사랑했던 두 남녀는 더 이상 그곳에 없건만 공간은 그렇게 무심히도 덩그러니 그 자리에 남는다. 사람의 기억이란 이렇게 공간 지향적임을 말하고 싶었던 걸까? 나의 1년짜리 여행 필름에도 셀 수 없이 많은 공간이 찍혀 있다. 그중 유독 쉬이 넘길 수 없는 한 장, 볼리비아의 수도 라파스La Paz. 그리고 거기엔 나의 일본인 친구 시카가 있다.

볼리비아 우유니에서 라파스로 향하기 위해 야간 버스에 올랐다. 새우잠을 자다 아침 6시경에 눈을 떴는데 무슨 연유인지 버스가 정차해 있고 옆 좌석에 앉아 있던 아저씨는 온데간데없었다. 오줌보가 신호를 보내는 탓에 버스 밖으로 나왔다. 그런데 이게 웬 일인가. 한국의 명절 귀경 길처럼 도로 위에 차들이 줄지어 서 있었다. 그리고 몇몇 사람들은 보따리를 짊어지고 1킬로미터 전방에 보이는 촌락을 향해 걸어가고 있었다. 그때

옆에 서 있던 버스 직원이 미안하다는 말도 없이 내 짐을 버스에서 꺼내 놓았다.

"¿Por que(왜)?"

어줍잖은 스페인어로 물어보니 "쏼라 불라 울라라……" 전혀 알아 먹을 수 없는 스페인어가 쏟아진다. "Si(네)" 하고 말았다. 잠도 덜 깨서 죽겠는데 상황 파악도 못한 채 배낭을 짊어지고 그냥 사람들 가는 방향으로 따라 걸었다. 촌락에 다다랐을 즈음 도로 위에 가득히 뿌려진 바위들이 눈에 띄었다. 촌락 입구에는 트럭이 줄지어 서서 도로를 봉쇄하고 있었다. 짐작으로는 트럭 회사 노조들이 파업을 하는 것 같았다. 세상에, 뭐 이런 나라가 다 있나? 더욱 신기한 건 볼리비아 사람들 그 누구도 불평하는 기색이 없었다는 것이다. 넓은 아량인지 자포자기인지…….

이제 어째야 하나, 이름 모를 촌락에 멍하니 있자니 갑자기 주위 사람들이 미친 듯이 뛰어가기 시작했다. 이번엔 또 뭐야 하며 나 역시 이유도 모르고 그냥 따라 뛰었다. 보니 전방 200미터에 빈 트럭 한 대가 슬금슬금 움직였다. 저거구나! '저걸 잡아야 돼'라는 생각만 머리를 맴돌았다. 그리고 40킬로그램에 육박하는 내 배낭들을 짊어지고 트럭 위로 뛰어올랐다. 트럭 화물칸은 나 같은 히치하이커들로 가득 차서 아비규환 그 자체였다. 그리고 그 북새통에서 시카를 만났다.

난장판 속에서 만난 아시아인. 너무나 반가웠다. 덜컹이는 화물칸에 나란히 앉아 이 얘기 저 얘기 나누는 사이 자연스레 라파스 여행을 같이 하자고 얘기가 됐다.

라파스에 도착한 후 시카와 이곳저곳 발품을 팔아 저렴한 유스호스텔을 찾아냈다. 처음엔 각자 방을 쓸까 했는데 비용 면에서 같이 쓰는 것이

훨씬 경제적이었기에 한 방을 쓰기로 했다. 만난 지 몇 시간도 안 된 남녀가 한 방에 있으려니 좀 어색했다. 그래서 시카는 비행기를 알아보러 나가고 난 혼자서 시내 구경을 나섰다.

70~80년대의 서울 종로3가. 내가 만난 라파스의 첫 느낌이었다. 타임머신을 타고 온 듯한 착각이 들 정도였다. 저녁 때가 되어 시카가 기다리고 있는 숙소로 돌아갔다. 근처에 한국 식당이 있다는 '고급 정보'를 입수한 뿌듯함을 안고.

"시카! 저녁에 우리 한국 음식 먹으러 갈까?"

"하라헤따."

갑자기 튀어나온 일본어에 적잖이 당황하니 "일본어로 배고프다는 뜻이야"라고 일러준다. 김치찌개와 제육덮밥을 시켜서 나누어 먹었다. 시카는 정말 복스럽게 그 음식들을 해치웠다.

우리는 식당을 나와 무작정 걸었다. 가끔은 이렇게 지도 없이 길을 잃은 채 헤매는 걸 즐긴다. 시카와 이런저런 얘기를 나누며 이름 모를 거리에서 이름 모를 사람들 속에 파묻혀 데이트 아닌 데이트를 했다. 그러다 우연히 볼리비아 전통 음악을 연주하는 카페를 지나치게 되었다.

"갈까?"

산포냐라는 안데스 전통 악기 소리와 정체 모를 전통 의상과 춤. 관광객을 위한 공간이어서 그런지 볼리비아의 특색은 별로 느껴지지 않았다. 그래도 시카는 마냥 좋은 눈치였다. 타는 목마름으로 시킨 정체 불명의 계란과 아몬드 혼합 주스를 끝까지 먹지 못하고 그곳을 나왔다. 숙소로 돌아와 침대에 눕자 시카가 묻는다.

"용! 너 내일 뭐 해?"

내일은 산악 자전거 투어를 가기로 되어 있었다.

"뭐, 딱히 할 건 없는데……."

저절로 입에서 거짓말이 나왔다.

"그럼, 우리 내일 같이 시장에 놀러 가자!"

이미 투어 회사에 돈까지 지불한 나지만 "그래, 좋아! 나도 시장 가는 거 좋아해!" 하고 답해버렸다. 그리고 잠들었다. 정말 잠만 잤다.

아침에 눈을 뜨자마자 투어 회사로 달려가 자전거 투어를 하루 미루었다. 숙소에 돌아오니 어느새 시카가 일어나 있었다.

"어디 갔다 와?"

"동네 한 바퀴 뛰고 왔어. 날씨가 쌀쌀하니 아무리 뛰어도 땀이 안 나네. 하하!"

재래시장은 정말로 20년 전 서울 남대문시장과 똑같았다. 파는 물건의 종류만 다를 뿐 알아들을 수 없는 말을 속사포로 쏘아대는 호객꾼, 말없이 앉아 미소만 짓고 계신 할머니, 모두 한국과 같았다. 중앙 광장에서는 약장수의 '쇼쇼쇼'까지 열렸다.

그렇게 시장 길을 따라 정처없이 흘러가다 보니 어느샌가 라파스 시내가 훤히 내다보이는 달동네에 이르렀다. 어렸을 때 보았던 드라마 〈서울의 달〉이 연상되는 라파스의 전경.

"시카! 20년 전엔 한국의 서울이 이렇게 생겼었어."

"거짓말! 네가 20년 전을 어떻게 기억해?"

따지긴, 말이 그렇단 얘기지.

돌아오는 길에 극장에서 영화 한 편을 봤다. 〈퍼슈트 오브 해피니스 Pursuit of Happiness〉. 한국어 제목은 모르겠다. 윌 스미스와 그의 아들이

고군분투해 가며 취업에 골인하는 과정을 '휴머니티'로 포장하여 보여주는 영화. 난 썩 마음에 들지 않았다.

"왜 취업에 성공하는 게 행복이라는 거지?"

"그냥 영화인데 뭘 그렇게 흥분해?"

"이 영화는 말야, '열심히 노력만 하세요. 그러면 누구나 이처럼 좋은 직장을 가질 수 있습니다'라고 말하잖아. 그러곤 그걸 행복의 추구라네? 취업 말고도 행복할 거리는 얼마든지 있다고!"

갑자기 핏대를 세우니 시카는 놀라는 눈치였다.

숙소로 돌아왔다. 마지막 밤. 서로 말없이 각자의 침대에 누워 있었지만 잠들지는 않았다. 나는 일기장을 끄적이고 시카는 수십 번은 더 봤을 여행 가이드 북만 괜시리 뒤적였다. 더는 끄적일 것이 없어 일기장을 내려놓았을 때 시카가 물었다.

"너 잘 거야?"

"아니, 아직 안 졸려."

그다음에 할 말은 생각이 나질 않았다. 아니, 그보다 시카의 질문이 딱히 다른 답을 할 수 없게 만들었다. 안 졸린다는 말 뒤에 무슨 말을 덧붙여야 하나? 한동안 흐른 정적을 깨고 시카가 말했다.

"네가 그리울 것 같아."

방안의 정적이 좀 더 무거워졌다. 난 대답 대신 하모니카를 들어 연주를 시작했다.

"나 일본 노래 하나 연주할 줄 안다. 들어봐라."

일본 노래를 리메이크한 박효신의 〈눈의 꽃〉이었다. 시카는 조금 놀라는 것 같았다. 연주를 끝내자마자 다음 노래로 넘어갔다. 연주 후에 찾아

올 어색한 정적이 싫었다. 그렇게 일고여덟 곡을 내리 연주했다. 이것이 라파스에서 찍은 한일 합작 〈비포 선라이즈〉의 마지막 장면이었다.

아직도 난 배가 고프면 가끔 이렇게 말한다.

"하라헤따."

사회, 세계 그리고 시스템이 보이다

여행은 전방위적 경험의 총체다. 책상에 앉아 활자화된 지식을 습득하는 것과는 차원이 다르다. 여행 중에 보고 듣는 모든 것들이 내겐 공부다. 그리고 이것들이 모여 그 누구도 가질 수 없는 나만의 안목을 길러준다. 여행이란 이름으로 들도 보도 못한 사회까지 이곳저곳 배회하다 보면 사회가 눈에 보이기 시작한다. 손에 잡힌다.

특히나 나처럼 대륙과 대륙을 넘나들며 여행을 하면 이는 더욱 선명해진다. 사회 혹은 문화는 타 문화와 충돌할 때 가시화되는 경향이 있다. 그런 탓에 미국에 체류할 때는 미국이 보이지 않고 남미에 있을 때도 남미가 보이지 않는다. 하지만 다른 대륙에 건너가서 두 문화가, 두 대륙이 머릿속에서 충돌을 일으키면 전자가 인식의 선상에 떠오른다. 그리고 이런 인식들이 쌓이고 쌓이면 어느덧 내 눈에는 세계가 보인다.

자본주의와 사회주의, 이 두 개의 거대 담론 역시 여행이라는 전방위적 경험 덕분에 그 실체가 잡혔다. 그런데 다행인지 불행인지 내겐 둘 다 허점만 노정되었다. 신자본주의로 대변되는 자본주의의 총 본산지 미국,

그곳에서 난 자본주의 메커니즘의 쓴 맛을 제대로 맛보았다. 돈만 있으면 뭐든지 할 수 있는 곳이 미국이지만 역으로 돈 없으면 아무것도 못한다. 나는 미국 의료 시스템을 통해서 뼈저리게, 아니 이 저리게 목도했다. 그리고 SDaS의 수업 내용 대다수가 반자본주의로 귀결되었기 때문에 필연적으로 자본주의의 폐해를 까발리는 데 초점이 맞추어졌다. 물론 이런 나의 개인적인 경험만으로 자본주의 전체를 논하는 것은 무리다. 하지만 그 외에 접한 숱한 자본주의의 폐해를 통해 이 시스템의 허점을 나름대로 일반화시킬 수 있었다. 그리고 자신 있게 말한다. "이것이 내가 본 미국의 자본주의다"라고. 적어도 난 자본주의에 대해 내 나름의 의사를 피력할 수 있게 된 것이다.

자본주의에의 반감은 남미행에 큰 기대를 품게 만들었다. 미국 체류 시절에 에콰도르의 새 대통령으로 좌파 진영의 코레아가 당선되었다. 콜롬비아와 몇몇 나라를 제외하고선 남미의 모든 나라가 소위 좌파를 표방하고 있는 형국이었다. 왼쪽으로 기울고 있는 남미의 경제, 정치를 내 눈으로 직접 목도할 수 있다는 것이 너무나 설렜다. 그래서 더욱더 베네수엘라와 쿠바는 내게는 반드시 거쳐야 할 나라였다.

'과연 실존하는 사회주의는 어떻게 굴러가고 있을까?'

차베스의 사회주의 실험에 신음하는 사람들

"공산당이 싫어요", '빨갱이', '우리의 주적=북한=사회주의'.

한국의 제도권 교육과 군대가 내게 주입시킨 사회주의에 대한 이미지는 이랬다. 한마디로 "알면 다쳐!"이다. 다치는 게 싫어 그쪽에는 관심을 끄고 25년을 살아왔다. 한데 의도치 않게 그 '세상'에 발을 딛게 되었다. 남미 여행의 마지막 나라, 베네수엘라. '미스 유니버스 최다 배출 국가'가 내가 가진 이 나라에 대한 정보의 전부였건만 전혀 예상치 못한 것이 날 기다리고 있었다.

엄밀히 말해 베네수엘라는 사회주의 국가라기보다는 사회주의로 나아가고 있는 과도기 상태다. 그래서 그들은 스스로를 21세기 신사회주의라 표방한다. 때문에 자본주의와 사회주의가 산만하게 뒤섞여 있어서 양극단의 사회 시스템을 비교하는 데 좋은 샘플이다.

베네수엘라는 국경서부터 범상치 않은 기운을 뿜어댔다. 처음엔 입국 심사를 거절당했다. 여권에 'south'라는 단어가 명시되어 있지 않아서 내가 남한에서 왔는지 북한에서 왔는지 확인할 수 없다는 게 이유였다. 여행을 오래 하다 보니 별의별 어이없는 일을 다 당한다. 설상가상으로 입국 심사관이 영어를 할 줄 몰라서 내 입장을 어줍잖은 스페인어로 피력할 수밖에 없었다.

"Soy de sur(난 남쪽에서 왔어요)."

문법에 맞는지도 모르고 이 문장 하나만 죽어라 붙잡고 늘어졌다. 심사관은 공항에 전화를 걸어 문의하는 듯했다. 통화 내용 중 'US visa'란 말이 튀어나오더니 가까스로 여권에 입국 도장을 꽝 찍어주었다. 아마 내 여권에 있는 미국 비자가 나의 남한 국적을 입증시켜 준 듯했다. 찜찜했다. 우리 나라가 얼마나 힘이 없으면 미국 비자를 통해 내 국적을 입증시켜야 하는지……. 쳇!

베네수엘라는 여타 남미 나라와 너무 달랐다. 다르다 함은 여러 방면에서 나타난다. 일단 내가 지나온 일곱 개의 남미 국가 중 가장 치안이 좋지 않았다. 어딜 가나, 누구를 만나든지 "조심해"라는 충고를 들었다. 길거리에 깔린 경찰들도 '민중의 지팡이'라기보다는 '민중의 몽둥이'로 위화감 조성에 한몫했다.

한번은 택시를 타고 가는데 길가에 서 있던 경찰이 내가 탄 택시를 샷건으로 정지시켰다. 처음엔 잘못 봤겠지 싶었는데, 아니, 사실이었다. 자신의 샷건을 '철컥' 소리와 함께 장전시키며 정지 명령을 내린 것이다. 수신호로도 얼마든지 정지시킬 수 있었을 터인데 무슨 이유로 전시 상황처럼 샷건을 장전시킨담? 차에서 내리게 한 후 대뜸 여권을 내놓으란다. 나름대로 근엄해 뵈려는 보기 흉한 인상이었다. 내 여권에서 꼬투리 잡을 거리를 찾는 눈치였다. 아무리 찾아봐라! 꼬투리 잡힐 거리가 나오나. 그런데 갑자기 나에게 돈을 요구했다.

"왜?"

내가 화를 내자 경찰은 답은 안 하고 자신의 샷건만 쓰윽 만진다.

"싫어! 여권이나 내놔!"

상황이 궁지에 몰리니 스페인어가 자연스레 터져나왔다. 그가 나를 위에서 아래로 한번 훑어보더니 "조심해" 한마디 던지며 여권을 내놓았다.

대략 경찰들이 이런 식이라고 한다. 심지어 베네수엘라 주민들에게도 툭하면 불심검문을 하고선 꼬투리를 잡아 돈을 요구한다니.

경제 상황은 어떠한가? 이 역시 무언가 이상하다. 여기서는 달러가 왕 대접을 받는다. 공식적으로 1달러는 2150볼리바레다. 그런데 길거리의 암시장에서는 1달러를 4000볼리바레까지 쳐준다. 우고 차베스가 정권을 잡은 뒤 시장을 폐쇄시켜 버려 타국의 화폐가 자유로이 진입할 수 없다고 한다. 사업상 외화를 주물러야 하는 이는 국가에 복잡하디 복잡한 서

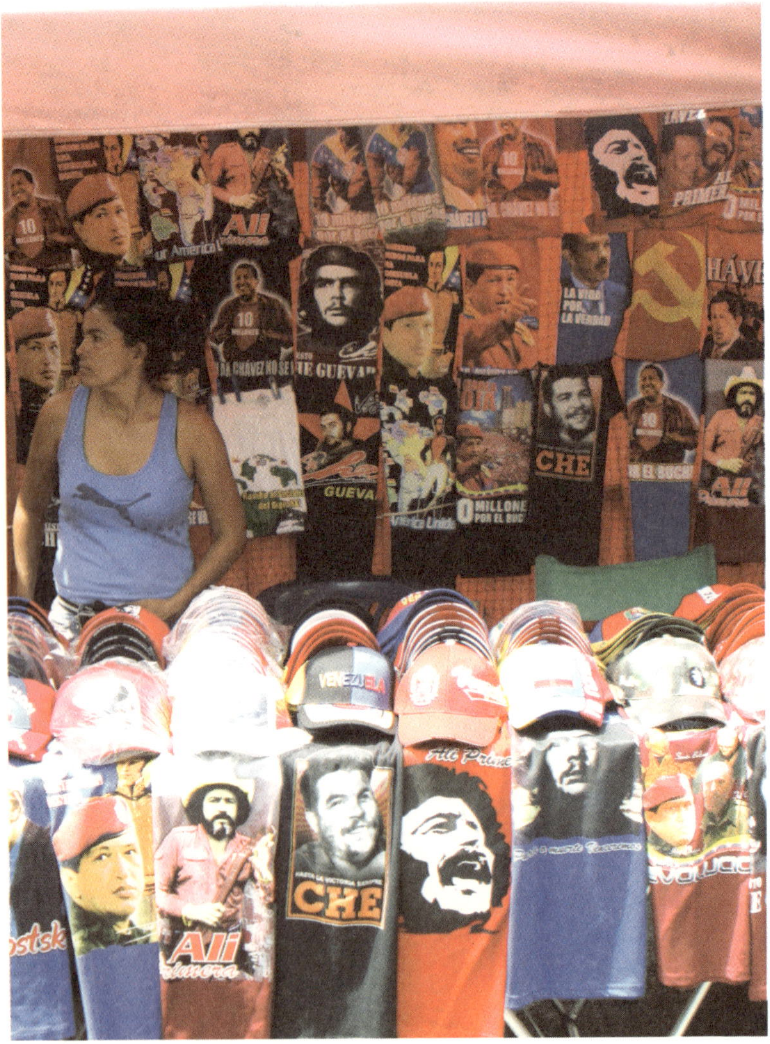
Ali
CHE
LA VIDA POR LA VERDAD
CHE
VENEZUELA
Ali
CHE

류 제출 과정을 거친 후에만 달러를 확보할 수 있고, 그것도 고작 1년에 4000불로 제한되어 있다. 1년에 4000불 가지고서 무슨 사업을 하란 말인가? 이러니 달러가 귀할 수밖에 없다. 그리고 위에서 억누르니 자연스레 암시장이 판칠 수밖에. 수요와 공급이 가격 결정에 어떻게 영향을 끼치는지 정확히 알 수 있었다. 참 아이러니하다. 폐쇄경제가 시장경제의 메커니즘을 보여주니 말이다.

HC를 통해 카라카스에서도 좋은 사람을 만나게 되었다. 사십대로 보이는 레오 아저씨였다. 레오 아저씨는 나에게 베네수엘라 사람들의 사는 모습을 보여주었다. 레오 아저씨를 따라 바리오Barrio를 방문했다. 중심지에서 40분 정도 벗어난 곳. 도착하고 나서야 어떤 곳인지 알게 되었다. 바리오는 브라질의 파벨라Favela 같은 곳이다. 즉 달동네 혹은 판자촌이다. 베네수엘라의 수도 카라카스 주변에는 이러한 바리오들이 수십 군데 산재해 있다고 했다. 도심의 혜택에서 소외된 이들이 자력으로 집을 짓고 수도 및 전기 역시 스스로들 알아서 끌어와 살아가는 곳.

내가 신세 진 레오 아저씨 집 역시 경사 30도 정도의 비탈면에 위치했고 일일이 말로 풀어놓기 힘들 만큼 사회적 제반 시설들이 열악했다. "정부에서 아무런 도움을 안 주나요?"라고 묻자 레오 아저씨는 격분에 차서 그간 쌓여온 울분을 터뜨렸다.

"차베스는 대외적으로 보이는 것에만 집착해요. 베네수엘라는 세계 4위의 산유국이에요. 한데 그 많은 석유를 쿠바나 볼리비아, 소위 형제의 나라에 퍼주고 있어요. 정작 필요한 국민들에겐 관심도 없어요. 오로지 이념! 그거 하나만 보고 있죠."

21세기 사회주의의 실험장이라며 세계의 주목을 받는 이 나라의 국민들은 몰모트처럼 신음하고 있다고 했다.

"자기 마음대로 이 나라를 쿠바처럼 만들려고 해요. 죄다 통제하고 있죠. 여기서 환전해 보셨어요? 달러가 금값이죠. 정부 허가 없이 달러를 가질 수가 없거든요. 그것뿐인 줄 아세요? 해외로 나가는 것도 얼마나 어렵다고요. 여권 만들기가 하늘의 별 따기랍니다. 행정 업무를 전산화시킨답시고 여권 신청을 인터넷으로 받는데, 항상 서버가 다운되어 있어요! 어렵사리 신청이 되어도 진행 절차가 어찌나 까다로운지."

차베스의 재선에 대해 물어보았다.

"몇 년 전에 차베스가 재선에 성공했잖아요. 이렇게 옥죄어도 국민들은 이 정부를 지지하나 보죠?"

기가 차서 레오 아저씨가 답한다.

"그거 다 조작된 거예요. 물론 언론은 그렇게 보도를 안 하죠. 우리들끼리는 다들 그렇게 얘기해요."

차베스가 사회주의라는 이상을 부르짖으며 국제사회에서 주목을 받는 동안 그 안의 사람들은 갖가지 규제에 신음하고 있었다. '인민 평등'이란 사회주의 목표는 이상적일지라도 방법론적으론 의문이 많이 남는다. 체제 특성상 규제가 필요 불가결하다.

베네수엘라에서 품은 사회주의에 대한 의문은 겨우 시작에 불과한 것이었다. 진정한 사회주의 혁명의 나라, 쿠바. 그곳에서 난 제대로 사회주의의 실태를 목도했다. 사회주의에 대한 이야기는 쿠바에게 계속된다.

하고 싶은 말은 이거다. 자본주의든 사회주의든 일단 알아야 보인다는 것. 무턱대고 "공산당이 싫어요", "자본주의 물러가라!" 할 게 아니라 그게 뭔지 알고 난 다음에 옹호를 하든지 비판을 하든지 택하란 말이다. 그리고 그것들 모두 여행을 하면 볼 수 있다는 것.

여행하는 내내 이에 대해 고민하고 사람들을 붙잡고 토론하는 과정에서 사회를 보는 나의 뇌가 말랑말랑해졌다. 청진기 대보면 딱 진단이 나온다고나 할까? 이는 내 청진기가 1년치 잡다한 길거리 세계 지식들로 가득 차 있기 때문에 가능한 것이다. 이에 이런 반문이 가능하다.

"이런 거 책으로도 알 수 있잖아?"

그렇다. 당연하다. 한데 피 터지는 취업 전선 위에 선 대학생들이 이런 책을 볼 여유가 어디 있을까? 토익 책, 각종 자격증 관련 책……. 이런 거 보기에도 벅찬 우리네 대학생들이니 말이다.

이런 책만 보고 앉아서 직장인이 되기 위해 아등바등대는 대학생들을 향한 비아냥이 결코 아니다. 현재 대학생들이 이런 공부만 하고 앉아 있게 만든 한국 사회에의 통탄이다. 지금 대학생들은 피해자일 뿐이다. 몇몇 교수님들은 현재 대학생들의 지적 능력이 바닥 수준이라며 혀를 찬다. 하지만 난 묻고 싶다. 우리 대학생들의 교양을 거세시켜 버린 한국 사회를 누가 만들었냐고.

소위 386세대라 불리는 선배님들은 학창시절에 사회 정의다, 사상이다, 낭만이다, 사람만이 희망이다 외쳐대 놓고는 정작 사회에 진출해서는 한국 정치와 경제를 요 모양, 요 꼴로 만들어놓았다. 그리고 취업 대란이라는 잔인한 무한 경쟁 체제에 후학들을 밀어 넣고 있다. 가끔 학교 선배님이 후배를 찾아와서 덕담이라고 내놓는 말은 대부분 자신의 취업 성공담이다.

"이래이래하면 넌 더욱 돋보이는 상품이 될 수 있어. 치열한 취업 시장에선 이런 게 필수지."

그래서 더욱더 여행을 하란 말이다. 줄 세우기식 분위기가 만연한 한국 사회에서 비껴 서서 마음껏 자신의 지성과 인식의 스펙트럼을 넓히라는 말이다. 이건 돈지랄이 아니라 엄연히 나 자신을 위한, 더 나아가 미래의 한국 사회를 위한 과감한 투자다. 이렇게 말해도 지긋지긋하게 물고 늘어지는 걱정들이 있다.

"그래도 여행하면서 취업이 걱정되진 않던가요?"

이에 난 이렇게 답한다.

"눈에서 멀어지면 마음에서도 취업 걱정이 멀어집디다."

사회주의 섬나라 이야기

쿠바를 여행한다는 것, 그것도 카스트로가 죽기 전에 쿠바에 가봤다는 것은 정말 엄청난 사건이다. 내게 있어선 지구 한 바퀴를 돌아봤다는 것과 쿠바를 다녀왔다는 게 동급일 정도다. 자본주의가 아닌 사회주의로 돌아가는 세상에 몸담고 직접 있었다는 경험은 도전 그 자체였다.

좋고 싫음의 문제를 떠나서 이 지구상에 현존하는 사회주의가 어떻게 굴러가고 있는지 몸서리치도록 궁금했다.

쿠바 여행 3주는 변증법을 따라가는 사색의 연속이었다. 미국 SDaS에서 반자본주의에 대해 살펴보면서 쿠바가 여러 부분에서 회자되었고, 이를 내 두 눈으로 직접 확인해 보고 싶은 욕구가 일었다. 접혔던 왼쪽 날개가 펴지면서 마음껏 날갯짓해 보고 싶었다. 여기까지가 '정'이었다면 이후 쿠바에 도착해서 목도한 사회주의의 실태는 다행인지 불행인지 철저히 '반'이었다. 그후 '합'을 찾아가는 과정은 글을 쓰는 지금까지도 진행형이다.

이처럼 쿠바 여행은 나에게 사회주의, 그리고 더 나아가 사회와 그 안

에 속한 인간에 대해 고민하고 고민하는, 사고가 용솟음치는 소중한 경험을 안겨주었다.

갇혀버린 쿠바의 젊음

쿠바에서 만난 마이라 아주머니와 그녀의 아들 조세르, 그리고 그의 친구들과 칼마르크스극장에서 하는 콘서트에 갔다. 전에 보았던 영화 〈아바나 블루스Havana Blues〉의 음악 감독을 맡았던 에끼스 알폰소라는 가수의 공연이란다. 콜롬비아에 있었을 때 우연한 기회에 〈아바나 블루스〉를 본 적이 있다. 젊은 쿠바 뮤지션들이 자신의 꿈을 좇아 스페인으로 떠나는 과정에서 겪게 되는 내적, 외적 갈등을 그린 영화. 현재의 쿠바 젊은이들이 어떤 생각을 가지고 살아가는지 엿볼 수 있는 수작이었다.

이 영화의 클립들이 콘서트 도중 대형 스크린에 비추었다. 쿠바 젊은이들은 자리에서 벌떡 일어나 환호했다. 열광했다. 한 사내가 "이제 난 쿠바를 떠나 다른 곳을 보고 싶어. 이 빌어먹을 섬나라에 20년 이상 갇혀 있었단 말이야"라고 외치는 장면에서는 우레와 같은 박수가 쏟아졌다. 이만큼 이네들은 이 섬나라를 벗어나고 싶어한다.

쿠바인들은 마음대로 해외에 나갈 수 없다. 그들이 합법적으로 나갈 수 있는 방법은 외국인과 결혼을 하거나 타국의 친구들이 그들을 공식적으로 초청하는 것이 전부. 그들은 이처럼 숱한 규제 속에서 살아간다.

"우린 정치, 이념 같은 데는 관심 없어. 다만 바라는 것은 자유! 그거 하나야. 이 나라엔 규제가 너무 많아."

언젠가 술집에서 만난 쿠바 친구는 카스트로의 사진을 보며 말했다.

"카스트로 아저씨! 당신이 참 멋있어요. 근데 너무 진지하세요. 오늘은 일단 술이나 마십시다!"

콘서트 중간중간 심심치 않게 무대 배경으로 쿠바 국기가 등장했다. 그러면 일제히 장내의 쿠바 젊은이들은 이렇게 외쳤다.

"레볼루션! 레볼루션!"

목이 터져라 외치는 이 구호는 이네들이 가지는 혁명에의 자부심이었다. 마이라 아주머니 말에 의하면 "쿠바! 쿠바!" 외치는 그들은 쿠바가 싫어 쿠바를 떠나고 싶은 게 아니라고 한다. 단지 자유롭게 바깥 세상을 보고 싶은 것뿐이란다. 과거 '보트 피플'로 불리던 탈 쿠바민들이 정치적 이유에서 쿠바를 떠나 이후 완전히 등을 돌렸던 것과는 엄연히 다르다. 쿠바 젊은이들은 행여나 쿠바를 떠나더라도 그네들의 조국 쿠바에 대한 사랑은 변치 않을 것 같았다.

"쿠바인이라고 다를 게 있나? 단지 자유롭고 싶을 뿐이야. 우리같이 젊은 애들이 품는 자유에 대한 갈망, 그건 모두 다 똑같지! 용! 너도 그래서 여행하는 거잖아?"

콘서트장을 나서며 조세르가 내게 말했다. 그들은 그저 자유를 원하고 있는 것이다.

허락되지 않은 사랑

쿠바 여행에서 잊을 수 없는 길동무가 있다. 프랑스 소녀, 니나. 트리니다드의 까사 델라 뮤지까Casa de la musica 계단에서 만난 이 친구와 나는 5일간 동고동락했다. 니나는 여행길에서 만난 쿠바 남자 친구와 사랑에 빠져

있었다. 종종 남자 친구 얘기를 하면 어김없이 쿠바 사회에 대한 불만을
터뜨렸다.

"쿠바에선 데이트하기 너무 힘들어!"

쿠바 정부는 외국인 관광객과 현지인 간의 이성적인 접촉을 금한다. 그
것이 에로스든 플라토닉이든 상관없이. 이렇게 어이없는 일이 이 섬나라
에서는 정말 진지하게 벌어지고 있다.

앞서 말했듯 이곳 사람들이 쿠바를 떠날 수 있는 가장 쉬우면서 합법적
인 방법이 외국인과 결혼하는 것이기 때문에, 많은 젊은 쿠바 여성들은
외국 관광객을 꼬셔 팔자 고쳐보는 것에 혈안이 되어 있다. 4~5년 전만
해도 외국인 관광객이 길을 가고 있으면 적지 않은 쿠바 여성들의 추파
공세가 벌어졌다고 한다. 그리고 이것이 매춘 문제로까지 번졌다. 이 사
실을 알게 된 카스트로 할아버지, 사회주의 국가에 매춘이 웬 말이냐? 침
튀기며 특단의 조치를 취했다.

"다 잡아들여!"

여느 때와 다름없이 길거리에서 추파를 던지던 수많은 쿠바 여성들이
국가에 연행되는 초유의 사태가 벌어졌다. 그후로는 길에서 외국인과 쿠
바인이 함께 다니면 어김없이 경찰이 등장해 둘을 떼어놓고 클럽 입구에
도 항상 경찰 두세 명이 대기하고 있다고 한다. 춤추다 눈맞은 적절치 못
한 관계들을 떼어놓기 위해서다. 물론 경찰들이 외국인을 건드릴 수는
없다. 조용히 쿠바인에게만 타이를 뿐. 너 그러다 다친다…….

그래서 니나와 그녀의 남자 친구 역시 무슨 작전 수행하는 것처럼 데이
트를 즐겼다고 한다. 그리고 상황이 이렇다 보니 남자 친구의 사랑에 대
한 의심으로까지 번졌다.

"날 정말 사랑하는 걸까? 혹시 얘도 쿠바를 떠나고 싶어서 계획적으로 내게 접근한 거면 어떻게 하지?"

하지만 아무리 국가가 정책적으로 남녀 애정 전선에 개입을 해도 어떤 방법으로든 다들 잘도 '사랑'을 한다. 아바나 시내에서 흔히 볼 수 있는 이상한 광경, 늙은 유럽 할아버지가 손녀뻘 되는 쿠바 아가씨와 팔짱을 끼고 다니는 모습이 자주 눈에 띄는 것은 그 이유 때문이다. 매춘 역시 죽지 않았다. 길가를 거닐고 있자면 웬 예쁘장한 쿠바 아가씨가 접근한다. 그리고 말을 건다.

"맥주 한잔 사줄래요?"

한잔하며 자기 몸값을 놓고 가격을 협상하자는 말이다.

거대 암시장

혹자가 쿠바 경제의 90퍼센트는 암시장이 움직인다 했을 정도로 이 섬나라의 암시장은 어마어마하다. 사회주의에 웬 암시장이냐는 물음에 이렇게 답하겠다. 사회주의여서 암시장입니다!

알아서 살 길을 찾은 것이라 말할 수도 있다. 국가가 주는 쥐꼬리만한 봉급과 생활 물가의 격차를 메우기 위해 이들은 거대한 암시장을 형성했다. 이는 공물을 빼돌리는 것으로부터 시작한다. 한 쿠바 친구는 물건 빼돌리기는 생존을 위한 필요악이라고까지 했다. 사회주의 체제 특성상 모든 사업체의 공물들이 자기 밥그릇과 직접적으로 연관되어 있지 않으니 모두들 빼돌려 암시장에 내다 파는 것이다. 빼돌려 파는 입장에서는 짭짤한 부수입이요, 사는 입장에서는 가격 파괴다. 이렇게 누이 좋고 매부 좋은 형국이니 암시장이 거대해질 수밖에.

때문에 길가를 걷다 보면 조용히 다가와 "코이바(최고 품질의 쿠바산 시가 브랜드)! 코이바!"를 속삭이는 쿠바인을 어렵지 않게 만날 수 있다. 정식 매장에서 2만 원에 달하는 코이바 시가 한 대가 암시장에선 1000원에 팔리고 있다.

관광 산업에 좀먹는 사회주의

동구권 몰락 이후 '특별 기간' 속에 죽어가던 쿠바 경제를 일으킨 것은 단연 관광 산업이었다. 가진 건 사탕수수뿐이요, 만들 줄 아는 건 시가 외엔 없던 사회주의 섬나라에서 외화 벌이에 나설 수 있는 종목은 굴뚝 없는 산업, 관광뿐이었다.

외국인 관광객 유치를 위해 호텔 산업을 부흥시키고 자신들의 앙숙, 미국에게 밉보일까 봐 입국을 망설이는 타 국민들을 위해 쿠바 입출국의 흔적이 여권에 남지 않게 하는 묘책까지 마련했다(쿠바 스탬프가 여권에 찍혀 있으면 미국 입국이 피곤해진다). 덕분에 90년대 중반을 지나면서 서서히 쿠바 경제가 상승 일로에 오르기 시작했다. 최고의 부가가치를 보장하는 관광 산업이기에 각국의 외화를 긁어모으게 되었지만 한편으로는 외화와 동시에 반갑지 않은 손님이 딸려왔다. 그것은 바로 자본주의였다.

관광 산업 유치의 연장선상에서 쿠바는 경제 대개혁을 단행한다. 이른바 이중화폐 도입! 쉽게 말해 내국인이 쓰는 돈과 관광객이 쓰는 돈이 다른 것이다. 그리고 상품의 가격 역시 다르게 책정된다. 물론 관광객이 지

시가를 핀다함은 쿠바를 피는 것이다. 그만큼 쿠바인들에게 시가는 생의 일부이다. 문화의 힘은 대단하다. 담배 한 개피 안펴본 내가 쿠바에 가니 자연스레 시가를 입에 물고 다녔으니 말이다. 시가를 피는 순간 뿜어대는 연기 속에 쿠바가 아스라이 떠오른다.

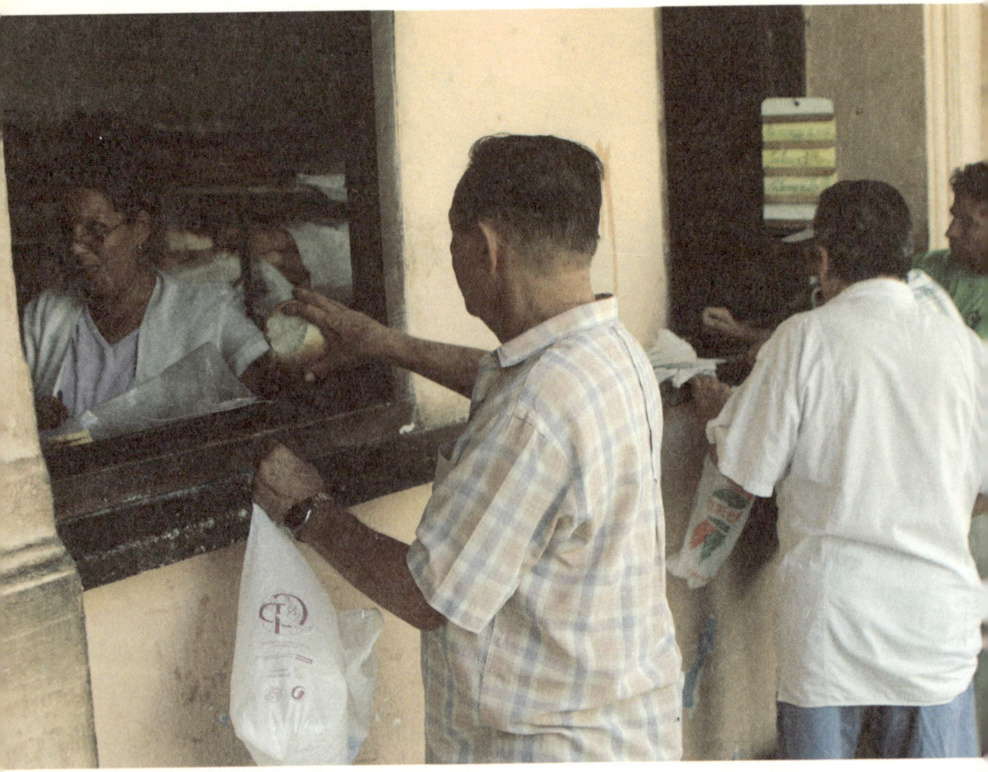

사회주의 섬나라 사람들은 생필품을 국가로 부터 배급받는다.
그리곤 각 가정마다 할당된 배급표에 표시를 해 둔다.

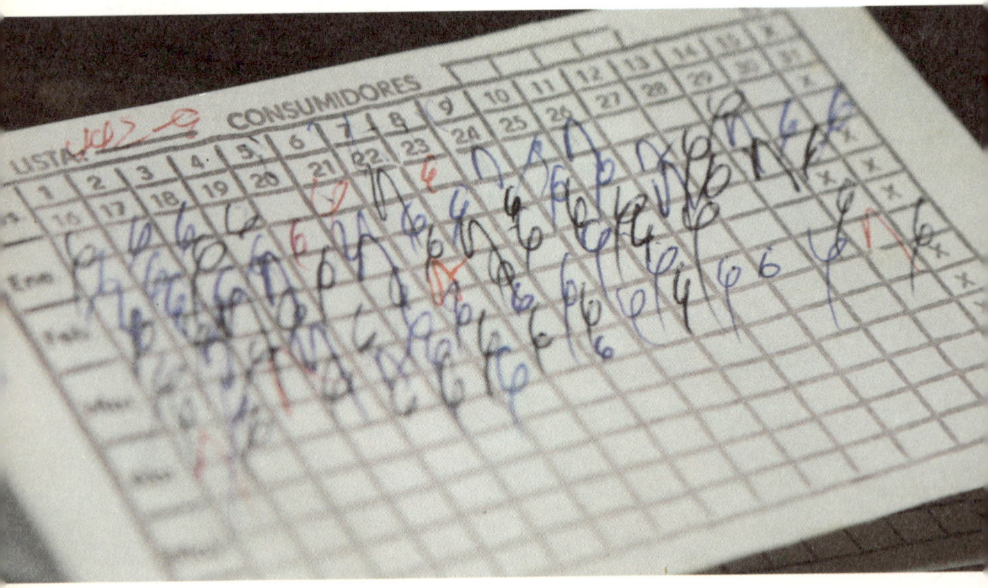

불할 금액이 훨씬 비싸다. 그래야 외화 수입을 극대화할 수 있기 때문이다. 가격을 다르게 책정했으니 그에 걸맞게 외국인 관광객을 상대로 한 상품이나 서비스의 질이 내국인을 상대로 한 그것보다 월등히 좋다.

여기서 문제가 발생한다. 혁명 이후로 인민 평등이라는 기치하에 살아온 쿠바인들에겐 주변에 보이는 생활 수준이 다들 비슷비슷했다. 그런데 관광객이란 작자들이 무슨 연유에서인지 자기들보다 좋은 물건을 쓰고 좋은 대접을 받는 것을 목격하게 된다. '모르는 게 약'이라고, 그네들이라고 어찌 그러한 고급 음식, 고가의 생필품들을 마다하겠는가? 너무나 희극적인 비극이 아닐 수 없다.

이러는 사이 조금씩 쿠바인들도 자본주의에 눈을 뜨기 시작했다. 아무리 사회주의가 '필요'에만 기반을 두어 생산을 한다지만 그 속에 침투한 관광객들이 풀어놓는 자본주의가 이네들에게 '이윤'을 위한 생산 활동을 강요하기 시작한 것이다. 앞서 언급했듯이 각종 암시장들이 판을 치고, 영문도 알려지지 않은 채 금지된 살사 댄스 개인 교습이 알음알음 열리며, 젊은 여성들은 자신이 가진 유일한 생산 수단인 몸을 팔아 이윤을 가져간다.

부패한 사회주의

3주간 쿠바에서 목도한 것은 부패한 사회주의였다. 1959년, 카스트로가 혁명의 깃발을 나부끼며 천명했던 그 이상 국가는 온데간데없고 기형적으로 파고든 자본주의에 기대어 간신히 버티고 있는 사회주의 국가가 지금의 쿠바였다. 거기에 국민을 옥죄는 국가의 통제 때문에 가히 전제국가와 다를 바 없어 보였다. 보이는 손을 잘라낸 카스트로는 그 잘려 나간 팔목에 갈고리를 끼워 넣어 강하게 이 섬나라를 주물러왔다.

특히 쿠바 친구로부터 들은 '특별 기간'의 실상은 충격 그 자체였다. 모든 이들이 정부가 퍼주는 그 할당된 양의 음식물로만 연명했으며 기아에 허덕여 소나 말을 죽여 구워 먹을라치면 20년 형 이상의, 살인범에게 적용되는 형벌보다 가혹한 형을 언도받았다 한다. 참으로 모순이다. 본디 사회주의는 죽은 노동이 산 노동에 봉사함을 추구했건만 어찌 말이나 소라는 죽은 노동(식량, 혹은 운송수단이란 자본이기에 죽은 노동이라 말할 수 있다)이 살아 숨쉬는 인간의 노동에 앞서게 된 건지…….

사회 체제란 앞뒤가 들어맞는 논리가 적용되지 않고 그저 지배 계급과 억눌린 피지배 계급이 투쟁을 거듭하면서 그렇게 굴러가는 것이란 말인가? 무료 의료 시스템을 천명했건만 병원엔 약이 없고, 무료 교육을 주창했지만 국민들은 돈이 없어 펜을 구입하지 못하는 이런 모순투성이들.

이런 면에선 자본주의가 솔직하다. 허점투성이에 착취로 점철되어 있지만 있는 그대로 다 보여주지 않는가? 음…… 아닌가? 아니다, 자본주의야말로 고도의 눈속임투성이잖아!

이렇다. 쿠바에 온 후엔 모든 것에 물음표가 달린다. 그래서 평범하게 세상에 속고 살기가 쉽지 않다. 보기 싫어도 보이는 온갖 사회의 모순덩어리들. 미국에선 자본주의에 질려버렸고 쿠바에 와서는 사회주의의 모순에 학을 뗐다. 무엇이 '올바른' 세상일까? 유토피아의 뜻은 '세상에는 없는 곳'이라고 한다. 말 그대로 유토피아란 세상에는 없는 사회일까? '다만 유토피아를 좇는 과정에서의 그 역동성이 이 세계를 움직이는 게 아닐까?'란 생각이 들었다.

쿠바인이 외국인을 상대로 숙박업을 하기 위해선 국가에 돈을 주고 면허를 따야 한다. 그리고 사진 속의
문양을 집 대문에 걸어 놓는다.

내가 본 베네수엘라와 쿠바의 사회주의는 정말 극히 단편적일 수밖에
없다. 아무리 여행이 전방위적이라고는 하지만 사회의 모든 면을 볼 수
는 없기 때문이다. 이 역시 미디어처럼 내가 본 극히 일부분에 근거한 일
반화의 오류투성이리라. 그리하여 내가 바라는 것은 나 이외에도 많은
이들이 여행을 다녀와 느낀 바를 바탕으로 나의 오류를 철저히 드러내
보여주는 것이다.

한 나라의 문화가 타국에 전파될 때 영화의 힘은 매우 크다. 쿠바는 빔 밴더슨의 영화 '부에나비스타 소셜 클럽'이 지배적인 영향을 미쳤다. 한국에서도 아직 쿠바인이 '부에나 비스타 소셜 클럽'의 '찬찬' 같은 음악을 듣는 줄 안다. 해서 세바이 군도나 에브라임 페렘 할아버지를 떠올린다. 헌데 그런 류의 음악은 관광객만 듣는다. 쿠바인은 듣지 않는 쿠바 대표곡이 바로 '찬찬'이다.

현재 쿠바 섬 전체를 집어 삼킨 음악은 전에 콜롬비아 여행에서 언급했던 레게통이다. 이 놈의 레게통은 쿠바 어디에서든지 쉽게 들을 수 있다. 심지어 공동묘지에 가도 인근 주택가에서 레게통을 하도 크게 틀어 놓아 들을 수 있다.

혹시 모를 일이다. 서편제를 본 외국인은 아직도 한국인이 창을 하며 사는 줄 알지도 모르지.

아바나를 떠나며

어언 4개월간 지구 반대편에 위치한 소위 '남미'를 보려 했다. 그러나 내가 본 것은 중남미가 아닌 콜롬비아, 베네수엘라, 에콰도르, 페루, 볼리비아, 브라질, 아르헨티나였다. 쿠바는 또 전혀 다른 사회주의 섬나라다.

흔히 사람들은 모든 것을 한 가지로 싸잡아 보려는 경향이 있다. 그래서 무수한 다양성이 존재함에도 불구하고 남미 여행, 유럽 여행 등으로 명명한다. 이는 참으로 무례한 일이다. 역으로 외국인이 한국 출신인 내게 일본에 가본 적 있다며 모든 아시아를 싸잡아 얘기한다면 어떻겠는가?

내가 밟은 남미는 다양했다. 이곳에 발을 디디기 전 나름대로 관련 서적 뒤져가며 공부를 했다. 책에서 받은 남미의 인상은 스페인에 무너지

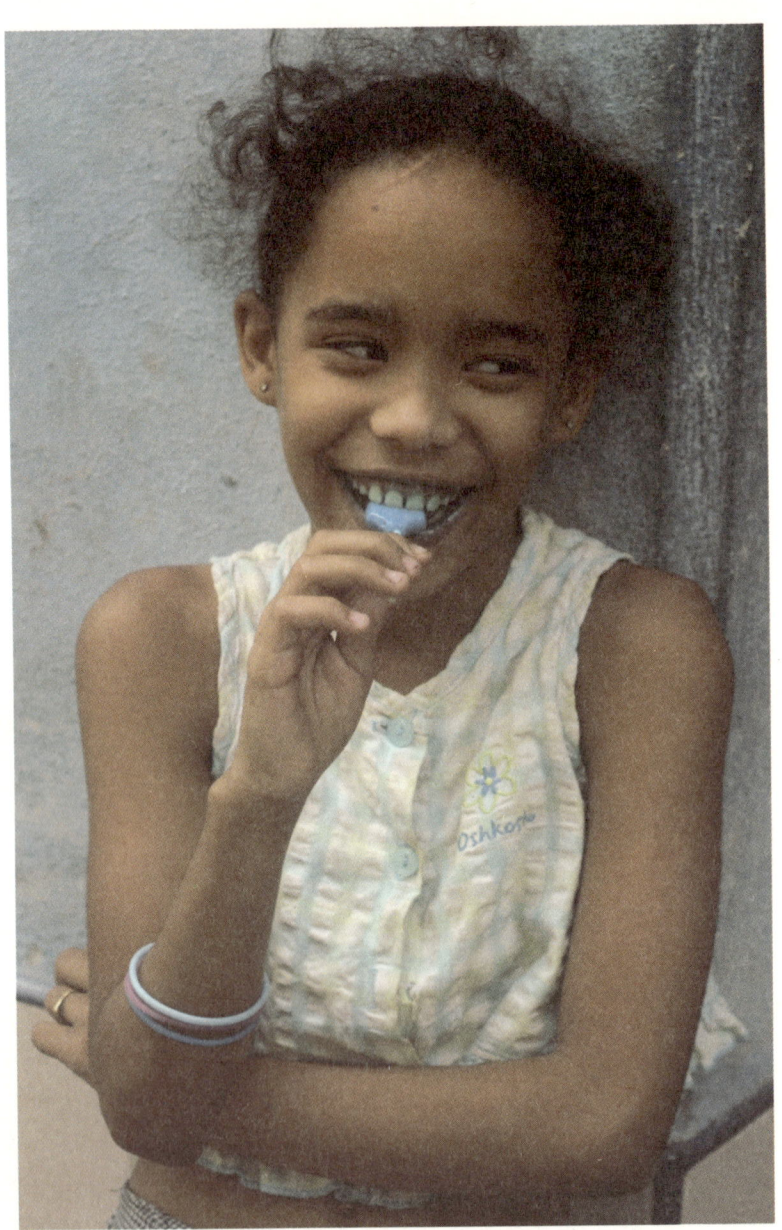

고 미국에 억눌린 안타까운 대륙이었다. 동정심이 가슴 한편에 자리했다. 그러나 이 역시 오만이었다. 눈으로 본 그들은 아주 행복하게 살고 있었다. 경제적으로는 착취와 핍박 속에 궁핍할지 몰라도 그들은 행복했다. 에콰도르 친구의 말마따나 그들은 '해피 컬처'를 지녔다.

언론 학도로서 느낀 바가 상당하다. 언론은 세계의 창이라고 생각한다. 한 나라의 국민이 가지는 타국에 대한 이미지는 미디어로부터 크게 영향을 받는다. 영상, 사진의 힘은 실로 대단하다. 단 한 장의 사진, 단 몇 초의 영상에 국민들은 "저긴 이러이러한 곳이구나" 생각하게 된다.

한국의 언론은 어떤가? 한국의 공영방송은 스스로를 '아시아의 창'이라 축소시키며 세계로의 창을 공공연히 닫아버렸다. 그러니 남미에 관한 콘텐츠는 오죽 빈약할까? 대부분 남미대륙을 향해 열린 한국의 창은 수적으로도 부족할 뿐 아니라 잔뜩 때가 끼어 있다. 남미를 휩쓸고 있는 좌파 정권에 대한 한국 언론의 태도는 그 기저에 '우려의 목소리'를 교묘히 깔고 있다. '영원한 우방'인 미국을 의식한 탓일까?

세계화, 세계화를 천명하는 목소리 역시 지극히 미국 중심적이다. 한 방송국의 〈지구촌 리포트〉라는 프로그램을 보니 미국 관련된 내용이 대부분을 이룬다. 지구촌이 미국은 아닐진데 왜 이런 편중 보도를 내보내는 것일까? 한국은 세계화를 미국화와 동일시하는 우를 범하고 있다.

어느덧 한국을 나선 지도 반년이 넘었다. 시간이 지날수록 내 몸 구석구석 덕지덕지 붙어 있는 각국의 괴물들이 스스로 교미하며 예측불허의 또 다른 괴물을 낳는 기분이다. 그 결과, 내가 본 세계의 모습을 한국인들에게 보여주어야 한다는 언론 학도적 사명감에 불탄 괴물을 한 마리 잉태했다. 그 괴물 고이 안고서 나는 다음 대륙인 유럽으로 향한다.

여행은 사람이다

trip
to
spain

공짜 잠을 구걸하는
유럽 배낭족을 위한 안내서

쿠바를 떠나 유럽대륙으로 날아갔다. 80여 일간 유럽 열 나라를 돌아다니면서 내가 만난 것은 유럽대륙이 아닌 유럽인들이었다. 이게 무슨 말인고 하니, 남들은 유럽에 가서 고풍스럽고 예쁜 건물과 맛난 음식 등에 탐닉한다고들 하지만 나의 유럽 여행은 철저히도 유럽인들과 놀아나는 나날이었다는 것이다.

여행의 딜레마는 아이러니하게도 현지에 가서 현지인과 부대낄 기회가 많지 않다는 것. 특히나 유럽처럼 지천에 관광객이 널린 곳에선 여행 가서 여행객들끼리만 몰려다니기 십상이라는 것이다.

천만 다행으로 나는 유럽인들을 통해 유럽을 볼 수 있는 영광을 마음껏 누리며 돌아다녔다. 비법은 간단했다. 나는 재워주고 놀아줄 유럽인 친구가 무지무지 많았다. 남미를 여행할 때 같이 놀고 먹고 잤던 숱한 유럽 배낭족들이 유럽 여행의 가장 큰 자산이 되었다. 남미에서 그네들과 헤어질 때 연락처를 교환하며 으레 이런 말을 주고받았다.

"우리 나라 오면 꼭 연락해! 내가 먹여주고 재워주고 다 해줄게."

그쪽에서는 인사치레로 건넨 말일지 몰라도 난 그 인연의 끈을 집요하게 물고 늘어졌다. 그렇게 다시 그들을 찾아가면 정말로 재워주고 먹여주고 놀아주고 뭐든지 알아서 다 해주었다. 남미의 인연 외에도 HC를 통해 만들어진 사이버 인연이 적지 않은 유럽 친구들을 만들어주었다. 이미 남미에서 HC를 통해 세 번 정도 공짜 잠을 자봤기 때문에 이에 맛들려 있기도 했거니와 유럽의 숙박비는 남미의 서너 배에 달하기 때문에 유럽에서는 공짜 잠이 절실했다.

유럽 입성 한두 달 전부터 유럽 전역의 HC 멤버들에게 재워달라는 메시지를 수차례에 걸쳐 뿌렸다. 누군지도 모를 불특정 다수의 유럽인들에게 "재워주세요, 놀아주세요"라는 이메일을 수십 통도 더 보냈다. 다행히 성공률이 상당히 높았다. 흔쾌히 재워주겠다는 답변부터 아직 시간이 많이 남았으니 계속 연락을 취하면서 상황을 지켜보자는 잠재적 승낙까지. 물론 반 이상은 답이 없거나 정중히 거절을 했지만 그래도 그게 어딘가? 한 명이라도 재워준다면 된 거지!

이렇게 해서 유럽을 향하기 전, 이미 나를 재워주겠다는 친구들이 유럽의 웬만한 나라와 도시에는 모두 포진해 있었다. 그래서 나의 유럽 여행 루트는 나를 재워주는 친구들이 사는 도시를 중심으로 세워졌다. "뭘 보러 갈까?"가 아니라 "어딜 가야 공짜로 잘 수 있나?"라는 물음이 유럽의 이곳저곳으로 날 이끌었다.

이렇게 친구들 집을 전전하여 여행한 덕분에 비용 절감 차원에서 엄청난 효과를 봤다. 유럽에 있었던 80여 일 중 내 돈 내고 호스텔로 간 것은 고작 10일 정도. 70일을 공짜로 잤으니 하루 숙박비를 평균 2만 원이라고 쳤을 때 대충 140만 원의 지출을 줄인 셈이다. 고맙다, 친구들아!

그뿐이 아니다. 친구들이 투어 가이드를 자처하며 어디론가 데려갈 때는 항상 "It's not touristic(관광지가 아니야)"이라며 그네들만이 알고 있는 곳을 보여주었다. 덕분에 여행객들만 바글거리는 상품화된 관광이 아닌 토박이들이 소개해 주는 알짜배기 관광을 만끽할 수 있었다. 밤문화역시 친구들 덕에 남달랐다. 관광객들끼리 부대끼는 클럽이 아니라 현지인들만이 알고 즐기는 그네들의 문화로 가득 찬 놀이터에서 미친 듯이 놀았다. 물론 가끔 부담스런 놀이터도 있기는 했지만.

앞으로 늘어놓을 이야기는 아무런 대가 없이 나를 재워주고 먹여주고 놀아주기까지 한 유럽 친구들, 그리고 그들이 보여준 유럽의 이야기다. 여기서는 유럽 관광 명소에 관한 글들은 과감히 건너뛰겠다. 관광에 관한 글들이야 이미 시중에 많이 나와 있고 또 무엇보다 내 경험상 최고의 가이드북은 호스텔 주인장이라 생각하기 때문이다. 궁금한 점이 있으면 직접 호스텔 주인에게 여쭈라! 그들은 정말 모든 것을 친절히 알려준다.

요양하다

영화 〈오아시스〉는 겨울에 출소한 설경구가 교도소에 입소할 때 입었던 여름 옷차림으로 버스 정류장에 내리는 장면으로 시작한다. 아메리카의 사회주의 섬나라에서 스페인을 통해 유럽에 첫발을 디딘 내  꼬락서니가 딱 그랬다. 당시 5월을 앞두고 있었기에 스페인은 당연히 따스할 줄 알았다. 한데 제법 쌀쌀한 데다

추적추적 비까지 내리고 있었다. 남미와 쿠바는 내내 여름이었기 때문에 이 날씨에 맞는 옷이 내게는 없었다. 게다가 4개월간 따뜻한 온도에 적응된 탓인지 조금만 추워도 오슬오슬 떨렸다. 그렇게 한동안 부르르 추위에 신음하며 지내다 보니 결국 병이 나버렸다. 목이 따끔거리고 얼굴은 화끈화끈 달아오르고 머리는 무거웠다. 이런 병든 여행객을 요양시켜 준한 스페인 친구가 있다. 발렌시아의 라이아다!

그렇게 감기에 쩔어 라이아의 집을 찾았다. 유럽에서의 첫 HC 친구. 즉 생면부지라는 얘기다. 초면에 이런 병든 모습으로 나타나는 것이 영 찝찝했지만 당시 몸 상태가 너무 좋지 않아서 누군가로부터 보호받고 싶었다. 그애가 메일로 알려준 집 주소를 들고서 여기저기 물어물어 가까스로 찾아갔다.

"Yong! Welcome!"

너무도 반가이 환영해 준 라이아가 내 볼에 '쪽' 소리 내며 유럽식 인사를 건넨다. 덕분에 감기약에 취해 몽롱하던 정신이 번쩍 든다. 귀여운 아가씨였다. 말도 조곤조곤 하는 데다 가끔 수줍어하며 웃는 게 참 예뻐 보이던 그 아이…… 소녀 같았다. 차를 마시며 이런저런 이야기를 나누고선 이내 몰려든 피로에 못 이겨 잠들어버렸다. 그렇게 네 시간을 내리 자다가 일을 마치고 돌아온 라이아가 부엌에서 점심 만드는 소리에 깼다. 그애가 웃으며 말한다.

"Lunch?"

"Yes."

잠결에 대답했다. 누군가 날 위해, 그것도 병든 나를 위해 음식을 만들어준다. 그걸 난 소파에 반쯤 누워 멍하니 바라본다. 요리하는 그 아이의 뒷모습이 참 예뻤다. 뜬금없이 '결혼하고 싶다'란 생각이 든다.

파스타와 샐러드, 크루아상……. 조촐하지만 정성이 듬뿍 담긴 그 음식을 함께 먹으며 이 얘기 저 얘기 나누었다. 확실히 감기가 독한가 보다. 식사를 하면서도 내내 머리가 깨질 듯이 아프고 몸은 천근만근 무겁다. 다시 잤다.

한 시간쯤 지났을까? 또 다른 손님이 왔다. HC 신세를 오래 지다 보니 이렇게 한 번에 두 명의 투숙객이 함께 자는 경우도 생긴다. 재밌다. 뉴욕에서 왔다는 그 아이와 라이아, 이렇게 셋이서 이런저런 얘기를 나누었다. 주로 자신이 겪은 HC 경험담이 화두였다. 뉴욕의 그 여자 아이는 나처럼 HC를 통해 이미 이곳저곳서 공짜 잠 신세를 졌던 화려한 경력(?)을 뽐냈고, 라이아는 주로 자신이 재워준 HC 친구들 얘기를 해주었다. 좋은 기억으로 남는 손님이 대부분이지만 가끔 골칫덩어리 손님도 있었다며 처음엔 3~4일 묵기로 해놓고선 2주일을 내내 거실에 거머리같이 붙어 있던 꼴불견 얘기도 해주었다.

그렇게 대화를 나누는 사이 몸이 한결 가벼워졌다. 감기가 아니라 외로움증이었나 보다. 한 2~3일은 앓을 줄 알았는데 친구들과 얘기를 나누는 사이 하루 만에 원기를 회복하고 있다. 누군가로부터의 따스한 환영과 친절이 감기약보다 강한 약발로 작용했나 보다. 하룻밤 푹 자고 나니 정말 거짓말처럼 감기가 뚝 떨어졌다.

정말 아쉽게도 일정상 라이아 집엔 하루만 머물러야 했기에 다음 날 아침 일찍이 작별의 인사를 나누었다. 덕분에 몸이 많이 좋아졌다고 감사의 마음을 전하니 천만다행이라며, 다음에 또 발렌시아에 들릴 일이 있으면 언제든지 연락하라고 했다.

"You've got another house in Valencia."

짧지만 강한 기억으로 남은 발렌시아 소녀, 라이아. 결국 발렌시아에선 요양만 하고 떠났다. "그게 무슨 여행이냐?"라고 반문할 수도 있다. 그러나 여행은 내게 일상이다. 일상이 언제나 흥미로운 관광으로 채워질 수는 없다. 게다가 아파서 누워 있는 상황에서 "난 이 도시를 꼭 구경해야 해" 하며 바득바득 기어나올 수는 없잖은가? 가끔은 여행도 쉬어 가야 할 때가 있다. 그렇게 난 재충전하여 발렌시아를 떠나 바르셀로나로 향했다.

다시 만난 터키 4인방

"바르셀로나에서는 길거리에서 남녀가 섹스를 해."

터키에서 만났던 다비드가 장난으로 한 이 말을 난 정말로 믿었고 이를 확인하기 위해 바르셀로나로 직접 나섰다. 바르셀로나의 한 지하철 역에서 다비드를 기다리며 그의 얼굴을 9개월 전의 터키 기억장에서 끄집어 내려 애써봤는데 쉽지가 않았다. 대충 윤곽은 잡히는데 선명히 그려지지 않는 다비드의 얼굴. 그러나 멀찌감치서 다가오는 그의 모습을 보자마자 확실해졌다.

" Hey! Yong! You look very different!"

여전했다. 나의 턱수염을 건드리며 장난부터 건다. 이 장난끼 넘치는 녀석!

다비드의 집은 바르셀로나에서 30여분

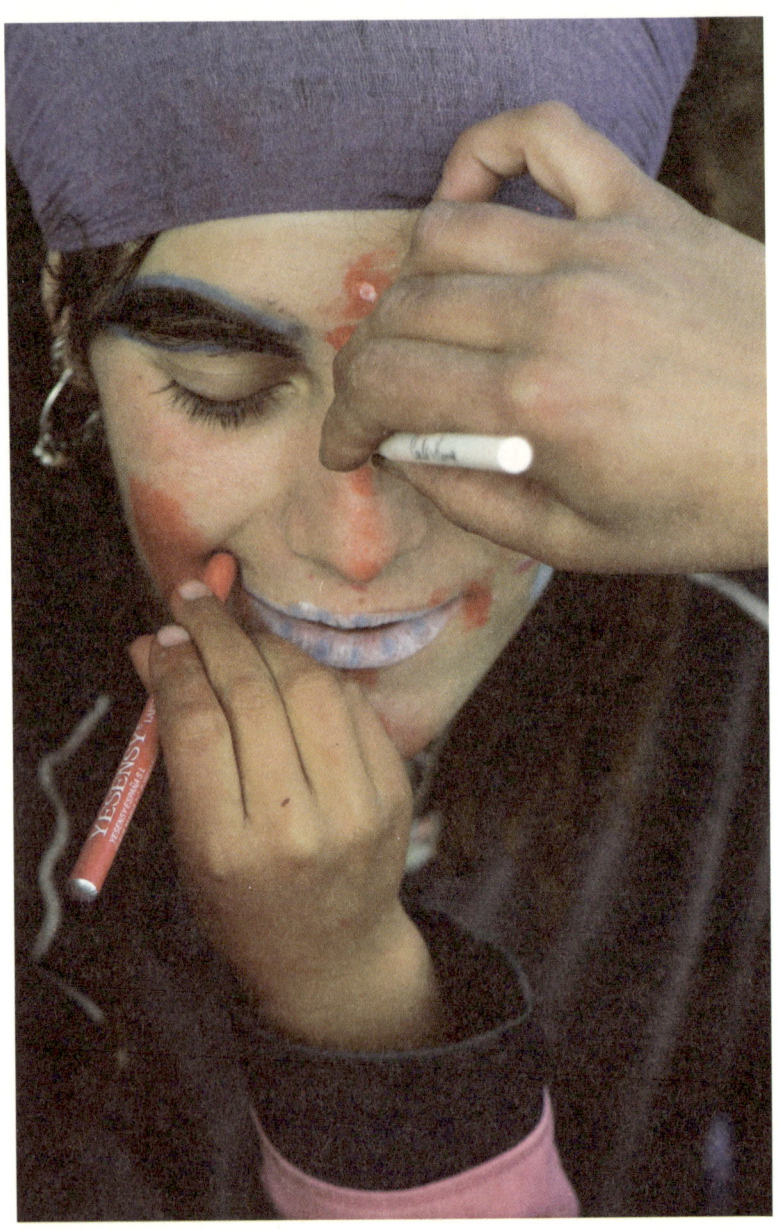

기차를 타고 가야 했다. 한국으로 치면 분당 정도 되려나. 기차에 내리자마자 코로 스며드는 청정한 공기, 그 신선함이 너무 좋았다. 다비드의 집은 좀 작았다. 아니 작다기보다 비좁았다. 그럼에도 아시아에서 건너온 친구를 위해 방 하나를 내주었다. 덕분에 방을 빼앗긴 다비드의 여동생은 인근 할머니 집에서 자게 되었단다. 고맙고, 미안했다. 이베트도 다시 만났다. 동그란 두 눈이 여전히 눈에 확 들어왔다.

"¿Como estas(잘 지냈어)?"

어깨에 힘을 주며 그동안 독학으로 익혔던 나의 스페인어를 자랑스런 말투로 던졌다.

"¡ Muy bien(잘 지냈어)! 와! 너 이제 스페인어 할 줄 알아?"

아직 엉터리 스페인어이긴 하지만 대화를 나눌 수 있다는 게 얼마나 신기하고 재미있었는지. 사실 이베트는 영어가 서툴렀기 때문에 터키 여행에서 서로 속 시원히 얘기를 나누지 못했다. 스페인어 덕분에 우리 둘 사이를 가로막았던 거대한 장막이 걷히는 기분이었다. 영어를 통해 의사소통을 했던 우리의 관계는, 뭐랄까, 한 번 필터링된 후의 가공된 그것의 느낌이랄까. 하지만 스페인어라는 벽을 허물고 나니 친구 이베트가 순도 100퍼센트의 느낌으로 전달되어 진정한 소통이 가능해졌다. 정말이지 언어를 하나라도 더 많이 다룰 줄 안다는 것은 엄청난 기회다. 세계와 허물없이 소통할 수 있다는 것, 생각만 해도 소름끼칠 만큼 흥분되지 않는가?

다 같이 인근 레스토랑으로 피자를 먹으러 갔다. 예상대로 저녁 11시에 레스토랑이 가장 북적거렸다. 그 늦은 시각에 저녁 식사를 하는 카탈로니아 사람들. 이를 직접 두 눈으로 확인하니 터키에서 말로 들을 때보다 강한 문화 충격으로 다가온다.

클럽 놀이 역시 아주 느긋하게 시작됐다. 새벽 1시는 되어야 재미있다며 그들은 졸려서 비몽사몽인 나를 인근 클럽으로 끌고 갔다. 유럽의 클럽은 참 근사하더라. 콕 집어 말할 수는 없지만 인테리어가 근사했다. 그리고 그곳에 모인 젊은이들 역시 다들 세련되게 차려입어서 멋지고 예뻤다. 그러나 이곳 클럽은 내가 밤문화의 키포인트라 여기는 광기가 턱없이 부족했다. 다들 너무 가볍게 놀았다. 남미에서 미친 듯한 춤사위에 휘둘려 지내온 탓인지 유럽 젊은이들의 춤은 너무 밋밋해 보였다.

다음 날엔 다비드가 바르셀로나보다 더 예쁜 도시를 보여주겠다며 지로나Girona로 나를 데려갔다. 어제 만나지 못했던 메르세와도 이날 만났다. 메르세는 여전했다. 호탕하면서 배려심 깊은 그 아이 특유의 리더십. 그리하여 다비드, 이베트, 메르세, 그리고 나, 이렇게 터키 4인방은 아홉 달 만에 카탈로니아에서 다시 뭉쳤다. 그들의 친구들 몇몇과도 함께하여 우리는 지로나로 나들이를 나섰다.

지로나는 일단 관광객이 거의 없어서 좋았다. 다음 날 들렀던 바르셀로나가 관광객으로 들끓었던 것과는 달리 고즈넉하다고까지 할 정도로 기분이 차분해지는 도시였다. 분위기가 이렇다 보니 카페에 앉아 한가로이 수다 떨기도 너무 좋았다.

일반인들에게 스페인과 카탈로니아는 다른 나라다. 두 나라 간의 간극은 비단 정치, 경제적인 것만이 아니다. 터키에서는 몰랐는데 스페인어가 귀에 익숙해지니 이들이 스페인어가 아닌, 카탈로니아어란 언어를 쓰고 있다는 걸 알 수 있었다. 스페인어의 방언이 아니라 완전히 다른 언어였다. 그래서 이곳에는 스페인어가 아닌 카탈로니아어로 방송되는 방송국과 신문사가 버젓이 존재한다. 심지어 대학 강의 역시 거의 카탈로니아어로 진행되기 때문에 마드리드 같은 '스페인' 학생이 바르셀로나에서 공부를 하기 위해서는 카탈로니아어를 따로 배워야 할 정도다.

이렇게 다른 카탈로니아를 스페인이라는 한 나라 안에 묶어두려 하니 감정의 골이 깊어질 수밖에. 더 놀라운 것은 북쪽의 바스코 지방이 지니는 스페인과의 이질성은 이보다 더욱 심하고 극렬하다는 것. 이런 식으로 스페인은 크게 네 개 정도의 지역으로 분열되어 있다고 한다. 한 스페인 친구는 2002년 한일월드컵 때 스페인이 한국에 패한 건 당연하다 했다.

"독립하고 싶어 난리 치는 각 지방의 선수들을 스페인이라는 팀으로 묶어두니 손발이 맞을 턱이 있냐?"

아무리 한국이 지역감정이 심하다고 하지만 이 나라에 비하면 양반인 셈이다.

다비드, 이베트, 메르세 덕분에 일주일 동안 카탈로니아를 여행하며 너무나 행복했다. 이들이 말을 안 해서 그렇지 나 때문에 꽤나 피곤했을 거다. 다들 학교와 직장에 몸담고 있어 쉽사리 시간을 내기가 어려웠을 텐데도 시간을 쪼개고 쪼개어 나 하나 심심치 않게 해주려고 여기저기 데려다주고 이것저것 먹여주었다.

다시 한 번 사소함의 중요성을 강조한다. 작년 여름 터키의 페티예에서 내가 다비드에게 그 사소한 한마디 "Can you speak English?"를 묻지 않았다면 내 터키 여행뿐 아니라 스페인, 아니 카탈로니아 여행 역시 이렇게 감동적일 수 없었을 것이다.

그들과 헤어지며 다음엔 한국에서 만나기로 약속했다. 다비드, 이베트, 메르세! 정말 고마워! 너희들이 한국에 오면 내가 받은 것 그 이상으로 다 보여줄게!

쿠바에 미친 프랑스 소녀

바르셀로나를 떠나 쿠바에서 만났던 니나를 만나러 프랑스의 프레피뇽으로 가는 기차 안. 창밖으로 보이는 집들이 스페인 집들과 조금 다른 모양새를 하고 있다. 몸통은 붉고 지붕은 세모난 집들이 옹기종기 모여 있다. 프랑스 국경에 들어선 모양이었다. 순간 여권에 입출국 스탬프를 찍지 않았다는 게 떠올랐다. 옆에 앉은 이에게 물으니 유럽에서는 그런 거없이 들락날락한단다. 이런 기본적인 정보도 없이 유럽을 여행하다니. 나, 가끔은 심하다 싶을 정도로 대책이 없다.

드디어 프레피뇽에 도착했다. 사방에 적힌 낯선 불어에 새삼스레 스페인어가 그리워진다. 4개월간 스페인어권에 머물렀으니 그럴 법도 하지. 미운 정, 고운 정 다 들었던 언어와 헤어졌다는 생각을 하니 괜시리 실연당한 것 같은 기분이 든다. 이제부턴 'Si(네)'가 아니라 'oui(네)'만 붙잡고 살아야 한다.

니나가 쿠바 인민군 모자를 쓰고 다른 친구들과 함께 나를 반겨주었다.

"Yong! ¿Que vola(잘 지냈어)?"

아직도 익숙지 않은 유럽식 '쪽' 인사를 나누고선 쿠바의 추억을 떠올리듯 쿠바식 스페인어로 우리의 재회를 축하했다.

프레피뇽은 스페인과의 국경에 위치한 작고 조용한 도시다. 니나는 쿠바에서 항상 "프랑스는 너무 조용해서 재미가 없어"라며 시끌벅적한 쿠바 분위기를 좋아했는데 직접 이 애가 사는 동네를 와보니 수긍이 갔다. 길거리가 참 조용했다. 지나가는 사람들도 다들 조심스러웠다.

니나의 집은 좀 특이한 구조를 지녔다. 특이하다기보다 생각과는 많이 달랐다. 프랑스인은 다들 동화에나 나올 법한 아기자기한 집에서 사는 줄 알았는데 니나의 가족은 2~3층 높이의 건 물을 통째로 쓰고 있었다. 1층은 거실 및 부엌, 2~3층 전체가 니나와 부모님의 방 이었다. 니나가 특별히 자신의 2층 방을 통째로 나에게 주었다. 꼬질꼬질한 내 몰 골에 전혀 어울리지 않는 프랑스 숙녀의

방에 덩그러니 놓여지니 내가 더 칙칙해 보였다.

니나의 부모님은 나를 정말 극진히 대접해 주셨다. 듣던 대로 프랑스 사람들은 손님을 정성껏 맞아준다. 특히나 식사 대접은 배고픈 이 여행 객에게는 호사 그 자체로 느껴질 만큼 풍성하고 다채로웠다. 날 위해 대 기하고 있던 음식들이 차례대로 등장했다. 정말로 이름 모를 음식들뿐. 아는 건 오로지 디저트로 나온 레몬 케이크뿐이었다. 니나의 아버지께서 와인을 권했다. '아니? 그 비싼 걸?' 하며 3초간 망설였는데 '아, 여긴 프 랑스지' 생각하곤 넙죽 받아 마셨다. 크아, 이 달콤한 맛……

저녁을 함께하며 느낀 첫 프랑스 문화는 참 조심스럽다는 것이었다. 내 가 손님이어서 그런지 몰라도 건네주는 접시며 따라주는 와인이며 모든 게 지나치다 싶을 만큼 조심스러웠다. 덩달아 나까지 한입 한입 아주 조 신하게 자작운동을 해야 했다. 그래서 그런지 식사 속도가 정말로 여유 로웠다. 그리고 자연스레 식탁 위에선 이야기꽃이 피었다. 당시 사르코 지가 프랑스 대통령으로 당선된 지 며칠이 지나지 않았을 때여서 자연스 레 그가 화제에 올랐다. '리틀 부시'라는 말부터 '숙련된 고도의 거짓말 쟁이'라는 말까지 대부분 부정적인 평가였다. 특히나 니나는 그의 당선 에 분개를 감추지 못했다.

"도대체 어떤 미친 작자들이 그를 뽑았는지 이해할 수가 없어."

정치, 특히나 세계 정세에 문외한이던 나의 관심을 끌 만큼 그네들의 새 대통령에 대한 반감은 컸다. 반감의 대부분은 사르코지의 해외 이민자에 대한 정책 노선에서 불거진 듯했다. 프랑스에 불법으로 거주하고 있는 외국인들, 특히나 중동, 아프리카에서 온 불법 이민자들을 강경한 조치로 내쫓겠다는 사르코지의 정책에 똘레랑스로 가득 찬 니나 같은 몇몇 프랑스인들이 강하게 반발하고 나선 것이다.

대화 중에 갑자기 니나의 아버지가 내게 김정일은 어떻냐고 물었다. 전 세계적으로 부시 다음으로 유명한 월드 정치 스타, 김정일. 니나의 아버지가 신문 기자여서 그런지 나보다 김정일에 대해 많이 알고 계셨다. 처음 물어온 것은 니나 아버지였는데 결국엔 되려 내가 그분의 말을 경청하고 있었다. 가끔 이렇게 한국이나 주변 국가에 대한 질문을 받으면 나의 무지가 드러나는 것 같아서 자신에게 너무 화가 난다.

'용! 넌 그것도 모르냐? 대학 교육까지 받았다는 놈이 자기 조국에 대해서 이렇게 무식할 수 있는 거야?'

여행하며 내 입으로 세계화, 세계화를 부르짖었건만 그보다 먼저 한국에 대해서 알아야겠다는 생각이 절실해진다.

참고로 말씀드리자면 한국에 대해 가장 많이 받는 질문은 생뚱맞게도 "서울의 인구는 몇 명이니?"이다. 알고 나가면 한 번쯤은 써먹을 수 있을 것이다.

이런저런 얘기를 나누는 사이 프랑스에서의 첫 식사는 두 시간이 지나도록 계속되었다.

니나는 쿠바가 그렇게 좋았나 보다. 같이 다니는 내내 프랑스의 이런저런 면을 쿠바와 비교했다.

"방금 저 프랑스인 봤지? 이 나라가 이렇다니까. 쿠바 사람들은 이렇지 않았어. 아무리 생각해도 쿠바가 최고인 것 같아!"

니나는 지금 다시 쿠바로 돌아갈 계획을 세우고 열심히 준비 중이라고 했다. 쿠바 주재 프랑스 대사관에서 근무하며 쿠바 남자 친구와 함께 사랑을 나누는 것이 이 프랑스 소녀의 최대 바람이다. 쿠바에 미친 프랑스 친구 니나가 정말로 그 꿈을 이루길 바란다.

걸어다니는 월드 뮤직 주크박스

여행하면서 한국 라디오 방송에 강한 불만을 품게 되었다. 방송을 세계로의 창이라고 봤을 때 라디오 방송은 특히나 음악에 있어서 청취자들에게 다양한 창을 열어주어야 한다고 생각한다. 그런데 여태껏 내가 라디오를 통해 접한 음악은 국내 가요는 어쩔 수 없다 치더라도 미국이나 일본 및 일부 유럽의 노래가 전부였다. 이 넓디넓은 세계에 어디 그 동네들의 음악만 존재하리오? 물론 몇몇 방송국에서 '세계의 음악' 같은 프로그램이 방송은 되고 있지만 왜 미국, 유럽 이외의 음악들은 월드 뮤직이라는 하나의 틀에 뭉뚱그려져 소개되는지 이해할 수 없다.

지구 한 바퀴 돌아보며 이 세계에 정말 어마어마한 종류의 음악들이 존재한다는 것을 알게 되었다. 이름 자체도 생경한 음악 장르부터 장르와 장르 간의 하이브리드로 탄생한 음악들까지 세계 이곳저곳에서 크게 울려 퍼지고 있었다. 도미니카공화국이나 중미를 포함한 캐러비안 쪽의 바차타와 메렝게, 강한 신경 자극 마취제인 레게통. 살사 리듬만 있는 줄 알

앉던 중남미 전역을 이런 음악들이 집어삼키고 있었다. 탱고만 떠올리고 간 아르헨티나에선 탱고와 테크노를 접목시킨 일명 탱게토라는 잡종 음악이 사방에 흩뿌려져 있었고 삼바의 나라 브라질에서도 삼바와 일레트로닉이 뒤섞인 오묘한 음악이 삼바 여인들의 허리를 흔들어대고 있었다.

유럽대륙은 어떠한가? 영국의 브리티시 팝과 스페인의 플라멩고가 내가 아는 유럽 음악의 전부였건만 '집시 킹gypsy king' 같은 짬뽕 플라멩고부터 주로 동유럽에 둥지를 튼 클레즈머라는 유태인 음악까지 나의 뮤직 라이브러리의 스케일을 확장시켜 주는 음악들이 노다지처럼 펼쳐져 있었다.

진정한 세계화란 이와 같이 다문화가 섞여 드는 데 있다고 생각한다. 그래서 이성형 교수님은 "세계화는 하이브리드 과정이다"라고 역설했는지 모른다.

이렇게 여행지에서 정체불명의 음악을 접할 때마다 난 CD를 수집했다. 어느 나라를 가든 반드시 음반 가게에 들러 또 하나의 괴물 음악을 찾기 위해 귀를 기울였고 HC나 여타 인연으로 공짜 잠 신세를 졌던 친구들에게도 어김없이 그네들의 뮤직 라이브러리에 있는 음악 몇 곡을 구워달라 부탁했다. 그렇게 하여 모은 CD가 무려 60장 정도 된다. 귀국 후 어떤 식으로든 기회를 만들어 나의 하이브리드 음원을 전파를 통해 소개할 작정이었다.

"지금 세계는 이런 음악들을 듣고 있습니다."

이런 점에선 MP3 대신 가져간 CDP가 큰 도움이 되었다. MP3는 작고 가볍다는 장점이 있지만 현지 음악을 빨아들이는 데는 많은 제약이 있었다. 반면 CDP는 별다른 제약 없이 손쉽게 그 동네의 음악에 빠져들게 해주었다. 때로는 기술의 진보를 거슬러 역행할 필요가 있다.

저글링에 빠지다

프레피뇽을 벗어나 '핑크 시티Pink city'로
불리는 툴루즈Toulouse로 향했다. 말 그대
로 빨간색의 건물들에 압도당하게 되는
도시다. 여기서 터키 워크캠프에서 만났
던 벤과 도로 커플을 다시 만났다. 이들의
집은 니나의 집과는 달리 내가 생각했던

전형적인 동화 속의 집이었다. 아기자기한 이층집, 거실에서부터 이어지
는 정원, 눈을 가득 채우는 수풀은 평화 그 자체였다. 마냥 눌러앉고 싶었
다. 그래서 일주일을 내리 머물렀다.

운 좋게도 내가 툴루즈에 머물고 있을 때 '부뒤 라 저글Boudu la jugle'
이라는 저글링 페스티벌이 열렸다. 세계적인 규모랄 수는 없지만 저글링
에 관심 있는 저글러들 사이에서는 꽤나 명성 있는 축제다. 엄선된 저글
러들의 공연이 밤마다 펼쳐지고 오후엔 저글링 레슨과 각종 이벤트가 열
렸다. 그리고 한쪽에서는 삼삼오오 저글러들이 모여 서로의 테크닉을 교
류했다. 말 그대로 저글링으로 밤낮 가리지 않고 며칠간 놀고 먹는 축제
다. 주로 유럽권의 저글러들이었고 동양인은 나 하나였다.

벤이 이 페스티벌의 촬영을 담당하고 있었기 때문에 그를 따라서 여기
저기 잘도 기웃거릴 수 있었다. 인과관계인지 상관관계인지는 몰라도 저
글러들은 죄다 히피였다. 옷차림은 물론이고 헤어 스타일과 사소한 행동

하나하나, 먹는 모습, 노는 꼬락서니, 심지어 사랑하는 작태도 히피였다. 히피적인 것이 무엇이냐고 묻는다면 나는 이렇게 대답하고 싶다. "히피는 남 신경 전혀 안 쓴다"라고. 아니 좀 더 적나라하게 말하자면 "꼴리는 대로 산다"라고 할 수 있겠다. 다들 제멋대로다. 하지만 절대 남에게 피해를 주지는 않는다. 그리고 그 누구도 남에게 참견하지 않는다.

이 자유 영혼 바이러스에 감염된 탓일까? 고작 며칠 이들과 어울렸다고 나 역시 히피가 된 것 같았다. 그리고 히피 마인드를 가지니 저글링이 새롭게 보였다. 한낱 장난질에 지나지 않았던 것들이 최고의 장난감이 된다. 그리고 그것들은 내 의지대로 움직여준다. 자유로이 촐싹대는 내 영혼에 저글링이 얼쑤 절쑤 장단 맞춰준다고나 할까?

그렇다고 저글링이란 게 절대 호락호락한 것은 아니다. 끊임없는 연습을 요한다. 나 역시 며칠 내내 이 기술, 저 기술 연습했건만 마스터한 것은 고작 공 세 개 가지고 노는 것뿐이었다. 그래도 난 아직까지 어딜 가든 이렇게 말한다.

"제가 프랑스 있을 때 말입니다, 저글링 좀 하고 놀았죠. 하하!"

왜 한국에는 히피 문화가 없을까? 굳이 히피라 명명하기 전에 왜 자유로워 보이는 이들을 찾기가 쉽지 않은 걸까? 유럽 길거리에는 각양각색의 히피들이 각자의 활동 영역을 확실히 구축하고 있다. 자신이 만든 액세서리를 파는 이부터 저글링이나 악기 연주, 판토마임 등을 통해 자기만의 공연을 펼치는 이들까지 모두들 참으로 자유로워 보인다. 물론 그것이 당사자들에겐 자유 따위의 낭만이 아닌 생계 수단일지 모른다. 하지만 그것을 돈벌이 수단으로 보더라도 왜 한국에서는 그런 방법으로 돈 벌려는 이들이 적은지 궁금하다. 지금은 자취를 감추었지만 서울역 광장의 약장수 아저씨들이 대한민국의 마지막 히피가 아니었을까?

"벤! 나도 히피가 되고 싶은데 어떻게 하면 돼?"

"히피가 따로 있나? 너 하고 싶은 대로 살면 되지. 너 사진 찍는 거 좋아하니까 여행 때 찍은 사진을 길거리에서 팔아봐. 그거 재미있겠다, 야."

간단하면서 좋은 히피 아이템이다. 길거리 사진 장사라……. 《여행보다 오래 남는 사진》의 저자 영의 누나가 떠올랐다. 그 누나도 세계 일주를 다녀온 뒤 본인이 찍은 사진을 홍대 근처 희망시장에서 팔았다고 했는데……. 나도 여행 끝내고 길거리에 사진 널어놓고 히피로 살아봐야겠다, 생각해 본다.

자본을 끌어들이다

날 재워준 것은 비단 유럽인들뿐이 아니었다. 한국에서 일부러 유럽으로 건너와 날 재워주고 먹여준 이들이 있다. 이번엔 그들과의 이야기다.

지난 8개월을 돌이켜 보니 하고 싶은 건 다 했고 가보고 싶은 곳엔 모조리 다 갔다. 이 모두 여행이기에 가능했다. 처음 일었던 "칸영화제에 가봐?"라는 물음표엔 나 스스로도 "거길 어떻게 가?" 하고 말았다. 그런데 생각해 보니 칸도 지구상에 있는 것이고 그렇다면 두 다리만 있으면 못 갈 것이 없지 않은가. 그러니 좀 더 방법만 강구하면 가능할 것도 같았다. 아니 결심한 그 순간 이미 난 거기에 있었다.

칸 행의 가장 큰 걸림돌은 돈이었다. 가뜩이나 비싼 동네를 영화제 기간에 가려니 숙박료며 이것저것 죄다 돈, 돈, 돈이었다. 고심 끝에 영삼성 닷 컴에 도움을 청하기로 했다. 사실 남에게서 자본을 끌어들이는 것은

FESTIVAL DE CANNES

여행자로선 위험하다. 이는 처음 여행을 계획할 때도 염두에 두었던 바였다. 돈을 받는다 함은 내 여행에 누군가 영향력을 행사할 여지를 둔다는 것이기에 자유로이 부유해야 할 내 영혼에 크나큰 누를 끼칠 수 있었다. 그리고 무엇보다 내 여행에 돈 냄새가 난다는 건 절대 용납할 수 없었다. 하지만 상황이 상황인지라 어쩔 수 없이 손을 뻗었다.

처음 영삼성 운영진 측에 칸에 관련하여 운을 띄운 것은 3월 초. 칸 영화제 관련 기사 및 각종 콘텐츠를 제공할 테니 그에 따른 진행 비용을 지원해 달라고 했다. 신문방송 학도로서 내가 돈 받고 자신 있게 할 수 있는 것은 사진 촬영과 기사 작성이었다. 다행히 영삼성 운영진 측에서 긍정적으로 검토해 주었다.

4월 말, 쿠바를 떠돌 때 칸 취재 확정 통보를 받았다. 그런데 처음 내가 그렸던 그림과는 조금 달랐다. 내가 그린 밑그림은 칸영화제 취재기였는데, 영삼성 측에서 준 최종 기획안에서는 취재의 주가 나, 김성용이었다. 영삼성 닷 컴 열정 운영진 1기 활동을 마친 뒤 세계를 떠돌고 있는 나의 여행 이야기를 현재 열정 운영진 3기로 활동 중인 다른 친구가 프랑스 칸으로 찾아와 함께 칸영화제를 돌아다니며 취재하는 게 최종 그림이었다.

그때부터 제일기획의 이진홍 PD님과 '긴밀한' 연락을 주고받으며 서로의 일정을 조율해 갔고 결국 난 칸에 발을 내디뎠다. 세계 3대 영화제로 꼽히는 칸영화제, 그 60회를 두 눈에 담았다. 무엇보다 영화배우 전도연이 영화 〈밀양〉으로 여우주연상을 수상했기에 더욱더 의미가 깊었다.

여행이 이렇다. 불가능한 꿈을 거침없이 꾸게 해준다. 칸영화제는 미디어를 통해서나 접하는 것이라 생각했기에 내가 직접 경험해 본다는 건 말도 안 되는 일이라 여겼다. 하지만 여행이기에 이런 상식을 과감히 벗어 던질 수 있었다. 여행이 진행될수록 꿈의 크기가 나도 감당이 안 될 정도로 거대해짐을 느낀다.

게이 정신

엄밀히 말해 유럽이 내겐 초행이 아녔다. 10년도 더 전에, 그러니까 중학교 2학년 때 친척들과 함께 가는 유럽 여행에서 처음으로 유럽대륙을 밟았다. 한데 애석하게도 당시 내가 너무도 어렸던지라 지금까지 기억에 남는 게 거의 없다. 유일하게 아직까지 강한 기억으로 남는 것은 파리 물랑루즈 근처에서 보았던 '섹스 숍' 간판. 한창 성에 대해 궁금해 하던 시절에 봤던 탓일까? 당시 내겐 충격 그 자체였다. 길가에 버젓이 드러나 있는 그 단어, 'SEX'.

파리와의 첫만남은 이다지도 성적이었고, 10년도 더 지나 다시 찾았을 때 역시 파리는 날 실망시키지 않았다. 섹스 앞에 단어 하나가 더 붙어서 '호모 섹슈얼homo sexual'.

파리에서도 HC 덕에 공짜로 재워줄 친구를 만났다. 친히 기차역까지 마중 나와 나를 반겨준 필립. 역에서 그의 집으로 가는 길에 "필립! 넌 누구랑 살아?"라 묻자 "난 남자 친구랑 둘이 살아"란 답이 돌아왔다.

남자 친구? 그렇다. 필립은 게이였다. 만나기 전에 이메일로 연락을 주고받을 때 은연중에 게이 분위기가 풍기긴 했지만 아직까지 게이를 만나본 적이 없는 나로선 게이들은 정말 특별한 곳에만 있는 줄 알았기에 설마 하며 의혹(?)을 떨쳤다. 한데 정말 그가 게이일 줄이야. 그래서 결국 게이 커플이 사는 집에 얹혀 살게 되었다. 정말이지 여행은 좀처럼 종잡

을 수 없는 곳까지 날 이끌어준다. 상상이나 해보았을까? 게이 커플 집에
서 공짜 잠 신세를 지리라고? 그것도 낭만의 도시, 파리에서 말이다.

근처 식당에서 필립 커플과 저녁을 먹었다. 이들, 정말로 다정했다. 사
소한 것 하나하나에 서로 참 조심스러웠다. 굳이 묻지 않아도 되는 것까
지 물어가며 행동했다. 그리고 별것도 아닌 일인데 칭찬이 빗발쳤다.

"용! 파리에서의 첫 밤을 뭘로 장식하고 싶어?"

난 딱히 떠오르는 것이 없어 "춤출까?" 했다. 그리고 당연스레 게이 클
럽으로 향하게 되었다. 너무도 자연스레 게이 클럽에 가자고 하니 나 역
시 정말 자연스럽게 "Wow! Great!"라고 말했다. 18구역, 물랑루즈부터
각종 섹스 숍이 즐비한 이곳에 위치한 게이 바. 생각보다 아주 평범했다.
한두 명의 여자 외엔 장내에 온통 남자만 득실거린다는 것만 빼고는. 그
리고 가끔 남자 둘이 껴안고 진한 프렌치 키스를 나누고, 타올 하나로 아
슬아슬 중심을 가린 전문 스트립터가 마스크를 쓴 채 요상한 춤사위를
펼치는 것만 빼고는 여타 클럽과 다를 바 없었다. 오히려 나의 관심을 끈
것은 그곳에 있던 꽃미남들이었다. 태어나서 그렇게 예쁜 남자들은 처음
봤다. 특히나 흑인 게이들은 정말 예뻤다.

당시까진 게이 문화에 깊숙이 파고들지 못한 탓이었는지 몰라도 엄청
난 문화 충돌이 일어나진 않았다. 게이 클
럽이라고 해서 엄청난 일이 일어나는 장
소가 아니라 그냥 춤추고 술 마시는 그런
남자들의 놀이터에 지나지 않았다. 클럽
을 나와서 집에 오는 길에 필립이 물었다.

"용! 넌 정말로 일말의 게이 정신spirit of

gay도 없어?"

"응, 절대 없는 것 같아."

아주 강경히 답했다. 그러니 필립이 날 무척이나 불쌍하고 안타깝게 쳐다보며 말했다.

"How pity you are!"

이 좋은 걸 왜 못 느끼냐며 날 동정하는 듯했다. 불현듯 이런 생각이 들었다. 보통의 이성애자들이 동성애자를 성적 소수자라 규정하고 동성애자들의 인권 존중을 운운하고 있는 사이, 동성애자들 역시 이성애자들을 동정 어린 시선으로 바라보고 있는 것은 아닐까?

어찌하다 보니 게이 문화에 덩그러니 놓여졌다. 처음 마주한 파리지엥도 게이요, 처음 맛본 파리의 밤문화 역시 게이 클럽이었다. 나의 문화상대주의력을 최대한 발휘해야 할 때였다. 한데 이번은 꽤나 만만치 않았다.

하루는 마음먹고 필립과 동성애에 대해서 이런저런 대화를 나누었다. 그로선 남자가 남자에게 그 어떤 애정을 느낄 수 없다는 것이 이해되지도, 상상할 수도 없는 일이란다. 그러면서 내게 물었다.

"넌 여자가 왜 좋아?"

필립은 어떤 곳에서 어떤 남자를 만나든 일단은 무조건 상대방이 게이일 거라 규정짓는다고 했다. 그게 더 편하다며. 그래서 나 역시 만나기 전에 이메일을 주고받을 때부터 게이일 거라고 생각했단다. 그러며 몇 가지 충격적인 얘기를 해주었다. 그와 이메일을 주고받을 때 내가 별 생각 없이 맺음말로 "Let's keep in touch, so that we can have a meet and a hug."란 표현을 썼는데 그는 'hug'를 'fuck'으로 이해했다고 한다. 그래서 그는 너무 좋았다고 했다. "아싸! 웬 동양인 남자 하나가 나랑

'fuck' 하러 온다네"라고 생각했다나? 순간 온몸에 닭살이 일었다.

그리고 처음 게이 클럽에 가는 길에 내가 게이 클럽을 향하는 심정을 "I am curious"라 했는데 필립은 이 호기심이 나의 성 정체성에 관한 호기심이라고 이해했고, 내심 게이 클럽에서 내가 잠재된 게이 정신을 찾길 바랐다고 했다. 이런 동상이몽도 있을 수 있다니!

이어서 필립이 전에 HC를 통해 만났던 일본 남자 얘기를 해주었다. 그 일본 관광객은 고국에 여자 친구도 있는 이성애자였다 한다. 그럼에도 필립에게 남자와 남자가 어떤 식으로 섹스를 하냐며 동성애에 강한 호기심을 보였고 대화는 꼬리에 꼬리를 물어 결국 섹스로 이어졌다고 했다.

오싹했다. 지금 이 타이밍에 굳이 내게 이런 말을 하는 필립의 의도가 너무 뻔했다. 뿐만 아니라 그의 얘기를 듣는 내내 이상하게 내 심연 깊숙한 어딘가에서 그간 알지 못했던 무언가가 고개를 쳐드는 꺼림칙한 느낌이 들었다. 무언가 나도 억제치 못할 가슴속의 잠재된 'spirit of gay'가 꿈틀대는 것 같았다. 순간 무서웠다. '안 돼! 안 돼!' 손사래 치며 그것을 다시 심연 아득한 곳으로 밀어넣었다. 동성애 대화가 계속될수록 멀미가 나서 주제를 딴 데로 돌렸다. 워우, 이거 너무 깊이 들어가면 주체할 수 없을 것 같다.

필립 커플과 함께 지내면서 동성애를 이성애와 동일선상에 놓게 되었다. 전엔 동성애를 이상한 것 내지는 치료의 대상쯤으로 여겼는데 이들을 통해 보니 동성애 역시 다른 종류의 사랑일 따름이었다. 다른 것은 다를 뿐이지 틀린 것은 아니다.

성적 상대주의에 관련하여 몇 달 후의 얘기를 앞당겨 말해 보겠다. 이집트 카이로에서 친구와 함께 재즈 바에 갔다. 무슨 이유에서인지 그 재즈 바 입구에는 'Only for couple'이란 조건이 붙어 있었다. 이에 난 너무도 자연스레 물었다. "게이도 가능한 거죠?"

참으로 궁금하다. 다음에 파리를 찾을 땐 무엇이 날 기다리고 있을까? 그렇게 세 번째 파리행을 기약하며 영국으로 향했다.

하모니카, 자유 영혼의 촉매제

언제나 나의 여행을 함께해 준 친구는 자유, 고독, 사진기 그리고 하모니카였다. 그중 하모니카 얘기를 해볼까 한다. 하모니카와의 인연은 군 시절 병장 딱지를 달고서부터 시작되었다. 무료한 말년 시절에 유일한 낙은 내무실 앞 정자에 드러누워 하모니카 몇 소절 풀어놓는 것이었다. 그리고 몇 년이 흘러 세계 이곳저곳을 기웃거리다가 예고도 없이 고독이 찾아올라치면 어김없이 이놈을 끄집어내어 청승을 떨었다. 주로 가족과 고국에의 그리움을 떨칠 때 불곤 했다.

무슨 연유인지 내가 아는 곡들은 죄다 슬프다. 여행 내내 내 심연에는 슬픔이 고여 있었나 보다. 낯선 땅에 덩그러니 놓여 있자면 가끔은 '내가 여기서 뭐 하고 있나?' 싶었다. 남들은 취업 준비다 뭐다 해서 바쁘게들 살 텐데 나 혼자 이게 뭐 하는 짓인가? 그리고 물었다.

"여행해서 내가 얻는 게 뭘까?"

대답 대신 후우, 심호흡한 후에 〈마이 웨이〉를 하모니카로 연주한다. 그렇게 하모니카를 붙잡고 나의 길을 가고 있자면 한없이 편안해졌다. 자유 영혼이 되어 세계를 떠도는 나를 마주할 수 있는 순간이 바로 이때였다. 여행 전에 막연히 머릿속으로만 그렸던 이미지, 허름한 배낭 하나

젊어지고 피리 불며 떠다니는 나그네가 바로 나라는 생각에 너무 행복했다. 그리고 이를 이룰 수 있게 해준 여행에 항상 감사했다.

Happy birthday, Dilly!

"나는 웨일스에서 왔어."

웨일스? 페루의 워크캠프에서 만난 딜리로부터 처음 그녀의 국적을 들었을 땐 제대로 알아듣지 못했다. 그게 어디 있는 나라지? 부끄러운 고백이지만 당시 나의 세계 지리 상식은 바닥을 기고 있었기에 웨일스가 UK의 일부라는 것조차 몰랐다.

"용! 네가 웨일스에 오면 초록색 자연은 실컷 보여줄게."

그애의 말 하나만 믿고 웨일스를 찾아갔다. 더군다나 운 좋게 그 아이의 생일에 맞추어 방문할 수 있었다. 궁금했다. 웨일스 사람들은 어떤 생일 파티를 할까? 워낙 영국 섬나라 음식이 별 볼 일 없다는 얘기를 많이 들어와서 일단 음식에 대해선 기대를 놓았다.

그렇게 기대치를 낮춘 탓일까? 딜리의 아버지가 손수 준비해 주신 닭요리가 제법 입에 달라붙었다. 딜리의 생일 케이크가 등장했다. 그리고 가족들이 생일 축하 노래를 부르기 시작했다. 당연히 "Happy birth day, Dilly!"가 나올 줄 알았는데 전혀 알아들을 수 없는 웨일스어가 등장했다.

웨일스 역시 카탈로니아와 비슷한 상황인 것 같았다. 이곳 사람들은 절대로 자신을 영국인이라 하지 않고 웨일스 사람이라 한다. 그리고 그들만의 언어인 웨일스어가 따로 있으며 웨일스어로 된 신문도 발행되고 방송국까지 있다. 게다가 길가의 모든 표지판에는 웨일스어와 영어, 이 두 가지가 항상 같이 적혀 있다. 그런데 정작 평상시에 웨일스어를 쓰는 웨일스인은 거의 없는 듯했다. 이들에게 웨일스어는 다만 그들의 정체성을 보증해 주는 마지막 보루인 듯했다. 그래서 이렇게 특별한 경우엔 웨일스어를 쓰는 모양이었다.

유럽의 이런 지역감정은 그네들에겐 아킬레스건일까? 아니면 서로를 견제함과 동시에 독려하고 자극하는 자양강장제일까? 이런 면에서 유럽의 역사를 조명해 보는 것도 참 흥미로울 것 같다.

생일 파티 만찬이 끝난 후 딜리의 아버지가 '사전 게임Dictionary Game'을 하자고 제안했다. 사전 게임? 의아해 하고 있는데 딜리가 옥스퍼드사전 두 개를 들고 왔다. 말로만 듣던 옥스퍼드사전을 실제로 보니 신기했다. 크기가 상당해서 베개로 쓰면 딱이겠다 싶었다. 그런데 이걸 가지고 게임을 한다고?

사전 게임은 이런 식으로 진행된다. 먼저 두 팀으로 인원을 나눈 후 각 팀은 사전에서 정말로 희귀한 단어를 하나 골라낸다. 그다음 각 팀원은 고른 단어에 대한 정의를 자기 마음대로 지어낸다. 단 한 사람은 올바르게 정의 내려야 한다. 그 뒤 다른 팀원들을 상대로 각자의 정의가 맞다고 주장하여 상대방이 잘못된 단어 정의를 지목하게끔 만드는 것이다. 물론 상대편에선 올바른 정의를 집어내야 한다.

딜리의 가족들과 이 게임을 하면서 재미있는 것을 발견했다. 어떤 정의가 옳은가 갑론을박하는 대화를 따라가며 이네들의 사고 흐름 과정을 엿볼 수 있었다. 어디선가 베이컨 이후 영국인들의 사고방식은 경험주의로 모아진다는 글을 읽은 적이 있는데 내가 보기에도 이들은 정말 경험을 중시하는 듯했다. 예를 들어 정답을 골라야 하는 팀에서 각자의 주장이 충돌하게 되면 이렇게 말한다.

"저번 게임에서 맞춘 사람이 누구였지?"

전에 정답을 맞춘 이의 경험을 인정해 주어 그의 의견을 따르자는 식이다. 이런 게임에서 경험은 정말 아무런 의미가 없을진데 이들은 그 '경험'을 참으로 중시하는 것 같았다. 뭐, 어디까지나 나의 억측일지 모르지만 이렇게 사소한 것에서 국민성을 읽으려는 시도 자체가 재밌기도 했다.

국민성 외에도 전 세계적으로 통하는 사실 하나도 알아냈다. "용! 나 벌써 서른 살이야. 생일이라는 게 이렇게 우울할 줄이야"라며 푸념을 늘어놓는 딜리, 나이 먹기 싫어하는 건 국적 불문 전 세계 모든 여성이 느끼는 감정인가 보다.

수상한 나라, 네덜란드

누군가 나를 마중 나온다는 것만큼 여행객에게 설렘으로 다가오는 일도 없다. 오랜 시간 이동하며 쌓인 피로를 안고 도착했을 때 누군가 "용! 여기야, 여기! 오느라 힘들었지?"라며 따스이 반겨줄 때의 그 포근함이란. 특히나 처음 보는 이로부터

받는 환영은 황홀하기까지 하다. 이미 HC 멤버들이 터미널이나 기차역에서 날 맞아준 적은 여러 번 있었지만 네덜란드의 시그리드처럼 공항까

지 마중 나온 경우는 처음이었다.

영국에서 저가 항공을 타고 네덜란드로 날아가 공항 출구를 나서자 한 여자 아이가 다가와 말을 건넨다.

"Are you Yong?"

이 낯선 땅에서 누군가 나를 알아봐준다는 게 얼마나 반갑던지. "그래! 내가 용이야!"라며 이제는 조금 익숙해진 유럽식 '쪽' 인사를 나누었다. 처음 만난 사이인데 전혀 어색하지가 않았다. 마치 전부터 알아왔던 친구처럼.

여행을 많이 다녀본 이들에겐 무언가 통하는 게 있다. 사람을 사람 그 자체로 자연스레 받아들이는 흡인력이라고 할까? 들어보니 시그리드 역시 엄청난 여행광이었다. 서로의 여행 얘기만으로도 대화가 술술 풀리니 금세 가까워졌다.

시그리드의 집은 혼자 살기엔 상당히 컸다.

"원래는 하우스 메이트랑 같이 살았는데, 언제부터인지 혼자 살고 싶더라고."

법대생인 그 아이는 틈틈이 법무 관련 아르바이트를 하면서 번 돈으로 손수 집을 장만했다고 했다.

"너 대단하다. 어린 나이에 집까지 가지고 있고 말야."

"집에서 독립했으니 내가 알아서 사는 건 당연하지, 뭐."

유럽 애들 독립성이 강한 줄은 알았지만 이 정도일 줄은 몰랐다. 시그리드가 물었다.

"근데 너 이렇게 여행할 돈은 어떻게 마련했어? 일 되게 열심히 했나 보네?"

내 여행의 아킬레스건을 그애가 건드렸다. 사실 난 어마어마한 내 여행 경비를 떠올릴 때마다 '어차피 어학연수로 탕진했을 돈을 이렇게 건실하게 쓰고 있잖아'라며 내가 직접 여행 경비를 마련하지 못한 것을 애써 합리화했다. 그러나 대다수의 유럽 친구들이 스스로 마련한 돈으로 여행하는 것을 보면서 난 내가 참으로 부끄러웠다.

시그리드의 남자 친구가 찾아왔다. 익숙한 억양의 영어 구사에 혹시나 했는데 역시나 그는 미국인이었다. 상황이 조금 묘했다. 시그리드는 혼자 살고 그애의 남자 친구는 따로 산다. 그리고 남자인 내가 혼자 사는 그녀의 집에 초대되어 그 집에서 잠까지 자게 되었건만 그애의 남자 친구는 전혀 거리낌없이 나를 반갑게 대해준다. 둘 사이의 사랑이 커 믿음이 두텁거나, 둘 다 아주 자유롭든가 둘 중 하나일 게다. 나중에 은근슬쩍 시그리드에게 물어보니 "그건 남자친구가 상관할 바가 아니지. 내가 내 친구 재워주겠다는데 그게 뭐 문제가 되나?"란다. "근데 난 남자잖아"라고 한 번 더 떠보니 시그리드는 웃으며 "Come on, man~".

"원한다면 내가 오늘 특별히 시내 투어 가이드를 해주겠어. 좋아?"

다음 날 시그리드와 함께 암스테르담의 중심지로 향했다. 암스테르담은 정말 수상한 분위기를 뿜어대는 곳이었다. 곳곳에 아기자기 엉켜 있는 운하들과 그 위를 유유히 흘러가는 쪽배. 그리고 무엇보다 눈에 띈 것은 지천에 널려 있는 자전거였다. 여행 중에 이다지도 자전거가 온 거리를 활보하는 나라를 본 적이 없었다. 심지어 중국보다 더 많아 보였다. 비단 길거리를 달리는 것뿐 아니라 길가에 주차(?)되어 있는 수도 상당했다. 오죽하면 자전거만 주차하게끔 되어 있는 건물이 따로 있을 정도였다. 게다가 자전거가 원활히 다닐 수 있게끔 도로 정비 역시 깔끔히 되어 있었다.

정처없이 걷다가 그 유명한 '레드 라이트 디스트릭트Red light district'에 도착했다. 네덜란드에선 매춘부도 세금을 낸다. 즉 매춘이 합법이다. 암스테르담 시내 한복판에는 버젓이 사창가가 들어서 있고 이를 '레드 라이트 디스트릭트'라 부른다. 사방에 즐비한 섹스 숍과 유리창 너머로 추파를 던지는 다국적 매춘부들의 교태 어린 시선 속을 여자 아이와 함께 거닐고 있자니 여간 불편한 게 아녔다. 그러나 시그리드는 아무렇지 않아 보였다. 되려 "어때? 재밌어?"라며 나의 반응을 주시하는 눈치다. "지금은 낮이라서 별론데, 밤에 오면 이 거리 전체가 붉은빛으로 물들거든. 그래서 이름이 레드 라이트 디스트릭트야. 나중에 밤에도 한번 와봐. 더 재밌을 거야"라며 사창가 관광 팁까지 알려준다.

암스테르담의 충격은 이것만이 아니다. 네덜란드의 독특함은 이들의 향정신착란제에 대한 태도에서 절정을 이룬다. 여기선 마리화나도 합법이다. 길거리에 즐비한 커피숍에선 커피와 곁들인 마리화나가 버젓이 판매되고, 심지어 메뉴판에도 올라와 있다. "여기 에스프레소 한잔이랑 마리화나 한 대 주세요"라고 주문할 수 있는 곳이 암스테르담이다. 그런 탓에 어딜 가든 마리화나 냄새가 진동한다. 풀린 눈으로 멍하게 길가에 앉아 히죽대는 이들을 쉽게 만날 수 있다.

"시그리드! 혹시 집에서 부모님 앞에서도 마리화나를 펴?" 하니 "그럼! 가족끼리 모여서 피기도 하는데, 뭘……"이란다. 우리 집 식구들이 모여 마리화나를 돌려 피는 장면을 상상해 봤다. 전혀 그림이 안 나온다.

마리화나보다 더욱 흥미를 끈 것은 바로 버섯이었다. 그것도 마술 버섯. '머시룸mushroom'이라 적힌 간판이 여기저기 눈에 띄어 "저 버섯은 언제 먹는 거야?"라고 물었다.

"아아, 매직 머시룸! 그것도 환각제야. 근데 마리화나랑 약간 달라. 마리화나는 그냥 기분 좋게 축 처지는 효과를 내는데 저 버섯은 환각작용을 일으키지. 너도 매직 트립magic trip 해볼래?"

이들은 버섯을 먹고 환각에 빠지는 것을 매직 트립, 즉 환상 여행을 떠난다고 표현했다.

"근데 요즘에 그 버섯 때문에 말이 많아. 최근에 한 프랑스 관광객이 마술 버섯을 먹고서 날 수 있다는 환각에 빠졌나 봐. 그리고 빌딩 위에서 정말 날아보려고 뛰어내렸대. 즉사했다는 것 같던데……."

시그리드는 전에 반고흐뮤지엄에서 일한 적이 있었다. 덕분에 뮤지엄 뒷문을 통해 공짜로 반 고흐의 작품을 만나볼 수 있었다.

반 고흐가 스스로 목숨을 끊기 며칠 전에 그린 것으로 알려진 〈까마귀 떼 나는 밀밭〉 앞에 앉아 넋을 잃고 그림에 빠져들었다. 반 고흐가 생의 기로에서 느꼈을 숱한 고뇌들이 나에게 전달되었다. 까마귀 가득 찬 검푸른 하늘 아래에 펼쳐져 있는 노란 밀밭. 그리고 그 밀밭 사이에 나 있는 세 갈래의 길. 내가 죽음의 문에 이르렀을 때 눈앞에 펼쳐질 모습을 상상해 보았다. 생과 사, 이 둘의 문제일 거라 생각했거늘 왜 반 고흐는 세 갈래의 길을 보여주는 것일까? 생도 아니요 죽음도 아닌 또 다른 길로 나아간다는 것을 암시하는 걸까? 이 그림을 완성한 뒤 그는 자살의 길을 걸었다. 생을 통틀어 그의 눈앞엔 항상 세 갈래의 밀밭이 펼쳐져 있었고 그중 자살에의 유혹, 충동을 견뎌내는 것이 그의 삶을 이끌어오지 않았나 생각해 봤다. 난 아직도 모르겠다. 왜 죽으려 드는 걸까?

밤에는 전에 시그리드가 일했다던 클럽에 슬그머니 들어가 공짜 술을 마시며 마음껏 놀았다. 친구 하나 잘 둔 덕에 이래저래 공짜로 문화생활을 만끽했다. 그리고 마지막 날에는 그녀가 취미로 활동한다는 밴드의 공연도 보러 갔다. 독특하게도 스카ska 밴드였다. 시그리드의 바이올린 연주에 맞추어 쿵짝쿵짝 신나게 놀았다.

시그리드의 안내로 관광객이었으면 보지 못했을 암스테르담의 면면을 많이 접했다. 덕분에 아직도 눈앞엔 줄지어 선 집창촌이 아른거리고 콧가엔 마리화나 냄새가 진동한다.

글쓰기에 환장하다

여행하는 1년여의 기간 동안 나는 단 하루도 거르지 않고 매일 일기를 썼다. 물밀듯이 솟구치는 사고의 타래들을 일기장에라도 풀어놓지 않으면 머리에 똬리를 틀어 더 이상 사고를 못하게 막아버렸다. 그래서 닥치는 대로 모조리 다 토해냈다. 덕분에 여행이 끝나고 나니 여섯 권의 일기장이 글덩어리들로 빼곡히 들어찼다.

이는 한편으로 여행 내내 날 쫓아다닌 지긋지긋한 고독에 대항하는 몸부림이기도 했다. 혼자 하는 여행은 참으로 외롭다. 아무리 외국인 친구들과 어울려 신나게 지낸다 하더라도 마음 깊은 곳으로부터 솟아나는 그 정체 모를 소외감은 나 역시 어쩔 수 없다. 그럴 때마다 나는 일기장을 부여잡고 한글을 내지르며 속에 맺힌 한을 토해냈다. 《7막 7장》의 저자 홍정욱 역시 외로운 미국 유학 초창기에 만났던 펜과의 첫만남을 이렇게 회고한다.

"어둠이 내리면 복받치는 감정을 다스리기 위해 글을 썼다. 생각나는

대로 노트에다 모두 쏟아 붓고 나면 속이 시원했다."

비단 일기장뿐 아니라 엽서를 통해서도 고국에 있는 친구들에게 일방적인 대화를 나불대며 그 징그러운 외로움에서 비껴 서고자 했다.

영삼성 닷 컴에 나의 여행 이야기를 블로그질했던 것 역시 이 연장선상에 있는 행위였다. 하지만 블로그질이 일기장이나 엽서와 다른 것은 남들에게 보여주기 위한 글이라는 점이다. "난 여행하지롱" 하며 염장을 지르려 했다는 말이 아니라 지구 어느 한켠에선가 아직도 나, 김성용은 살아서 여행하고 있다는 것을 외치고 싶었다.

여행을 오래 하다 보니 한국에서의 내 존재감이 퇴색되어 갈지 모른다는 위기감에 사로잡혔던 것이다. 이 위기감은 군 복무 중에도 느꼈다. 나 없이도 한국 사회는 잘만 돌아가는 것 같고 그 와중에 나라는 인간은 어느샌가 쥐도 새도 모르게 잊혀져 다시 돌아갔을 땐 내가 설 자리가 없을 것 같은 불안감, 위기감이라면 이해가 될까? 그래서 틈만 나면 블로그에 글을 쏟아 붓고는 "날 좀 보소" 했다.

그것이 일기든 엽서든 블로그든 간에 글을 쓰고 나면 가슴이 뻥 뚫린 듯 시원했다. 반년 넘게 영어만 모국어처럼 떠들어대니 한국어가 너무 고팠고 이 한글 고픔을 원 없이 풀어준 것이 글쓰기였다. 한번 시원스레 지껄이고 나면 "어우, 잘 떠들었다" 하며 부른 배를 매만졌다. 내 평생 이토록 글쓰기에 광적으로 집착할 때가 또 언제 올까 싶다.

주로 난 이동하는 중에 글 쓰는 것을 즐겼다. 이때가 마음이 가장 안정되는 시간이기도 했고 창밖으로 빠르게 스쳐 지나가는 낯선 풍경들을 마주하면 절로 펜대가 휘둘러진 탓이다.

독일에서 만난 아디다스 소녀

페루 워크캠프에 있을 때 독일 친구 베라와 약속했다.

"각자 소지품을 하나씩 맞바꾸는 거야. 그리고 내가 너희 집에 도착했을 때 다시 돌려받는 거지. 어때? 재밌겠지?"

독일 오면 꼭 자기 집에 들러야 한다는 베라의 말에 확인 도장을 찍어둘 심산이었다. 그후 4개월간 베라가 맡긴 목걸이를 간직하고서 무사히 그녀의 집, 독일의 뉘른베르크에 도착했다. 이미 오래전부터 이메일을 주고받으며 서로의 스케줄을 맞춰왔고 베라가 이에 맞춰 특별히 회사에 휴가까지 신청해서 4박 5일의 시간을 내주었다.

베라의 안내를 받으니 잘 짜여진 정식 여행 코스를 맛보는 느낌이었다. 베라가 직장인이라 그런지 몰라도 한국인 친구를 맞이하는 모습이 정말 똑 소리 났다. 다른 유럽 친구들은 아무 때나 편할 때 오라고 했던 반면 베라는 이미 두 달 전부터 자신의 휴가 계획을 말해 주며 언제 오는 게 좋겠다고 콕 집어 말했다. 그리고 여행 계획도 미리 알아서 다 세워놓고 타임 테이블까지 만들어놓아서 나는 그냥 따라가기만 하면 되었다.

베라는 여행 중에 만난 친구들 중에서 가장 잘나가고 능력이 뛰어난 아이였다. 독일을 대표하는 스포츠 브랜드 아디다스에서 머천다이저로 일하고 무려 여섯 개 외국어를 구사했다. 독일어, 영어, 프랑스어, 스페인어, 이탈리아어에 심지어 중국어까지 할 줄 알았다. 게다가 무슨 취미생활도 그렇게 다양한지 그림 그리는 것부터 해서 힙합 댄스와 브라질 전통 무예인 '카포에이라'까지 배운다고 했다.

"넌 회사 다니면서 그런 건 다 언제 하냐?" 물으니 "회사 다니면서 할게 이런 것밖에 더 있냐?"란다. 베라가 해주는 회사 생활 이야기를 듣고 있으면 '참 팔자 좋은 직장인이구나' 하는 생각이 절로 들었다. 비록 내가 아직 사회 생활을 해보지 않아 섣불리 말할 수는 없지만 주위에서 주워듣고 어줍잖게 어깨 너머로 보았던 한국의 직장인들보다 훨씬 행복해 보였다. 여기서 '행복' 이란 단어

선택의 적절성을 묻는다면 역시 할 말은 없지만 그냥 느낌이 그랬다. 베라는 참 행복하게 일하는구나.

일의 결과에 대한 책임은 한국보다 더 큰 듯했다. 그러나 결과를 내는 과정에는 아무도 토를 달지 않는다고 했다. 일만 확실히 끝내면 눈치 보지 않고 퇴근할 수 있는 분위기라고도 했다. 게다가 한국 직장인들은 일 외에도 소위 조직생활 혹은 사회생활을 하며 남들 눈치 보며 회사를 다니는데 베라의 회사는 사뭇 달라 보였다. 베라의 회사는 일 외의 것에선 남 눈치 보지 않고 입고 싶은 대로 입고 먹고 싶을 때 먹고 술 먹기 싫으면 술자리를 거절할 수 있는 그런 사내 문화였다.

하루는 뮌헨의 잉글리시 가든English garden에 앉아 맥주를 마시고 있는데 "용! 너도 여자 친구랑 데이트할 때 핸드백 들어줘?"라고 뜬금없이 베라가 물었다.

"전에 중국에서 어학연수할 때 내 룸메이트가 한국 여자 아이였는데 걔가 그러더라고. 자기 남자 친구는 데이트할 때 자기 가방 다 들어준다고. 그거 진짜야?"

매번 이렇게 한국 문화와 관련된 질문을 받을 때마다 난 내 기준에서 답해야 하는건지 아니면 한국 전반적인 흐름에 준하여 답해야 하는 건지

난감하다.

"뭐, 그거야, 그런 남자도 있고 나처럼 안 그런 남자도 있고. 개인마다 다르겠지."

이렇게 에둘러 답하자 "그럼 정말 그런 남자가 있다는 말이네? 웃기겠다. 남자가 길거리에서 여자 핸드백 메고 다니는 거 보면……". 나는 "그러게 말이다. 허허……" 하며 씁쓸하게 같이 웃었다.

글루미 선데이를 마주하다

영화 〈글루미 선데이〉의 도시, 헝가리의 부다페스트에 왔다. 체코에서의 경험 때문에 예상은 했지만 역시나 동유럽인들은 불친절하다. 길을 물어도 그 퀭한 눈으로 멍하니 바라보며 뭐라뭐라 헝가리어만 내뱉는다. 뜻은 알아들을 수 없지만 길 가르쳐주는 게 귀찮다는 것 정도는 감지할 수 있다. 민족성 탓일까. 전에 만났던 러시아 여행객들도 어찌나 차갑던지. 슬라브족의 피 성분 탓일까 아니면 공산권 치하에 놓여졌던 영향 때문일까? 같은 공산권의 쿠바인들의 넘치는 사교성을 떠올리면 전자가 더 타당성이 높아 보인다.

HC를 통해 재워주겠다 했던 도르카에게 전화를 걸으니 무슨 이유 때문인지 한 시간 반 정도를 기다려달란다. 그 정도 시간 죽이는 거야 식은 죽 먹기지 하며 이해 못할 헝가리어가 사방에 난무하는 지하철역에 앉아 그 식은 죽을 들이키고 있었다.

헝가리에는 아직도 공산권의 냄새가 진하게 남아 있었다. 살아 있는 공산주의 국가 쿠바에서 실컷 맡았던 그 사회주의의 냄새. 뭐라 콕 집어내어 표현하기는 힘들지만 공산주의 국가만이 지닌 특유의 냄새가 있다.

지금 앉아 있는 지하철의 풍경을 예로 들어 설명하자면 이렇다. 소위 서유럽이라 불리는 곳에서는 은근히 무임승차를 조장하려는 듯 개찰구가 없는 곳이 많다. 대신 불심검문으로 막대한 벌금을 물리며 보이지 않는 규제를 한다. 여기 헝가리 지하철에도 개찰구는 따로 없다. 그런데 입구마다 두세 명의 인원이 일일이 표를 검사한다. 직접 규제라고나 할까? 사회가 직접 나서서 일일이 국민의 일거수일투족을 통제하는 게 공산주의의 가장 독특한 냄새다.

체코 프라하에 있을 때도 그랬다. 카를교의 난간에 걸터앉아 있으니 웬 경찰관이 다가와서는 내려오라며 고약한 인상을 들이댔다. 내가 어디에 앉아 있든 그들이 상관할 바가 아니건만 당연스레 그들은 상관한다.

이렇게 솟구치는 잡념의 나래를 펼치고 있을 때 도르카가 왔다. "미안해. 많이 기다렸지?"라며 덥석 껴안는다. 워우! 이 아가씨 화끈하네. 178센티미터의 롱다리 여자 아이에게 안기니 포옹 자세 유지하기가 아주 편했다. "이게 전형적인 헝가리 아파트야"라며 소개해 주는 도르카의 집은 또다시 쿠바의 기억을 끌어당겼다. 아바나의 그 쓰러져가던 건물 정도는 아니지만 역시나 보수 작업이 상당히 필요해 보이는 고층 아파트였다. 거기에다 집들이 어찌나 서로 붙어 있던지 '다닥다닥'이란 말이 절로 떠오를 정도였다.

저녁엔 도르카의 친구 둘이 놀러왔다. 와인과 짜파게티를 함께했다. 당시 내 배낭엔 짜파게티 몇 봉지가 보물단지처럼 소중하게 모셔져 있었는데 도르카의 친구들이 한국 음식을 만들어달라고 해서 과감하게 뜯은 것이었다. 짜파게티에 와인이라니. 그 고약한 조합을 함께하며 "Wow! Great!"를 연발해 주는 도르카와 친구들, 참 착한 것 같았다. 그들 셋은 삼총사쯤으로 보였다. 어찌나 재밌게 놀던지 궁합이 척척 잘 맞았다. 거기에 남자 한 명 달랑 끼어 있으니 꼭 영화 〈처녀들의 저녁식사〉의 한 장면 같았다.

"용! 너 부다페스트에 왜 왔어?"

도르카가 물었다. 이에 난 "영화 〈글루미 선데이〉를 너무 감명 깊게 봐서 직접 내 눈으로 그 영화 속 도시를 보고 싶었어"라고 답했다. 난 정말 그 영화 하나 때문에 이 도시로 왔다. 특히나 영화에서 봤던 다뉴브강의 야경이 너무 보고 싶었다.

"용! 네가 그 영화를 어떻게 알아? 그건 이곳에서도 그렇게 유명한 영화가 아닌데. 헝가리 사람인 나도 몇 달 전에 봤거든. 그 영화 한국에서 유명해?"

그들이 날 신기하게 바라봤지만 나 역시 헝가리인들에게 〈글루미 선데이〉가 별로 유명하지 않은 영화라는 사실이 너무 신기했다.

"한국에선 알 만한 사람은 다 아는 영화야. 영화 속 대사가 광고 카피로도 사용될 정도거든. 뭐더라? '다 갖지 못할 바에는 반이라도 갖겠어'던가?"

"와우! 너 그 대사까지 외워?"

도르카는 이번에는 헝가리어로 그 대사를 읊조려주었다. 그들은 마냥 신기해 했다. 비유를 하자면 한 외국인이 영화 〈강원도의 힘〉을 보고 강원도의 매력에 빠져 여행 온 것이나 같았다.

눈으로 맡을 수 있는 공산주의의 냄새들. 소련에 대들던 당시 혁명 때 총탄으로 부서진 건물의 상처가 보란 듯이 눈에 띈다.

"용! 그 영화 보면서 우리 헝가리인들이 얼마나 비관주의자들인지 잘 봤겠네?"

헝가리인에게서 헝가리인은 비관적이라는 얘기를 들으니 좀 이상했다. 얘기를 들어보니 그네들의 국민성은 침략과 약탈로 얼룩진 역사에서 기인했다고 한다. 나치즘과 코뮤니즘으로 이어지는 억압 속에서 자연스레 민족성이 비관적으로 바뀐 것이다. 그러면서 덧붙이는 말이 역사상 최초로 자살한 사람 역시 헝가리인이라고 하는데, 그 말을 들으니 이런 분위기에서 〈글루미 선데이〉 같은 영화가 만들어진 것은 너무나 자연스러워 보였다.

다음 날 도르카와 부다페스트 관광에 나섰다. 중심지로 나가니 공산주의 냄새가 더욱더 강하게 났다. 소련이라는 큰형님에게 가장 많이 대들던 나라임을 입증하는 상흔들이 여기저기서 눈에 띄었다. 당시 혁명 때 총탄으로 부서진 건물의 상처가 보란 듯이 보존되어 있었다.

그리고 무엇보다 눈에 거슬린 것은 공산주의 미학을 여실히 보여주는 조악한 박스형 건물들이었다. 미관이라곤 전혀 고려치 않은 완전한 기능 위주의 네모 반듯한 콘크리트 더미. 그리고 그 안에 빼곡히 들어차 있는 방들. 그런 탓에 '관광지'로서는 그다지 매력적이지 않았다. 다만 전후 냉전시대의 풍경을 어렴풋이 엿볼 수는 있었다.

'하우스 오브 테러House of Terror'라는 헝가리 역사 박물관에도 방문했다. 그런데 도르카는 전에 이곳에 들렀다가 너무 큰 충격을 받아서 다시는 들어가기 싫다고 했다. '도대체 안에 무엇이 있길래 도르카가 저다지도 기겁을 하는 걸까?' 의아해 하며 들어섰다. 장내에 흐르는 장엄한 음악부터가 심상치 않았다. TV 스크린에 비춰진 어떤 인터뷰이는 감정을 주체 못하고 울먹이며 무언가 하소연한다. 그렇게 첫 번째 방에 들어갔다. 이 방의 이름은 '더블 아큐페이션double occupation'. 나치즘과 코뮤니즘의 홍역을 치렀던 헝가리인들의 처절한 절규를 여실히 볼 수 있었다. 특히 나치즘 때 학살당하는 유태인과 그 시체들이 포크레인에 실려 구덩이 속으로 던져지는 기록 영상은 소름 돋을 만큼 충격적이었다. 이래서 도르카가 들어오기 싫었나 보다.

의문이 일었다. 이러한 역사는 분명 헝가리인들에게 치욕이며 잊고 싶은 역사일 게 분명한데 굳이 이런 부분만 따로 떼어내어 '하우스 오브 테러'라는 이름으로 드러내는 이유는 무엇일까? 당시 무고하게 목숨을 잃은 자신들의 조상을 기리고 후손들에게 이런 비극을 절대 잊지 말고 기억하라는 메시지인 듯했다.

밤에는 그토록 그리던 다뉴브강의 야경을 보러 갔다. 〈글루미 선데이〉의 OST 자켓 사진에서 봤던 그 다뉴브강의 밤 풍경 그대로였다. 도르카가 데려다준 이름 모를 다리의 중앙에서 멍하니 다뉴브를 내려다본다. 〈글루미 선데이〉의 그 선율을 머릿속에 떠올리며…….

그리고 다음 날, '우울한 일요일'의 도시의 화창한 일요일에 유럽 여행의 마지막 나라, 이탈리아를 향해 유로 라인 야간 버스에 올랐다.

그 누구, 아는 사람이라고는 없는 타인으로부터의 자유

그 무엇, 아는 것이라고는 없는 무지로부터의 자유

그 어디, 아는 곳이라고는 없는 공간으로부터의 자유

그런 절대의 해방감.

－최인호

블루칼라 워크캠프

부다페스트를 떠나 이제는 익숙하다 못해 숙련돼 버리기까지 한 야간 버스 새우잠에 끙끙대다가 부스스 눈을 떴다. 이탈리아의 수상 도시 베니스다.

그때가 아침 7시경이었다. 때문인지 베니스 거리의 사람들은 출근하느라 분주해 보였다. 잘 차려입은 그네들의 모습과 꾀죄죄한 내 몰골이 극명히 대조되었다. 여행이 일상이 되어버리면 남들의 일상적인 일상이 너무 부럽다. 그리고 자연스레 나도 일하고 싶다는 생각으로 이어진다. 여행은 어떤 면에선 지극히 소비 중심적이다. 탓에 여행 내내 무언가 생산적인 일을 하며 느끼는 노동의 보람이 간절하다. 이 생각을 하늘이 들으셨는지 며칠이 지나지 않아 난 정말 열심히 노동의 쳇바퀴를 굴리게 되었다.

베니스에서 다시 기차를 타고 밀라노 인근의 꼬마 도시 엘로로 향했다. 1년 여정에서 마지막 워크캠프로 결정한 곳이 이곳 엘로였다. 보통 여름 시즌의 워크캠프는 3, 4월 즈음에 스케줄 공지가 뜬다. 그래서 페루의 워크캠프는 출국 전에 이미 참가 확정을 받아놓았던 반면 유럽에서의 워크캠프는 여행 중에 신청 및 참가 확정을 받아야 했다.

에콰도르에 있을 때 유럽 워크캠프 목록을 검토했다. '어디서 놀까?' 하며 이것저것 뒤적이다가 눈에 확 띄는 캠프를 발견했다. '시어터 워크'라 분류된 워크캠프.

'워크캠프에서 연극을 한다고?'

구미가 확 당겼다. 대부분의 워크캠프는 육체노동이 주를 이룬다. 길거리 보수, 공원 청소, 유적지 보수 공사 등등 군 용어로 '작업'이다. '2년간 군대에서도 지겹게 했는데 나와서도 그걸 하리?' 하며 난 이전 두 번의 워크캠프 모두 키즈 캠프를 택했다. 유럽에서 역시 몸노동을 하며 워크캠프에 임할 생각은 추호도 없었다. 게다가 이미 기나긴 여행을 통해 몸이 말이 아니었는데 연극 관련 워크캠프는 그야말로 '딱'이었다.

'이 캠프는 나를 위해 존재하는 거야!'

보름간 함께 지지고 볶을 캠프 참가자는 캐나다인 한 명, 멕시코인 두 명, 독일인 한 명, 포르투갈인 한 명, 영국인 두 명, 이탈리아인 두 명, 거기에 한국인 세 명이었다. 처음으로 한국인이 최대 의석을 가진 워크캠프였다. 그간 유럽 친구들하고만 지내온 탓에 한국인에 굶주려 있는 나로서는 반가운 일이었다.

이번이 첫 워크캠프라는 나은이와 현지는 06학번이었다. "어? 신입생이네?"라고 묻자 "호호, 고마워요. 근데 우린 2학년이에요"란 답이 돌아왔다. 출국 전에 06학번은 분명 새내기였는데 벌써 그들이 2학년이란다. 세상에……. 그럼 지금 학교엔 07학번도 있다는 말이네? 무섭다, 세월의 흐름. 01학번인 내겐 새파랗게 젊은 그 동생들이 격세지감, 그 자체였다.

'내가 없어도 한국은 여전히 잘도 돌아가는구나' 라는 말도 안 되는 섭섭함까지 인다.

'일 지아르디노 델레 에스페리디 il giardino delle esperidi' 라는 연극 축제의 진행을 도와주는 것이 이번 워크캠프의 주 목적이었다. 그리고 그와 병행하여 캠퍼들을 대상으로 간단한 연극 수업도 진행된다고 했다. 축제 진행이라는 말에 티켓팅과 홀 내 관람객 관리 및 통제 등등의 하우스 매니저 역할을 기대했건만 예상은 크게 빗나갔다. 우리 활동의 구 할은 무대 작업이었다. 톱질, 못질, 사포질, 망치질, 삽질 등 질이란 질은 다 했다. 그토록 피하고 싶어 발버둥쳤던 육체노동이었는데 여기까지 와서 난 또 블루칼라가 되었다.

나의 못질은 최악이었다. 엄지손가락 몇 번 찍히고는 직종을 바꿨다. 굳이 작명하자면 합판에 보호막 씌우기? 니스 칠을 했다는 말이다. 최선을 다해 합판 이곳저곳에 샅샅이 니스를 칠했다. 이 단조로운 작업에 너무 행복했다. 너무나 오랜만에 하는 육체노동이다 보니 운동 후의 개운함마저 느껴졌다. 역시 인간은 일을 해야 하는 법인가 보다.

외국인 친구 사귀는 법

본격적으로 축제가 시작되기 전에는 가뿐했다. 주로 연극 수업을 통한 캠퍼들 간의 유대감 형성에 초점이 맞춰진 듯했다. 그래서 이곳에서 가장 먼저 한 일은 '몸풀기' 였다. 연극인들이 연극 연습에 앞서 몸을 이완시키기 위해 하는 각종 '풀기' 들. 목 풀기, 무릎 풀기, 허리 돌리기 등등의 것들. 신기했다. 대학 1, 2학년 때 연극팀에서 질리게 한 뒤 이젠 끝이다 했던 것들과의 인연이 이탈리아에서까지 이어지다니.

이어서 간단한 연극 게임을 했다. 조별로 나뉘어 정해진 몸동작을 상황극으로 풀어내는 것이었는데 같은 조원들과 머리 맞대고 꿍떡꿍떡 놀아나는 사이에 급속도로 친해졌다. 역시 이렇게 공통된 주제로 지지고 볶는 것만큼 효과적으로 친목을 도모하는 일도 없다.

일하며 장난치고 이런저런 얘기를 나누는 사이에 캠퍼들과 많이 친해질 수 있었다. 어떤 날엔 각국의 욕을 배우는 시간을 가졌다. 내 경험상 외국인 친구와 친해지는 가장 효과적인 방법은 그 나라의 욕 혹은 갖가지 비속어를 배우는 거다. 그래서 난 외국인 친구들과의 대화에서 좀 어색해진다 싶으면 으레 묻는다.

"How do you say 'fuck you' in your language?"

그럼 상대방이 내게 뭐라 뭐라 알려준다. 내가 그걸 어줍잖게 따라하면 상대방은 포복절도한다. 그러면 나는 답례로 한국의 욕을 알려주고 상대 역시 어설프게 그걸 따라한다. 그러면서 대화 분위기엔 꽃이 핀다. 덕분에 포르투갈 친구 우고가 배운 첫 한국어는 "에이, 씨×"이 되었다. 그러고 나서 그는 툭하면 나한테 이랬다. "용! 에이, 씨×!"

저녁 시간에도 유쾌한 분위기가 이어졌다. 이런저런 대화가 오고간 뒤 자연스레 각국의 노래를 부르게 되었다. 나는 하모니카를 불었고 이에 맞춰 현지와 나은이가 노래를 불렀다. 어찌하다 보니 〈이등병의 편지〉를 부르게 되었고 연주 후엔 이 노래에 얽힌 한국 군대 얘기도 해주었다. 듣고 있던 친구들은 처음엔 설마 한다. "나도 군대에 2년 동안 있었는걸"이라고 확인시키니 다들 기겁하고 놀란다. 매번 외국인 친구들에게 한국 군대 얘기를 하면 그들 못지 않게 나 역시 그들의 반응에 충격을 받는다.

한국인이기에 2년의 청춘 반납을 어쩔 수 없다 생각해 온 내 의식의 지평에 이들이 마구 돌팔매질을 해댄다. "말도 안 돼. 국가의 폭력이야"라든지 "지금 때가 어느 땐데"부터 "그래도 돈은 많이 받을 거 아냐?"라는 염장성 위로까지.

무엇보다 충격적인 반응은 혁명의 나라, 프랑스 친구로부터 나왔다.

"너흰 시위 같은 거 안 해? 그런 말도 안 되는 일을 그냥 받아만 들여? 너희 되게 착하구나? 싫으면 싫다고 해!"

이렇게 강한 피드백을 연거푸 받으면 마치 내가 잘못 살아왔거나 속아 살았다는 기분에 휩싸여 정말로 씁쓸해졌다. "우리 나라는 역사의 특수성 때문에 어쩔 수 없는 거야"라며 항변해 보려 하지만 그런 '특수한' 역사를 가졌다는 게 뭐 대순가 하는 반문이 일어 이도 저도 못하고 마냥 답답하기만 했다.

우고가 가져온 포르투갈 와인이 등장하자 분위기는 한껏 고조된다. 다들 거나하게 취해서 별의별 잡담이 다 쏟아지고 갖가지 쇼까지 등장한다. 멕시코 친구 온딘이 멕시코에 부는 레게통 붐을 이야기하며 춤사위 몇 동작을 가벼이 흔들고, 영국 친구 제이미는 눈으로 맥주 마시는 걸 보여주겠다며 눈에다 맥주병을 꼽고는 마구 쏟아댄다. 그렇게 맥주로 충혈된 눈을 시뻘겋게 뜨고는 한마디한다. "You see?" 우고는 계속 옆에서 "씨×, 씨×"하고 있다. 나는 친절히 발음 및 억양을 고쳐준다.

이렇게 난장을 벌이며 노는 사이 캠퍼들 간의 유대감과 나의 영어 실력은 쑥쑥 자라났다. 놀아도 영어로 노는 게 여행이다 보니 놀기 위해선 죽어라 영어를 써야 했다. 얼마나 잘 노느냐가 나의 영어 실력으로 직결된다. 그래서 부어라 마셔라 놀아가며 영어를 쓰다 보니 다행인지 불행인

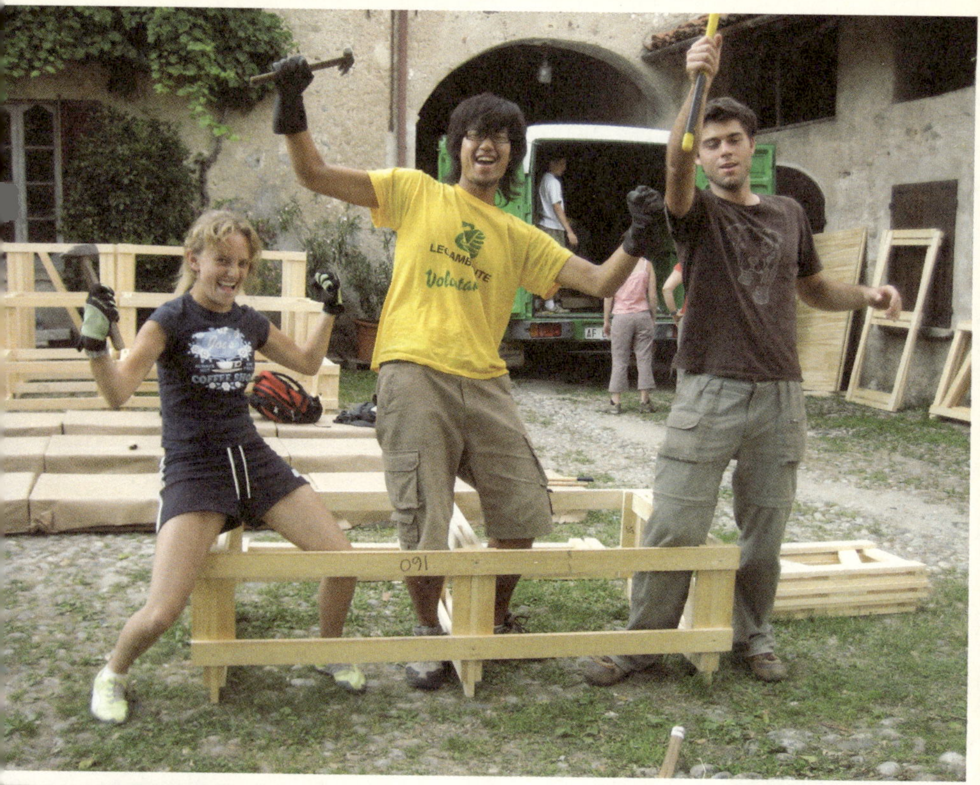

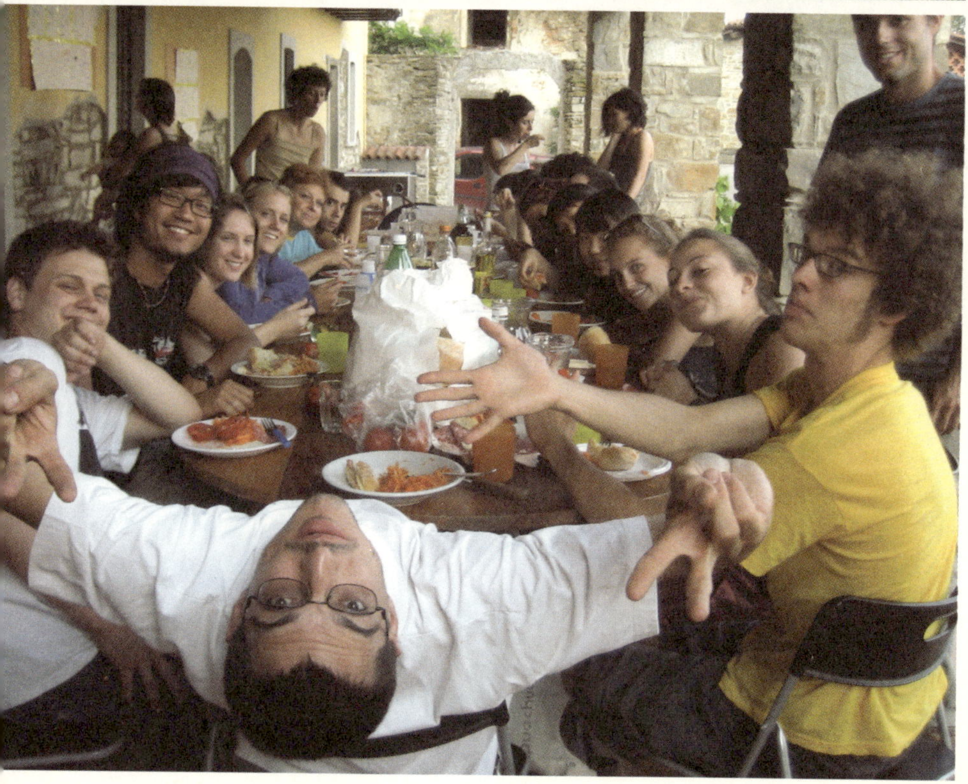

지 학습 역시 기억의 소산인 탓에 나의 영어 실력은 술이 들어가야 절정을 찌른다.

그러나 이렇게 술 마시며 편하게 노는 신선놀음은 처음 이틀뿐이었다. 그다음 날부터는 엄청난 양의 일거리들이 우릴 기다리고 있었으니…….

연극 축제의 콘셉트는 일상의 공간에서 공연을 펼친다는 것이었다. 그래서 연극제의 이름도 '일 지아르디노 델레 에스페리디', 곧 '에스페리디라는 요정이 사는 정원'이다. 어느 곳이든 예술이 펼쳐지면 음악 요정이 사는 정원이 된다는 것이다. 그래서 공연 역시 네다섯 군데의 공간에서 열렸다. 한데 문제는 무대가 하나라는 것. 무슨 말인고 하니 매번 공연 장소가 바뀔 때마다 무대를 해체해서 운반한 뒤 다시 조립을 해야 한다는 말이다. 그리고 그것이 바로 우리의 임무였다. 신나게 무대 조립품들을 만들 때까지는 좋았지만 이후 이어진 수차례의 분해와 조립 작업은 정말 힘들었다.

공연 작품은 너무너무나 예술적이어서 집중할 수가 없었다. 다만 일반 건물들 사이에 내가 만든 무대가 세워져 있고 그 위에 조명이 덧입혀진 그림, 그 자체가 너무 예뻤다. 그리고 공연이 끝난 밤 12시부터 우리의 작업은 시작되었다.

"자! 이제부터 일 시작이다!"

캠프 리더가 공연 전에 해체 작업에 대해 슬쩍 말해 주긴 했지만 설마 하고 넘어갔다. 그런데 진짜 했다. 자정에 시작된 무대 해체 작업은 다른 공연장으로의 운반 작업으로까지 이어져서 새벽 3시가 넘어서야 끝났다.

후우……. 아무리 내가 자초한 자원봉사 활동이지만 노동의 강도가 너무 셌다. 게다가 말이 자원봉사지, 참가비 명목으로 30만 원 정도를 지불

했기 때문에 엄밀히 말하자면 돈 내고 노동하는 격이었다. 전날 그렇게 일하고서도 다음 날엔 8시에 일어나 전날 옮겨놓은 무대 더미를 조립해야 했다. 그리고 그날 공연이 끝나는 새벽 1시까지 공연장에 있었다. 전날과의 간극조차 느껴지지 않는 이틀짜리 하루. 피곤한 몸을 바로 잠자리에 내던졌다.

일이 힘들다 보니 캠퍼들 간의 관계에 적지 않은 변화가 일었다. 업무의 효율성을 높이고자 두 팀으로 나누어 일을 진행했는데 업무량의 형평성에 관한 시시비비가 잦았고 서로 쉬운 일을 하기 위한 눈치 보기도 있었다. 그리고 바쁜 일정으로 인해 다들 자기 몸 하나 간수하기에도 벅찼기에 워크캠프 커뮤니티에 관한 모두의 관심과 배려가 급격히 저하되었다. 4~5일 단위로 숙소 내의 청소 및 설거지 당번 스케줄을 조정했는데 처음에는 그렇게들 "No problem" 하면서 흔쾌히 자신의 차례를 받아들이던 이들이 제 코가 석 자인 상황에 봉착하자 슬슬 빼기 시작했다.

"제키! 토요일 날 네가 설거지 좀 해줄 수 있어?"

아무도 나서지 않는 설거지 차례에 캠프 리더가 지목하여 부탁을 했다. 이에 그 아이는 "나 목요일에도 설거지 당번인데?"라며 자신은 하기 싫다는 의사를 명확히 표했다. 이렇게 외국 친구들은 자신이 하기 싫고 자기에게 부당한 일이다 싶으면 절대 하지 않았다.

이럴 때 한국인의 공동체의식이 십분 돋보였다. 한국인, 특히나 현지와 나은이는 굳이 자신들이 안 해도 되는 일을 선뜻 맡아서 묵묵히 해내었다. 나 역시도 아무도 나서질 않아서 상황이 애매해지면 '그냥 내가 하고 말지' 생각하고는 "그날 설거지 내가 할게. 현지야 같이 하자!"라며 애꿎은 동생들까지 물고 늘어져 일을 맡았다.

처음에는 이런 외국의, 특히나 미국과 유럽권의 개인주의가 참 얄밉고 몰인정해 보였다. 그러나 여행 내내 유럽인들과 부대끼며 그들의 문화에 익숙해지니 그러려니 하게 되었다. 또한 이들과 다른 한국의 공동체의식에 나만 손해 본다는 생각도 들었으나 개인주의의 한가운데에서 보여준 공동체의식은 종국엔 내게 어떤 식으로든 상급으로 돌아왔다. 열심히 그릇을 닦고 있는 내게 멕시코 친구가 다가와 사탕 하나를 입에 넣어주는 사소한 것부터 캠프 리더가 "전에 일 많이 했잖아"라면서 알아서 일을 빼주는 어마어마한 혜택까지. 당시 노동의 강도로 미루어 봤을 때 이는 엄청난 특권이었다.

이미 여행을 떠난 지 10개월여가 흘렀고 워크캠프만도 3회째다 보니 외국인 친구 사귀기가 참 수월했다. 그간 익혀온 생활 영어가 자유자재로 나래를 편 이유도 크지만 그보다 더 중요한 것은 전 세계 누구와도 쉽사리 말을 주고받을 수 있을 만한 화젯거리가 많아졌다는 것이었다. 아무리 영어를 잘한다 해도 대화할 거리가 없으면 할 말이 없다. 전에 모 기업체에 계신 분이 이런 말씀을 해주셨다. 업무상으로 외국인을 만나면 일할 때는 얘기가 술술 풀리다가도 밥 먹으러 가서는 그들과 할 말이 별로 없더라고. 원래 말이라 함은 얘기를 주고받는 것이고 여기서 언어는 수단에 다름 아니다. 얘깃거리가 있어야 계속 말을 이어갈 수 있는 것이다.

그런 면에서 그간 여행에서 보고 들었던 것들은 많은 이야깃거리를 제공해 주었다. 특히나 상대방과의 공통분모를 끄집어내는 데 엄청난 효과를 보았다. 처음 멕시코 친구 온딘을 만났을 때 "Hola(안녕)!"라며 스페인어를 건네며 나의 남미 여행 이야기를 해주니 대화가 꼬리에 꼬리를 물고 끊이질 않았다. 내가 멕시코에 가보지 않았더라도 중남미 지역 특성상 그네들의 끈끈한 연대 의식 탓에 날 친구의 친구 대하듯 편히 대했다. 또한 영국의 제이미나 독일의 다니엘을 만났을 때도 "나 영국이랑 독일 가봤어"라는 말 한마디를 던지며 그 나라에서 본 것들을 공유하니 대화가 술술 잘도 풀렸다. 역으로 나 역시 외국인 친구 누군가가 전에 한국에 가본 적이 있다며 자신이 한국에서 봤던 것을 얘기해 주면 어찌나 반갑고 한마디라도 더 건네고 싶던지. 1년의 여정 동안 24개국을 거치다 보니 언제 어디서 어떤 국적의 외국인을 만난다 하더라도 이 말 한마디면 손쉽게 대화의 타래를 풀어갈 수 있었다.

"어! 너 그 나라에서 왔구나. 나 거기 가봤어."

다시 배낭을 짊어질 시간

캠프의 마지막 날, 무대 뒤처리 작업을 끝마쳤다. 그렇게 지긋지긋하기만 했던 목재 운반 작업과 망치질에 매 순간 가슴이 미어졌다. 난 항상 이런 식이다. 한창일 때는 모르다가 마지막이란 수식어가 붙으면 매사가 한없이 아쉬워진다. 정말 불만이 많았던 나날이었다. 일 많이 시킨다, 밥이 형편없다 등등 속으로 계속 투덜거렸다. 이미 두 번의 워크캠프를 해본 경험이 되려 악영향을 미쳤다. 이것이 첫 워크캠프였으면 그러려니 하고 넘어갔을 것을 계속해서 전의 워크캠프들과 비교했다.

그래도 캠프 기간이 상대적으로 길었고 노동의 강도 역시 상대적, 절대적으로 최고였기에 그만큼 캠퍼들 간의 유대감이 끈끈해져서 좋았다. 그렇다고 그들과 헤어지는 순간에 가슴이 울컥해 오거나 하진 않았다. 워낙 긴 여행 일정에 수많은 만남과 헤어짐에 길들여져서 인연의 탈착이 너무나 쉬워진 탓이리라.

여행을 할 때 평균적으로 한 장소에 5일 이상을 머물지 않았던 나는 도착과 동시에 떠남을 염두에 두어야 했다. 때문에 워크캠프에 있었던 2주 넘는 시간이 내게는 큰 심적 안정을 주었다. 비록 고된 노동으로 육체적으로는 힘들었을지언정 한 장소에 머문다는 안착감은 있었다. 무엇보다 한동안 배낭을 풀고 싸는 문제로 신경 쓰지 않아서 너무 좋았다.

이제는 다시 배낭을 짊어질 시간이다. 캠퍼가 아닌 배낭족이 되어 길거리를 굴러다녀야 할 시간이 돌아온 것이다. 이럴 땐 어금니 한번 다시 질끈 깨물어줘야 한다. 사람들과 부대껴 공동체 생활을 하는 사이에 어느덧 나의 자생력이 녹아 없어진 탓이다. 배고픔, 무지, 생경함 그리고 무엇보다 그 지긋지긋한 외로움과 다시 싸워야 한다는 생각에 괜스레 가슴이 조여온다.

실질적인 유럽 일정도 마무리되고 있다. 이제 로마로 넘어가서 비행기에 올라 타면 유럽을 떠나 검은 대륙 아프리카로 향하게 된다. 정말 신기하다. 이 말도 안 되는 여행이 어찌됐든 잘만 굴러가서 마지막 대륙, 아프리카만 남겨놓고 있다니.

나, 정말 지구 한 바퀴 돌 수 있을 것 같다.

유럽을 떠나며

"로마발 카이로행 비행기가 취소되었습니다. 상황이 복잡하여 메일보다는 전화로 알려드려야 할 것 같습니다. 연락받으실 수 있는 번호를 알려주시면 전화 드리겠습니다."

긴급 상황이다. 로마 출국을 4일 앞두고 여행사로부터 출국 노선이 취소되었다는 얘기를 들었다. 사실 여행사에서 이 사실을 이메일로 알려온 것은 2주 전이었다. 그런데 당시 엘로에서 워크캠프 중이던 나는 인터넷을 접하기가 쉽지 않았고 그나마 몇 번 들렀던 PC방에서도 한글을 읽을 수가 없었다. 그래서 2주간 이 내용은 편지함에 저장된 채 그대로 방치되어 있었고 로마로 가는 길목 피렌체에서야 확인할 수 있었다.

처음 이 사실을 접했을 때는 머릿속이 띵하기만 했을 뿐 사태의 심각성을 지각하지 못했다. '비행기가 취소되었다고? 그런가?' 하며 덤덤하게 앉아 있었다. 그렇게 멍하니 있다가 서서히 지각의 장막이 걷히며 짜증이 솟아나기 시작했다.

'왜 이런 중요한 내용의 메일을 한 번만 보내고 재확인하지도 않는 거

야? 내가 답을 하지 않으면 재차 메일을 보내서 이 점에 대해 알고 있는지 확인해야 될 거 아냐?'

불만에 가득 차서 여행사에 전화를 걸어 따지려 했다. 그러나 한국 시간으로는 이미 저녁 8시가 훌쩍 넘어 있었고 설상가상으로 토요일이었다. 일요일도 휴일이니 2일은 기다려야 여행사와 연락을 취할 수 있는 상황. 출국까지 4일을 남겨놓고 2일을 무방비 상태로 아무런 조치조차 취하지 못하고 있어야 하다니 미치고 펄쩍 뛸 일이었다. 지푸라기라도 잡고 싶은 심정으로 연락받을 번호를 여행사 이메일로 알리고 가능한 한 빠르게 연락을 달라고 했다. 다행히 로마에서도 HC를 통해 알게 된 친구와 함께 지낼 예정이어서 안정적으로 연락받을 연락처는 있었다. 그렇지도 않았다면 정말 답이 안 나오는 상황이었을 것이다.

길거리 악사가 되다

다음 날, 로마로 향했다. 전날은 출국 비행기 때문에 그렇게 불안하고 초조했는데 잠 한숨 자고 나니 별 느낌이 없었다. 그러고 보면 여행이 날 한없이 태평스럽게 만든다는 생각이 든다. 매번 이렇게 위기에 봉착할 때마다 난 참 의연했다. 무모함에 길들여진 탓일까? 어떤 상황에 처하든지 "죽기야 하겠어?" 하고 만다. 악착같이 물고 늘어져야 해결책이 나오는 상황이라면 모르겠지만 이처럼 내 의지로 해결책을 모색할 가능성마저 원천 봉쇄되어 있으면 그냥 생각을 놔버린다. 그러면 어떻게든 해결책이 나온다는 경험의 소산 때문이리라. 여태껏 죽지 않고 잘 여행하고 있으니 말이다.

HC 친구 안드레아가 로마역까지 마중을 나왔다. 덕분에 별 무리 없이 로마에 흡수된다. 매번 새로운 나라, 도시에 도착하자마자 느끼는 것은 흥분감도 아니요, 설렘도 아니다. 바로 무지에의 불안감이다. 처음 보는 교통 체계, 알아볼 수 없는 교통 표지판 등이 날 무섭게 몰아쳐서 갓 자대 배치 받은 신병처럼 어리버리해진다. 그런 점에서 HC 친구의 마중은 한 없는 편안함을 안겨준다. 알아서 다 해주기 때문이다. 얼마 내라, 저기로 가자, 이거 타자, 이게 맛있다 등등.

"아까 한국인 여자한테서 전화받았어. 네 비행기 때문에 할 말이 있다 고 하던데? 이따가 다시 전화한다고 하더라. 너 무슨 문제 있어?"

안드레아를 만나기 전에 여행사로부터 전화가 왔나 보다. 다행이다. 하 루 만에 연락이 왔으니 생각보다는 여유롭게 문제를 해결할 수 있겠군.

안드레아가 손수 파스타를 만들어준다고 하여 부엌에서 일을 거들고 있을 때 전화가 왔다.

"용! 한국에서 전화 왔어!"

허겁지겁 받아 들었다.

"쁘론토! 아니, 여보세요."

며칠 배웠다고 나도 모르게 이탈리아어로 전화를 받게 된다.

"당황하셨죠? 전 김성용님께서 답이 없으시길래 알아서 해결책을 찾으 신 줄 알았어요."

해결책이라니? 난 전날에 통보를 받았거늘…….

"저희도 좀 황당했어요. 항공사에서 일방적으로 항공편을 취소했거든 요. 그리고 저희 쪽에 통보도 안 했어요. 제가 혹시나 해서 확인해 봐서 알았거든요. 근데 문제는 로마에서 카이로로 가는 비행사인 미들 이스트

에어라인 사무실이 한국에는 없어요. 그래서 저희 쪽에서는 어떻게 해야 할지 알 수 없는 상황입니다. 김성용님께서 직접 레바논에 있는 본사로 전화를 해서 알아보셔야 할 것 같아요."

레바논이라고? 로마에서 카이로로 가는 비행기가 레바논 쪽 회사란 것 도 난 모르고 있었다.

"일단 비행기 취소는 정해진 것이니 가장 시급한 것은 대체 항공편을 요구하는 것입니다. 일단 레바논 본사에 노선 취소 사실을 모른 척하시 고 그냥 리컨펌하는 식으로 전화를 한 후에 어떻게 해서든 대체 항공편 을 달라고 하셔야 해요."

일단 전화로 상황을 파악하고 다시 전화를 준다고 하고선 즉시 레바논 에 있다는 미들 이스트 본사에 전화를 넣었다.

"뭐요? 제 비행기가 취소되었다고요? 맙소사! 다음 날 학회에 참석해 야 한다고요!"

학회는 무슨……. 안내원이 통보해 준 비행기 결항을 처음 듣는 척하고 거기에 학회 참석이라는 거짓말까지 곁들였다. 그랬더니 로마 현지 사무 실로 문의하는 것이 더 정확할 것이라며 그곳 연락처를 알려준다. 쳇, 이 놈의 떠넘기기는 전 세계적이로구나.

로마에 있는 미들 이스트 에어라인 사무실에서 제시한 해결책은 상당 히 달콤했다. 원래 내 비행기는 직항이 아니라 로마에서 베이루트로 가 서 다른 비행기로 갈아타 카이로로 향하는 것이었다. 그런데 로마에서 출국하는 비행기의 시간이 늦춰진 탓에 베이루트에서 바로 연결되는 비 행기가 없어서 전산상으로는 내 전체 노선이 취소로 처리된 것이라고 했 다. 그러니 방법은 로마에서 베이루트로 간 다음 그곳에서 하루를 묵은 후 다음 날 비행기를 타고 카이로로 날아가는 것이었다. 그리고 이것은 어디까지나 항공사가 갑작스레 일정을 변경해서 벌어진 일이니 하루 체류에 대한 모든 비용을 항공사에서 처리해 준다고 했다. 즉 공짜로 베이루트를 관광한다는 말이다. 와우! 공짜 잠에 사족을 못 쓰는 나로서는 거부할 이유가 없었다.

이 낭보를 자랑 삼아 한국 여행사에 알렸다. 그런데 또다시 예상치 못한 답변이 돌아왔다.

"레바논 입국 시에는 비자가 필요하십니다."

뭐야? 내 수중에 레바논 비자가 있을 리 만무하지 않은가? 확인차 다시 로마의 항공사에 전화를 하여 비자 관련 사항을 물으니 "한국인은 레바논 갈 때 비자가 필요합니까?"라며 내게 되묻는다.

"그러면 곤란하겠는데요. 레바논은 알다시피 외교적으로 민감한 동네라서 비자에 관해선 굉장히 철저합니다."

이 사람들이 약 주고 병 주나? 그런 건 항공사에서 알아서 미리 승객에게 말해 줘야 하는 거 아닌가?

"지금으로서 최선의 방법은 일단 지금 비행기권은 환불하고 다른 항공사를 통해 대체 노선을 찾는 겁니다."

나 하나를 두고 한국, 레바논, 로마가 돌아가며 장난치는 느낌이 들어서 심히 짜증났다. 여기저기 전화하며 시키는 대로 손품을 판 결과가 고작 다른 항공 노선 구입이라니. 이것은 경제적으로도 손해가 막대했다. 대충 가격을 알아보니 기존에 구입했던 노선보다 20만~30만 원은 비쌌다. 돈도 돈이지만 일단 의욕이 생기지 않았다. 그동안 전화기 붙잡고 여기저기 영어로 쏘아붙인 탓인지 더 이상 머리 잡아 싸매고 컴퓨터 앞에

역사의 아이러니다. 로마시대 때 글래디에이터들이 생사를 놓고 피튀기던 콜로세움 바로 옆에 지금은 게이 거리가 놓여있다. 왼쪽 건물의 6가지 색의 무지개 간판이 게이바를 상징한다.

앉아 이것저것 따져가며 다른 비행기 티켓을 구매할 기력이 남아 있질 않았다.

게다가 로마 숙소 역시 불안정했다. 안드레아의 집에서는 그 친구의 사정상 하루밖에 묵을 수가 없기에 다른 HC 친구인 마우리치오의 집으로 향했다. 이런 위태위태한 상황에서는 숙소라도 안정되어야 심적 부담이 덜할 텐데 이마저 좌불안석이니, 이거 원……. 그래서 그런지 커다란 배낭을 짊어지고 안드레아의 집을 나설 때는 참 서러웠다. 막상 밖으로 나오긴 했지만 마우리치오를 만나기로 할 때까지 시간이 제법 남아 있어서 PC방으로 들어가 카이로 행 비행기 스케줄 및 가격을 알아보았다. 그런데 뇌가 마비라도 되었는지 아무것도 생각할 수가 없었다. 그래서 바로 PC방을 나와 길가를 정처없이 걸었고 이내 걸을 힘마저 떨어져 그냥 길바닥에 널브러지고 말았다.

콤팩트 디카까지 말썽이었다. 오는 길에 길바닥에 떨어뜨린 탓에 고장이 나버렸다. 찍히긴 하는데 전혀 초점이 맞질 않았다. 사진은 둘째치더라도 '널 수 있어' 동영상이 문제였다. 앞으로는 뭘로 동영상 촬영을 한단 말인가? 뒤로 넘어져도 코가 깨진다더니. 일이 안 풀리려니 이렇게 꼬일 수도 있구나. 완패하여 링 위에 녹다운되어 있는 복서의 기분이었다.

정말 아무 힘이 없다. 생각하는 것조차 버겁다. 지쳤다. 지쳤다. 그냥 만사를 모른 척하고 두 눈 질끈 감아버리면 어떻게든 해결이 되겠지.

그렇게 길 위에서 배낭을 베개 삼아 누운 채로 일기장을 꺼내 몇 자 끄적였다.

"돌아갈 집이라도 있었으면 좋겠다. 어딘가로 습관처럼 발길을 내딛던 그 시절로 돌아가고 싶다. 난 지금 글로 울고 있는 게다. 참 서럽게도."

글쓰기로도 답답함이 가시질 않아 하모니카를 꺼내어 연주를 시작했다. 별의별 상황, 각양각색의 사람들 앞에서 하모니카 연주를 해보았지만 이렇게 길가에 주저앉아서 길거리 악사가 되어보긴 처음이었다. 근데 그때는 절망의 깊이 때문인지 조금도 스스럼없이 연주가 가능했다. 혹시나 하는 마음에 하모니카 케이스를 열어 앞에 공손히 모셔두는 것도 잊지 않았다. 땡그랑, 유로 몇 푼을 바라며……

하모니카에 입김을 불어넣는 순간 다른 세상이 펼쳐졌다. 아까까지는 그렇게 우울하기만 했거늘 길거리 악사가 되어 연주를 시작하니 희열이 샘솟기 시작했다. 무언가 주류에서 삐딱하니 비켜 서 있는 것 같은 경험. 참 흥분되는 순간이었다. 길가를 지나가는 이들의 다양한 시선, 반응. '저 허름한 동양인은 도대체 누굴까? 뭐 하는 놈일까? 무슨 곡을 연주하고 있는 거지?' 하며 날 구경하지만 사실은 내가 그들을 구경하고 있는 것이다. 간혹 지나가는 한국 여행객들도 거지꼴을 한 한국인이 로마 한복판 길거리에서 한국 노래를 하모니카로 연주하는 게 신기해 보였는지 다들 힐끔힐끔 쳐다본다.

30여 분을 길거리에 주저앉아 뒤틀린 아프리카 일정을 잊고 나만의 세계에 빠져들었다. 그리고 이것이 효과가 있었던지 기분이 한결 나아졌다.

예상치 못한 것을 만나는 기쁨

"차라리 레바논 비자를 받지 그래?"

새 잠자리를 제공해 준 마우리치오가 내 사정을 듣고선 생각지도 못한 해결책을 던져주었다. 너무나 간단해서 왜 진작에 생각해 내지 못했을까

하는 자책감마저 드는 단순한 방법이었다. 그래서 로마 주재 레바논 대사관 홈페이지에 들어가보았다. 비자 관련 사항을 알아보고 있는데 거기서 더욱더 생각지 못했던 수확을 얻었다. 트랜싯transit 비자의 경우 몇몇 국가에게는 48시간의 임시 체류를 허락한다는 사항이 명시되어 있었고 그 몇몇 국가 중에는 자랑스레(?) 한국도 포함되어 있었다.

와우! 그렇다면 지금 상황 그대로도 아무 문제가 없다는 얘기. 레바논 입국 시 트랜싯 비자가 발급될 터이니 항공사에서 제공해 주는 하루치 숙식을 즐기며 베이루트에서 1박한 후에 다음 날 다시 비행기를 타고 이집트로 날아가면 된다. 확인 차 이 사실을 로마 항공사에 전화로 알리니 "오, 그래요? 그러면 원래대로 가시면 되겠군요. 축하드립니다." 도대체 이놈의 항공사 전화 상담원은 뭘 상담해 주겠다는 건지…….

그리하여 유럽발 아프리카행에 끼었던 먹구름이 모두 걷혔다. 그때가 출국 전날 오후 4시경이었다. 유럽 출국을 하루 앞둘 때까지 그 가능성이 묘연하여 가슴을 졸였지만 한편으론 은근히 이런 위기를 나는 즐겼던 것 같다. 그리고 내심 '이건 아프리카에 가지 말라는 하늘의 메시지인가 봐'라 생각하며 마음을 비우고 그 메시지에 더욱 귀를 기울였다. 그래서 그런지 '아프리카에 못 가게 되면 어디로 가지? 비행기는 힘드니 육로를 이용해서 동유럽을 좀 더 샅샅이 뒤져볼까?' 라는 당찬 음모까지 또 다른 자아는 계획하고 있었다. 이처럼 여행이 계속 진행될수록 위기의 강도는 더해지고 이에 대처하는 내 자세는 점점 더 의연해진다.

덤으로 레바논의 수도 베이루트에서까지 하루를 지낼 수 있게 되었다. 여행지가 하나 더 추가되었다는 게 처음엔 설렘으로 다가왔으나 흥분을 가라앉히고 베이루트에 대해 곰곰이 생각을 해보니 마냥 설레고만 있을 장소가 아니었다. 언젠가 한 주간지에서 레바논에 대해 기획기사를 실었는데 표지 사진에는 폐허와 탱크들만이 가득했고 그 위에 빨간색으로 씌었던 기사 제목은 오직 '베이루트', 이 한 단어였다. 여타의 서술어나 수식어가 필요 없고 그저 도시 이름 그 하나만으로 모든 게 설명되는 곳이 베이루트고 나는 그곳에 가는 거다.

베이루트행 기내에선 낯선 아랍어가 흘러나왔다. 낯설다는 표현보다는 약간 섬뜩했다. 몇 년 전 김선일 씨가 납치된 뒤 수차례 보도된 아랍어 협박 메시지가 떠오른 탓이다.

베이루트 공항에 도착하여 트랜싯 센터에 들러 자초지종을 늘어놓으니 친절히 조치를 취해준다. 공짜 호텔방, 공짜 아침 저녁 식사, 게다가 공항서 호텔까지의 택시까지 대절해 준다. 갑자기 무슨 국빈이라도 된 기분이다. 유럽에서는 늘 허름하게 지내다가 이렇게 대접을 받으니 기분이 아주 좋다.

이렇게 나의 하룻밤 베이루트 여행이 시작되었다. 호텔에서 재워준다기에 적잖이 기대했지만 한국으로 치면 모텔 급이었다. 그래도 여태껏 친구 집과 도미토리를 전전했던 것에 비춰봤을 땐 호화로운 숙소였다.

베이루트 시내 풍경은, 뭐라 설명해야 좋을까? 일단 길거리에 경찰, 군인들이 즐비하고 간혹 무장한 탱크까지 떡 하니 버티고 서 있다. 덕분에 치안은 괜찮아 보이나 그들의 존재감 때문에 마음이 편하진 않았다. 그리고 곳곳에 폭탄 테러의 상흔들이 엿보였다. 검게 그을려 있고 반쯤 무너져 내린 건물들. 히잡을 쓴 여성들은 그리 많이 보이진 않았다. 간간히 닌자처럼 검은 천으로 휘감은 여성도 눈에 띄지만 대부분은 그냥 평범하게 입고 다녔다. 신빙성은 심히 의심되나 한 현지인 말에 따르면 중동에서 가장 유럽화된 미인들을 만날 수 있는 곳이 베이루트란다.

그래도 베이루트에 왔으니 뭐라도 찍어 가야겠다는 생각에 인근 유적지까지 택시를 대절하여 다녀왔다. 한데 정말 볼 게 없었다. 황량함, 쓸쓸함이 전부였다. 이곳에 오니 이제사 유럽이 보인다. 역시 문화는 타문화와 충돌했을 때 보이는가 보다. 무슬림의 유적지 앞에 서고 나서야 그간 유럽에서 봐왔던 숱한 카톨릭 유적지가 그 무지의 장막을 걷고 나와 내 눈에 들어온다. "카톨릭 문화권이라는 것이 이런 것이었어"라는 생각이 들며 80여 일의 영상이 플래시백된다.

전혀 예정엔 없던 도시여서 공부를 하지 않은 탓에 역시나 보이는 모든 것이 함구하고 있었다. 게다가 체류 기간 역시 하루도 채 되지 않았기에 나의 베이루트 여행은 수박겉핥기식이었다. 이렇게 반쪽짜리도 되지 못하는 여행이었지만 여기서 굳이 말하는 이유는 베이루트 역시 사람 사는 동네라는 말을 하고 싶어서다. 미디어를 통해 갖고 있던 베이루트에 대한 이미지로는 이곳엔 사람이 살 수 없어 보였다. 예의 사진이나 보도 내용들이 너무도 테러에만 초점이 맞추어져 있어서 베이루트엔 테러의 공포만이 도사리고 있을 줄 알았다. 그러나 이곳에도 일상을 살아가는 사람들이 모여 있었다. 그런 이들로 움직이는 평범함을 간과하고 테러만 부각시키는 '카더라' 뉴스에 현혹되지 말자는 말을 하고 싶다.

베이루트가 여행 전체에서 가지는 의미는 나의 지구 한 바퀴 여행의 영향력이 소위 중동 국가라고 불리는 곳에도 미쳤다는 것이다. 그리고 이는 베이루트가 내가 여행한 나라 중에 유일한 아랍 국가, 혹은 무슬림 국가일 거라는 생각으로 이어졌다. 그러나 아프리카에서 전혀 예상치 못한 것들을 목도하며 이는 크나큰 오산이었음이 밝혀졌다.

혼자 한 여행은 여기까지다. 남은 50여 일의 아프리카 여행은 친구 은호
와 함께했다. 이미 은호와는 콜롬비아와 페루에서 보름 정도 함께 여행
을 해보았다. 뉴욕의 NYU에서 영화를 공부하기 위해 미국으로 돌아가
는 녀석과 쿠스코공항에서 석별의 정을 나누며 "나중에 시간 맞춰서 어
디든 다시 여행하자"라고, 지구 어느메에서의 재회를 다짐했다. 그후 이
메일로 서로의 동태를 파악하며 다시 만날 장소와 시간을 조율했고 "아
프리카 가자!"라는 나의 메일에 은호가 "아프리카 갈까?"로 답하며 모든
게 정해졌다.

　1년여의 미국 생활을 마감한 녀석에게나 지구 한 바퀴를 거진 다 돌아
버린 나에게나 아프리카는 기나긴 여행의 마지막 여정이었다. 그리고 이
는 철저하게 고행의 나날이었다. 이미 10개월 여행에 닳고 닳은 나에게
도 아프리카 여행은 처절한 인내를 요하는 고강도 트레이닝이었다. 오죽
하면 은호가 이렇게 투덜댔을까?

　"너 때문에 난 힘든 나라만 여행해. 유럽처럼 좋은 나라는 혼자서 다
즐기고, 꼭 힘든 나라에 갈 때만 나랑 같이 가자네! 쳇!"

　앞으로 풀어놓을 아프리카 여행 이야기는 한국 청년 두 명이 기나긴 타
국 생활을 마감하고 고국으로 돌아가기 위해 험난한 마지막 여정을 견뎌
내 가는 21세기 오디세이 배낭여행 편이라 명명하고 싶다.

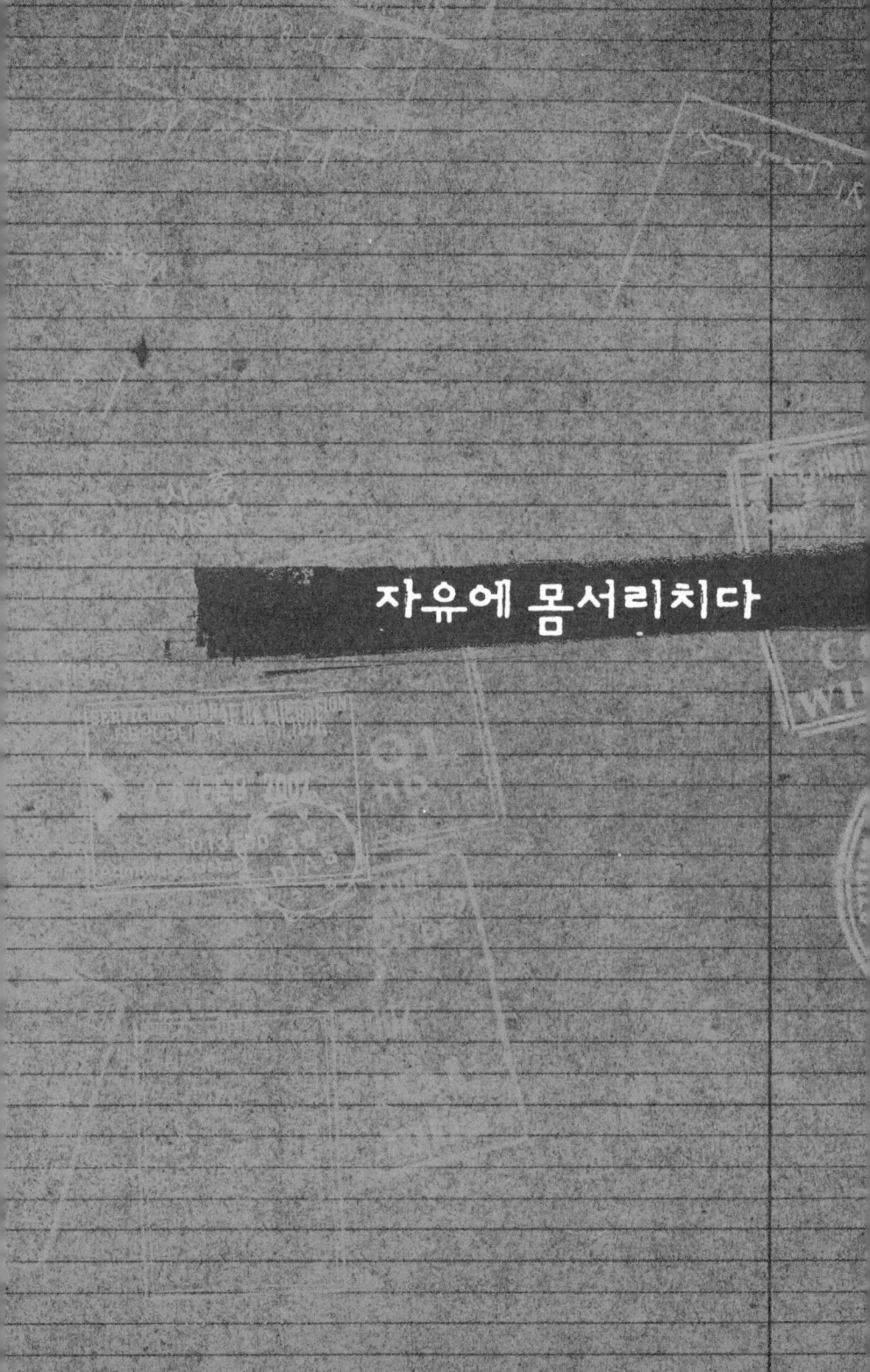

자유에 몸서리치다

trip
to
egypt

무질서의 온상지, 이집트

봤다. 눈에 담았다. 피라미드! 카이로에 착륙하기 직전 비행기 창을 통해 카이로 시내를 내려다보고 있는데 피라미드가 눈에 띈다. 엥? 웬 피라미드? 그건 카이로에서 좀 벗어난 곳에 있을 텐데……. 그런데 한 개가 아니라 세 개다. 거기에 스핑크스까지.

기자! 순간 책을 보며 수십 번 그렸던 기자의 이미지들이 내 눈앞에 펼쳐져 있음을 깨달았다. 가슴이 뛴다. 지금 피라미드와 스핑크스가 내 밑에 놓여져 있는 거다. 벅차오른다. 믿을 수가 없다. 정말 내가 이집트에 오긴 왔나 보다. 이집트, 이집트……. 비행기가 활주로에 내려섰다. 그리고 나는 드디어 검은 대륙과 입을 맞춘다.

공항 입구에 들어서자 은호가 눈에 들어왔다. 그대로다. 녀석. 뜨거운 포옹을 나누었다. 쿠스코공항에서 헤어진 뒤 6개월 만의 재회. 한데 많이 어색했다. 시간의 양도 양이지만 그동안 쌓아온 서로의 갖가지 일상(?) 다반사들을 휘집고 무언가 공통분모를 찾자니 조금 어색한 느낌이 들었다. 은호도 그런지 한마디 던진다.

"좀 어색하다잉?"

카이로 시내로 가는 버스에 올라타니 어두컴컴한 버스 안의 이집트인들이 눈에 띈다. 커다란 배낭을 짊어지고 등장한 동양인 두 명에게 다들 신기하다는 듯한 시선을 던진다. 나 역시 그들과의 첫 대면이기에 호기심 어린 눈망울을 굴린다.

무엇보다 눈에 띄는 이들은 얼굴뿐 아니라 전신을 검정색 히잡으로 둘러 싼 여성들이었다. 히잡 사이로 빠끔히 내비친 두 눈만이 그들의 자아를 보여준다. 그 모습이 마치 닌자 같다.

버스를 타고 30~40분여를 달려 카이로박물관이 위치한 시내 중심지에 다다랐다. 후끈 달아오른 여름 열기가 온몸을 휘감아 나의 배낭 무게를 배가시킨다. 그리고 10분도 채 되지 않아 난 이집트에 학을 뗐다. 카이로 시내는 참으로 사람을 질리게, 지치게 만드는 '마력'을 지니고 있다. 무질서가 질서인 교통 체계, 싸구려 자동차들이 내뿜는 매연, 여기저기 시끄럽게 틀어놓은 아랍 음악, 그리고 무엇보다 귀찮게 따라붙는 가지각색 호객꾼들. "Hello! My friend!"로 접근해서는 "뭐 도와줄까", "싼 호텔 내가 아는데", "피라미드 보여줄게" 따위로 마케팅을 퍼붓는다. 그러곤 이 말을 반드시 덧붙인다.

"특별히 너만을 위해 싸게 해주겠다."

됐다고 손사래를 쳐도 다짜고짜 따라오며 뭐라 뭐라 떠들어댄다. 처음 몇 번은 공손히 빠져나왔는데 나중엔 도저히 참을 수가 없어 꺼지라고 화를 냈다. 그랬더니 되려 이렇게 말한다.

"사람이 말도 못 붙이나? 난 그저 너와 친구가 되고 싶었을 뿐야."

친구는 무슨……. 그리고 대부분 나와 은호가 동양인인 것을 보고 "곤

니찌와"라는 인사도 빼먹지 않는다. 그럴 때마다 그들을 앞에 앉혀놓고 "자! 따라해 봐! 안, 녕, 하, 세, 요" 강요하고 싶은 충동에 휩싸였다.

카이로에서도 HC가 십분 기능을 발휘하여 이집트 친구 집에서 며칠 신세를 질 수 있게 되었다. 그런데 이틀을 지내고선 쫓겨났다. 그 집에서 지내던 마지막 밤에 시내에서 버스를 잘못 탄 탓에 자정 즈음에야 집에 들어가게 되었는데 문을 열어주는 그의 표정이 심상치 않았다. "많이 늦었구나"라는 목소리에서 화가 났다는 걸 짐작할 수 있었다.

"미안해. 우리가 버스를 잘못 타서 말야. 하하!"

유쾌함으로 만회해 보려 했지만 통하지 않았다.

"생각해 봤는데 너희는 그냥 호텔에서 지내는 게 좋을 것 같아. 내가 내일 아침에 좋은 호텔 하나 알려줄 테니 거기에 한번 가봐."

그리고 다음 날 우린 그 집을 나왔다. 이래저래 이집트 여행은 처음부터 느낌이 좋지 않았다.

이집트 다음 행선지가 수단이었기 때문에 카이로에 도착하면 먼저 수단 비자 관련 업무를 서두를 계획이었다. 그런데 우리는 이슬람 문화의 큰 골격을 간과했다. 이네들에겐 토, 일요일이 휴일이 아니라 금, 토요일이 휴일이다. 우리가 대사관을 찾았을 때가 금요일. 자기네들이 쉰다는데 우리가 무슨 할 말이 있겠는가? 그래서 자연스레 비자 취득은 이틀 후로 미루어졌다.

금요일이 토요일이고 토요일이 일요일인 나라에 오니 25년간 굳어온 일주일의 개념이 송두리째 뒤바뀐다. 여행을 하며 다양한 문화에 범벅이 되고 보면 '원래 그런 것은 없다'는 것을 몸으로 배우게 된다. 한국인으로서 어디 상상이나 해보았겠는가? 일요일부터 한 주의 정상적인 업무

활동이 시작되리라고 말이다. 평생 살아온 월화수목금토일 쳇바퀴가 당연한 것이라 생각했는데 그 역시 인간이 만든 사회 장치에 불과하다는 것을 깨달았다.

그리고 이는 다시 미국 SDaS 시절에 숱하게 들어왔던 문장 "It can be you who design a society"로 귀결됐다. 사회에 '원래 그런 것'이란 없다. 필요하다 싶으면 언제든지 바꿔야 하는 게 세상이고 그런 역동성이 모여 세계사의 한 장 한 장이 채워지는 것이다.

비자 업무 대신 관광을 시작했다. 어마어마한 고대 이집트 유적들을 소장하고 있다고 정평이 난 이집트박물관에 들렀다. 유럽에서부터 간간히 정독해 온 이집트 관련 서적을 손에 꼬옥 쥐고서 박물관 입구에 들어서니 누군가가 영어 가이드가 필요하냐고 물어온다. 이미 여행 중에 이집트 역사 관련 책을 세 권 정도 읽었기 때문에 돈 주고 가이드까지 사서 박물관 관람을 할 필요는 없다 생각했다. 자신했다.

그런데 막상 장내에 가득 들어선 고대 이집트 유물들 앞에 서서 난 할 말을 잊었다. 정말 박물관이 터질 정도로 많은 양의 유물들이 널려 있었다. 게다가 채 전시도 되지 못한 수백, 수천의 유물이 지하 창고에 가득하다고 했다. 고대 이집트 역사의 그 어마어마한 규모 앞에 나의 어줍잖은 독서량은 도저히 고개를 들 수 없었다. 그래도 일단 부딪쳐보았다. 다행히 몇몇 유물들은 이미 책에서 보아 익숙했고 그것들을 내 눈으로 직접 확인해 보는 재미가 쏠쏠했다.

"이 조각품은 생각보다 작구나."

"이게 정말 기원전 2000년경에 만들어진 것이더냐?"

4000여 년의 시간을 거슬러 올라가는 타임머신을 머리에 만들어야 했

고 이는 역사적 상상력으로 이어졌다.

책을 통해 어줍잖게 축적한 지식을 단서로 눈앞에 놓인 유물들의 쓰임, 제작 목적 따위를 추론해 내려 안간힘을 썼다. 재미있었다. 역시 아는 만큼 보인다. 이집트에 대해 아는 바가 전혀 없을 때 런던의 대영박물관엘 들렀었다. 그곳 이집트관에서 본 영국인들이 약탈해 온 온갖 이집트 유물들은 내게 한낱 돌덩어리에 지나지 않았는데, 공부를 하고 이렇게 다시금 접하니 그 돌들이 내게 말을 걸어온다.

이렇게 한창 나만의 타임머신 속에 있다 보니 나의 역사적 상상력들을 누군가로부터 검증받고 싶어졌다. 그래서 아까 입구에서 만났던, 자신이 이집트학 박사 학위를 가지고 있다는 것을 유독 강조했던 영어 가이드에게 설명을 부탁했다. 그는 요목조목 핵심을 짚어가며 나의 역사적 호기심의 갈증을 풀어주었다. 내가 어줍잖은 추론을 내보이면 좋아하며 그에 대해 열성적으로 답해주었고 난 그걸 너무도 맛나게 받아 먹었다. 그렇게 독습과 첨삭 지도를 병행하며 박물관 1층을 다 훑어보는 데만 세 시간이 걸렸다. 내게는 박물관 그 자체가 강의실, 아니 대학교였다.

며칠이 흘러 수단 비자 취득을 위해 동분서주해야 할 시간이 왔다. 그 절차는 상당히 복잡했다. 먼저 카이로 주재 한국 대사관에 찾아가 초청장 같은 문서를 발급받아야 했다. "위험한 곳엔 절대 가지 않는다고 약속하는 거예요!" 다짐을 받으며 대사관 직원이 문서를 건네주었다. 그 서류를 가지고 카이로 주재 수단 영사관에 찾아가 비자를 신청해야 했는데 이것 역시 간단치가 않았다. 인터넷에서 알아본 바에 따르면 영사관에 신청을 하고서도 적게는 일주일에서 열흘까지의 시간이 소요된다 한다. 이유인즉슨 카이로 주재 영사관에서 비자 신청 관련 서류를 수단에 우편으로 보내어 검토를 받은 후 다시 우편으로 전달받기 때문이라는데 무슨 이유에선지 우리는 단 몇 시간 만에 비자를 받을 수 있었다.

문제는 시간이 아니라 영사관에 빼곡히 들어찬 수단인과 이집트인들의 무질서, 무개념이었다. 질서라고는 전혀 찾아볼 수 없는, 그래서 새치기하는 것이 더 현명해 보이는 분위기였다. 내가 빤히 줄 서 있는 것을 보고도 다짜고짜 몸을 비집고 들어와 새치기를 했다. 처음엔 '내가 동양인이라 그런가?'라며 괜히 피해의식에 젖기도 했는데 가만 보니 저희들끼리도 마찬가지였다. 피해를 본 몇몇이 따지자 오히려 더 큰소리로 호통을 친다.

그 아수라장에서 '그'를 만났다. 영화 〈매트릭스〉에서 구세주인 키아누 리브스를 '더 원the one'(한국어 번역은 '그'였다)이라고 불렀다. 그 '더 원' 처럼 뒤에 펼쳐질 수단 여행에서 '그'는 우리의 절대 구세주가 된다. "코리아?"라고 묻는 나데르의 질문에 귀를 의심했다. 보통 여기에선 나를 보고 "저팬?"이라고 물었기에 그가 나의 한국 국적을 알아봤다는 게 신기하기까지 했다.

"어떻게 알았어?"

"프랑스에서 한국인을 많이 봤거든. 특히 네 눈이 한국인 같더라."

"눈? 그래 내 눈이 많이 한국적이지. 하하! 근데 너 프랑스에서 왔니?"

"거기서 공부하고 있어. 난 수단 사람이야. 너 수단에 가나 봐?"

"어, 친구랑 지금 배낭여행 중이거든. 1, 2주 후에 수단에 갈 예정이지. 수단 좋아?"

"물론이지! 좀 덥긴 하지만. 그래도 사람들이 얼마나 친절하다고! 수단

에 오면 연락해. 내가 핸드폰 번호 알려줄게."

"우와! 진짜? 그럼 수단에서 우리 만날 수 있는 거야?"

"그럼! 어차피 방학 때 맞춰서 쉬러 가는 거라서 시간 많아. 문제 생기면 언제든지 연락해. 내가 도와줄게."

정말 사소한 이 몇 마디 대화가 수단 여행의 모든 것을 바꾸어놓으리라곤 상상도 못한 채 그가 건네준 전화번호 쪽지를 받았다. 뒤에 이어지는 나데르와의 인연은 수단 모험기에서 계속 풀어나가기로 하고 이집트 뒷담화 몇 마디 던지며 이집트에 관한 얘기를 여기서 접을까 한다.

까놓고 얘기해서 이집트 여행에서 할 말은 이집트인에 대한 험담이 거의 다다. 물론 고대 이집트인들의 놀라운 유적들을 직접 두 눈에 담을 수 있는 게 이집트 여행의 최대 강점이지만 이를 상쇄하고도 남을 만큼 그 감흥을 망쳐놓는 게 짜증나는 이집트인들이다.

앞서 잠시 언급했듯이 이집트인들의 무질서 의식은 세계 으뜸이다. 이는 이들의 교통 법규 관련 행태들을 통해 여과 없이 드러난다. 신호등, 심지어 교통 경찰관마저 허수아비로 만드는 보행자들의 무단횡단, 운전자들의 신호등 무시. 우리나라에서처럼 신호가 바뀔 기다린 후 길을 건너려면 한없이 기다려야 한다. 신호등이 빨간 불이어도 자동차들은 아랑곳하지 않고 슝슝 횡단보도 위를 질주한다. 그래서 모두들 신호등에 상관없이 알아서들 길을 건넌다.

필요가 사람을 만든다고 했던가? 나 역시 카이로에 온 지 2일 만에 무단횡단에 도가 텄다. 처음엔 보행자에 상관없이 달려오는 차들에 주눅이 들었지만 막상 내가 배짱으로 들이밀어 길 위에 들어서자 차들이 알아서 속도를 줄였다. 이때 생각했다.

"혹시 이것이 이집트인들의 '유동적 교통 체계'가 아닐까?"

그리고 이 생각은 나의 문화 상대성에 날개를 달아주었다.

"교통 체계가 꼭 법에 의해 굴러가야 한다는 당위성은 없는 것이다. 교통법은 어디까지나 필요의 산물이다. 이집트인들처럼 알아서 교통 시스템이 굴러가는 나라에서는 굳이 법이 필요 없을 수 있다. 보라, 거침없이 무단횡단을 하는 이집트인들을! 그네들에게 상식을 요구하지 말자. 상식 또한 상대적인 것이니."

또한 이들에게 관광객은 '봉'이기에 물건 구매 시 바가지 씌우는 것이 일반적이었다. 뻔히 정가를 알고 있는 상품도 얼마냐고 물으면 두세 배 뻥 튀겨 가격을 부른다. 그러면 또 힘겨운 가격 흥정 놀이를 시작해야 한다. 이집트인이 어떤 가격을 부르든 난 일단 그것의 반값을 불렀다(분위기 봐서 3분의 1을 불러도 좋다). 그럼 그쪽에서 터무니없다는 표정을 지으며 난색을 표한다. 속지 말라. 다 연극이다. 그럴수록 더욱 강경하게 똑같은 반값을 불러라. 같은 가격을 반복할수록 상대방이 제시하는 타협 가격이 기하급수적으로 내려갈 것이다. 그러다가 대충 이 정도면 되겠다 싶을 때 오케이하면 된다. 물론 이 역시 원가에 비했을 때 파는 입장에선 짭짤한 장사일 게 뻔하다. 그러니 더더욱 이들과 가격 전쟁을 벌여야 한다. 처음엔 이렇게 가격을 깎는 게 재밌었는데 나중엔 무슨 물건을 사든 통과의례처럼 반복해야 하는 게 너무 짜증났다.

이래저래 이집트인들과 부대껴서 지내다 보면 정말 그들의 무개념에 할 말을 잃게 된다. 오죽하면 한 선교사님이 이런 말을 했을 정도다.

"나는 전 세계 선교사들 중에 이집트 선교사를 제일 존경합니다."

수단 난리 블루스

카이로에서 기차로 열네 시간을 달려 아스완Aswan에 도착했다. 이집트의 남단에 있는 도시 아스완, 이곳에서 일주일에 한 번 꼴로 출항하는 배를 타야만 수단으로 넘어갈 수 있다. 이 도시는 정말 덥다. 미치게 덥다. 강한 태양은 둘째 치더라도 나를 삶아버릴 듯한 후끈한 공기에 숨이 다 막힌다. 코로 숨을 들이킬라치면 그 따땃함이 콧속에서 느껴질 정도다.

날씨가 이렇다 보니 밖에 나가는 게 일이었다. 사진 찍을 마음은 안 생기고 관광 역시 뒷전으로 밀려났다. 오로지 빨리 에어컨이 있는 숙소로 돌아가고 싶은 마음뿐이었다. 수단은 이곳보다 훨씬 더 더워 50도에 육박한다고 한다. 어쩌면 좋나?

아프리카 여행은 북에서 남으로 이동했다는 것 하나만으로도 족히 가치가 있다. 마셔도 마셔도 가시지 않는 목마름, 이 역시 죽을 맛이다. 슈퍼에서 파는 갖가지 탄산 음료수들이 너무나 시원해 보인다. 마시고…… 마시고…… 또 마신다. 그래도 여전히 목마르다.

유럽에서는 무언가 즐길 거리가 많았고 그것을 음미하는 것이 여행이었다. 그런데 아프리카는 이곳에서 숨쉬고 있다는 것, 이동하는 것 자체가 여행이다. 여행 막판에 제대로 걸린 것이다. 가슴이 착잡했다. 그래도 어금니 앙다물고 수단행 배에 몸을 실었다.

배에 실려가다

막막하다. 여기서 스물네 시간을 어찌 버티란 말이냐? 내심 배를 탄다기에 호화 여객선까지는 아니더라도 여행의 여유를 조금이나마 맛볼 수 있는 그런 뱃놀이를 기대했건만 환경이 아주 아주 열악했다. "말로 형용할 수 없다"란 표현은 이럴 때 쓰여야 한다. 그 정도로 최악의 상황이었다. 여유 따위를 상상했다는 것 자체가 희극처럼 느껴졌다. 내 몸 하나 건사하기도 벅찬 뱃놀이, 아니 생존 체험이었다.

론리 플래닛선 이등석이 '에어 플레인 시트air plane seat' 를 구비했다고 나왔기에 그걸 믿고 구입했건만 면접 대기실 같은 널따란 실내에 의자만 다닥다닥 놓여 있었다. 게다가 만선이다. 탑승객뿐 아니라 그들이 짊어지고 온 거대한 짐 보따리들이 여기저기 엉켜서 피난민들의 밀항선을 방불케 했다.

다섯 시간째 앉아 있으나 배는 꿈쩍도 하지 않았다. 사람들이 뒤죽박죽 뒤엉켜 말다툼, 싸움이 빈번히 일어나고 미처 다 싣지 못한 화물을 옮기느라 짐꾼들이 이 미친듯한 혼란 속을 비집고 들어왔다. 알아먹지 못할 아랍어들이 사방에서 들려오고 덤으로 꼬맹이들의 울음소리가 짜증나게 신경을 곤두세웠다.

이런 곳에서 하루를 꼬박 지내야 한다 생각하니 미칠 것 같았다. 잠도

자야 하는데…… 어쩌면 좋으리오. 비행기를 타지 않은 것이, 아니 일등 석이 아닌 이등석을 끊은 것이 많이 후회되었다. 너무 쉽게 쉽게만 생각한 건 아닐까? 젊어서의 고생이 물론 의미 깊은 경험이기는 하겠지만 이건 해도 너무하잖아? 여행 말년이 되고 보니 편하고 싶나 보다.

나와 똑같은 상황에 너무도 의연히 대처하는 이곳 이집트, 수단 사람들을 보며 기운을 냈다. 그네들에게 이런 열악한 상황은 너무도 자연스러워 보였다. 누구 하나 불평하는 기색 없이 태연히 받아들이고 묵묵히 견뎌내고 있었다. 그리고 그런 모습이 이런 열악함이 그들의 삶이라는 것을 방증하는 것 같아 참 씁쓸했다.

'모르는 게 약일까' 란 생각도 해봤다. 나나 은호는 편하고 안락한 교통 수단을 경험하고 그런 것이 있다는 것을 알기 때문에 이런 열악함을 못마땅하게 받아들이지만 이곳 사람들은 이보다 편한 것을 맛보지 못했기에 '원래 교통수단은 이런 거다' 라고 생각할지도 모른다. 그래서 더욱 씁쓸했다. 물론 이는 어디까지나 다분히 발전주의적인 발상이기는 하지만 편함을 추구하는 게 인지상정이기에.

오후 5시 30분이 되어서야 배가 움직였다. 9~10시간을 기다린 끝에 얻어낸 출항. 배도 움직이고 이제 어느 정도 더위도 한풀 꺾였겠다 싶어 선상에 올라가보았다. 어우……. 갑판도 역시나 만선이었다. 여기저기 자리를 깔고 드러누운 사람들. 이 역시 그네들에겐 너무나 자연스러워 보였다.

그런데 갑자기 사람들이 자리를 털고 일어나 모여들기 시작했다. 스피커를 통해서 그 소리, 이집트에 온 뒤로 지겹게 들어온 코란 독경 소리가 울려 퍼지기 시작한 것이다. 알라를 찬양하며 메카를 향하는 '그 시간' 이

온 게다. 알라와 대화를 나누는 그들의 표정은 엄숙했다. 나일강을 따라 흘러가는 배 위를 가득 채운 수십 명의 무슬림들이 머리를 조아리고 있다. 종교의 광기마저 느껴졌다. 이미 이집트 곳곳을 여행하며 무슬림들이 정말 때와 장소를 가리지 않고 그들의 신께 경배를 드린다는 것을 익히 알고는 있었지만 배 위에서까지 그것을 이어갈 줄은 상상도 하지 못했다.

이처럼 이집트에선 무슬림 냄새가 너무 강했다. 그런 탓에 아직까지 내가 아프리카에 왔다는 생각은 들지 않았다. 그저 이슬람 국가에 왔다는 생각만 들 뿐.

그런데 내가 아프리카에 대해 무엇을 상상하고 왔는지를 먼저 짚고 넘어가야 했다. 그저 드넓은 초원 위에 온갖 종류의 동물들이 뛰어 놀고 사람들은 원시시대 삶의 방식을 고수하는 그런 모습이 아프리카일 것이라 생각했는데 막상 이곳에서 내가 마주한 것은 대부분 무슬림이다. 이에 "뭐야? 아프리카는 이런 게 아니잖아"라며 투정부릴 수도 있겠지만 문제는 그간 나에게 주입되어 온 아프리카에 대한 이미지인 것이다.

'아프리카는 지금 이런 모습이야. 네가 잘못 생각하고 있었던 거지!'

실재하는 아프리카 내의 강력한 무슬림 세력을 알지 못했던 내 무지를 향한 꾸짖음과 이를 방치하게 만들었던 각종 미디어들의 편중된 보도와 '카더라' 통신들……. 보통 아프리카 관련 뉴스나 다큐에는 항상 '특별 기획'이란 딱지가 붙는다. 미국이나 유럽 등지에 관한 콘텐츠가 너무도 자연스레 노출되는 것과는 극명히 대조된다. 아프리카 역시 엄연히 세계의 한 부분이고 지구 역사상 가장 먼저 형성된 대륙일진대 한국에 있는 세계로의 창들은 너무도 이를 외면하고 소위 강대국들에게만 편중되어

열려 있다. 그러니 아프리카에 대해 생각해 볼 기회조차 원천 봉쇄되는 것이다. 이는 남미에 대한 무관심과 같은 맥락이라 할 수 있다.

이런 면에서 내 두 눈으로 아프리카의 살아 있는 모습을 목도했다는 경험은 나중에 어떤 식으로 풀려 나올지는 모르겠지만 언론인을 꿈꾸는 학생으로서 참으로 고무적인 일이었다. 여행을 하며 전방위적으로 체득한 하이브리드적 세계화가 펜대를 통해 혹은 라디오 전파나 영상을 통해 세계를 조명하고 싶어하는 나의 최대 강점이기 때문이다. 그래서 더욱더 난 내 여행이 참 고맙다.

생각보다 괜찮은 잠자리였다. 저녁을 먹고 좌석에 돌아가보니 이미 개념 없는 한 이집트인이 우리들 자리까지 침범하여 대자로 뻗어 자고 있었다. 이미 갑판으로 올라가 자기로 마음을 먹었기에 크게 거슬릴 건 없었지만 그래도 자리 주인인 우리를 무시했다는 것에 내심 괘씸했다. 그래서 흔들어 깨웠다. 그리고 한마디 던졌다.

"You can sleep here."

선상에 올라와 운 좋게 은호와 둘이 누울 수 있는 자리를 발견했다. 9~10시간 동안 사람들 틈에 힘겹게 끼어 앉아 있었던 탓에 대자로 누울 땐 온몸이 녹아내리는 듯했다. 거기에 살랑살랑 강바람이 불어오고 눈 앞에는 별들이 쏟아지니 신선놀음이 따로 없었다. 하모니카를 꺼내 들고 은호에게서 신청곡을 받았다.

"무슨 노래 들려줄까?"

"그냥 한국 가요면 다 좋다."

녀석은 족히 열 번은 넘게 들었을 내 뻔한 레퍼토리를 또 듣겠다 한다. 그만큼 우리 둘 다 한국이 그리운 탓이리. 하모니카로 부는 고국에의 그리움이 나일강을 따라 동방의 등불, 한국에 닿기를 바라며 그렇게 별이 빛나는 밤을 지새웠다.

스물여섯 시간 만의 탈출

다음 날 정오가 조금 지나서야 드디어…… 드디어 수단에 도착했다. 그러나 항구에 도착해서도 한 시간여를 기다린 후에야 배 밖으로 도망쳐 나올 수 있었다. 배를 나서는 순간, 그 순간 눈 앞에 펼쳐진 것은 황량한 돌산뿐이었다.

"허허허허……."

그래도 항구에 도착한다기에 부산항 같진 않더라도 물류와 승객들로 붐비는 그런 곳을 상상했는데 정말 아무것도 없었다. 배만 덩그러니 강가에 '주차' 해 있고 오로지 우리가 타고 온 배에서 쏟아지는 것들이 이곳의 전부를 이루었다. 영화 〈혹성 탈출〉의 마지막 장면에서 주인공이 링컨 기념관에서 원숭이 좌상을 마주했을 때의 그런 당혹감이랄까?

'그런데 여기에서 어떻게 시내로 들어가지?' 의아해 하고 있을 때 저쪽에서 버스 한 대가 덜컹이며 다가왔다. 배에서 내린 모든 사람들이 미친 듯이 버스로 달려들었다. 버스는 아직 채 정차하지도 않았는데 다들 버스에 매달리려 안간힘을 쓰고 몇몇은 자신의 짐을 창을 통해 안으로 집어넣기도 했다. 더 충격적인 것은 그들의 재미나 죽겠다는 표정들이었다. 버스 기사뿐 아니라 버스에 매달린 모든 이들이 이를 즐기는 것 같았다. 나랑 은호도 문화의 힘에 떠밀려 자연스레 그들과 함께 달려가 버스에 매달렸다. 그리고 드디어 수단의 첫 도시, 와디할파Wadi-Halfa에 도착했다.

"해냈구나! 드디어 내가 수단에 온 거야!"

그렇게 스스로를 대견해 한 것도 잠시, 눈앞에 펼쳐진 풍경에 할 말을 잃었다. 와디할파는 내가 아는 '도시' 의 개념이 전혀 먹혀들지 않는 그런 곳이었다. 볼리비아의 우유니에서 맡았던 '무' 의 냄새, 이곳이 몇 배는 더 강했다. 모래 벌판에 덩그러니 콘크리트 건물들 몇 채 서 있는 게 전부. 거기에 무더위까지 더하니, 오우예!

호텔이라는 곳엘 들어갔다. 한데 이곳에선 '호텔' 의 정의마저 새로 쓰이고 있었다. 보통 호텔 혹은 호스텔이라 하면 기본적으로 방 단위로 나뉘어져 그 안에 침대며 그 외의 숙박 시설들이 구비되어 있어야 하는 걸로 알고 있는데 와디할파의 호텔엔 방이 두세 개밖에 없었다. 그리고 나머지 공간엔 그저 침대들만 놓여 있고 그 위에 사람들이 덩그러니 누워 있었다. 이 역시 이들에게는 마냥 자연스러웠다. 뻥 뚫린 하늘 천정을 바라보며 이들은 무슨 생각을 하는 걸까?

와디할파는 이집트보다도 더웠다. 족히 50도는 넘는 살인적인 더위에 몸이 녹아나는 상황에서 내가 할 수 있는 일이라고는 좀비처럼 그냥 멍하니 숨만 쉬는 거였다. 숨쉬는 것조차 만만치가 않았다. 콧구멍을 통해 들어온 뜨거운 공기에 몸 속까지 타들어갔다. 잠으로 현실을 외면하는 것이 최선이다. 망각, 망각! 태양아, 내가 잠들고 있는 동안 어서 빨리 넘어가렴.

해가 지니 조금 숨통이 트였다. 덕분에 잊었던 식욕이 돌아와 식당으로 향했다. 식당 안에 들어선 우리의 심정은 참으로 암담했다. 배는 곯을 대로 곯아 죽겠는데 식당이라고 들어온 곳의 풍경은 거지 소굴을 방불케 해 쉽사리 먹을 용기가 나지 않았다. 반 고흐의 〈감자 먹는 사람들〉이 연상되었다. 식탁 위에 놓여진 먹을 거라곤 빵 쪼가리 몇 개와 정체 모를 고깃덩어리들이 전부. 게다가 어찌나 먹기 싫게도 담아주던지, 담는다는 표현보다는 던져놓았다는 게 더 적절할 것이다.

그리고 무엇보다 음식을 손가락으로 집어 먹는 모습이 참……. 목표한 음식물만 정확하게 집어 먹는 게 아니라 손가락으로 음식 전체를 주무르며 뜯어먹었다. 손가락 다섯 개가 모두 음식물 범벅이 되어 있었다. 다들 그렇게 참 맛있게들 먹고 있었다. 뇌를 열어 문화 상대주의를 최대화시켰다. 그리고 이를 실천에 옮겨야 했다. 숟가락이나 포크 따위는 눈 씻고 찾아도 없기에 손가락 식사는 피할 수 없었다. 거기에다 문화의 힘. 주변에서 다들 그렇게 먹으니 손가락 사용이 이곳에선 상식이 된다. 우린 손가락으로 음식물들을 집어 먹기 시작했다. 막상 손가락에 음식물을 묻혀가며 먹으니 그 기분이 오묘했다. 한없이 본능에 가까워졌다는 가벼움?

이 기분은 샤워장에서도 그래도 이어졌다. 식사 후에 '호텔'로 돌아와 더위를 쫓을 요량으로 샤워를 시도했다. 역시나 신개념 샤워였다. 당연히 샤워기에서 물이 쏟아질 거라 짐작하고 손잡이를 돌리니 그저 허공을 돌았다. 옆 샤워실에서 들리는 물소리도 예사롭지 않았다. 보통 샤워장에서 들려야 하는 '쏴아쏴아' 시원스런 물 소리 대신에 '촐랑촐랑' 소리만이 들렸다. 순간 바닥에 놓여 있는 양동이가 눈에 들어왔다. 문 열고 밖을 내다보니 아니나 다를까 샤워장 입구의 커다란 우물이 나에게 손짓했다.

"여기서 퍼다 써."

문명의 이기에 길들여진 나를 조소하는 듯하다. 우물에서 물을 받아다 양동이째 물을 부었다. 이때 쏟아지는 물의 양 조절에 심혈을 기울여야 했다. 필요 이상으로 부었다가는 채 몸의 비눗기를 다 씻어내기 전에 물

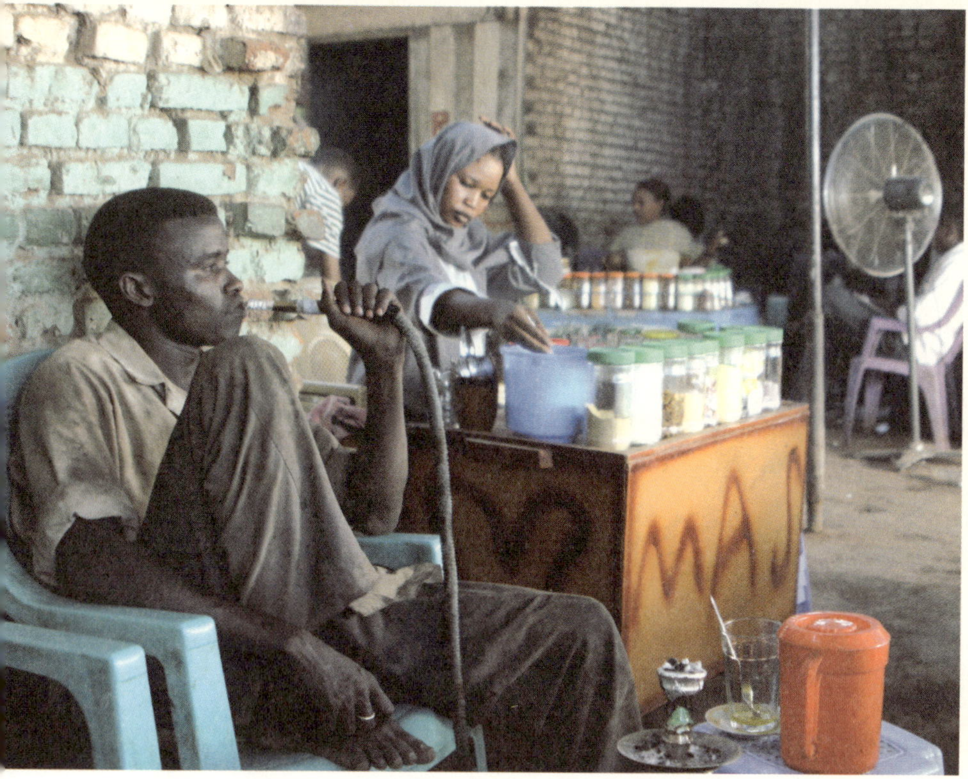
MAJ

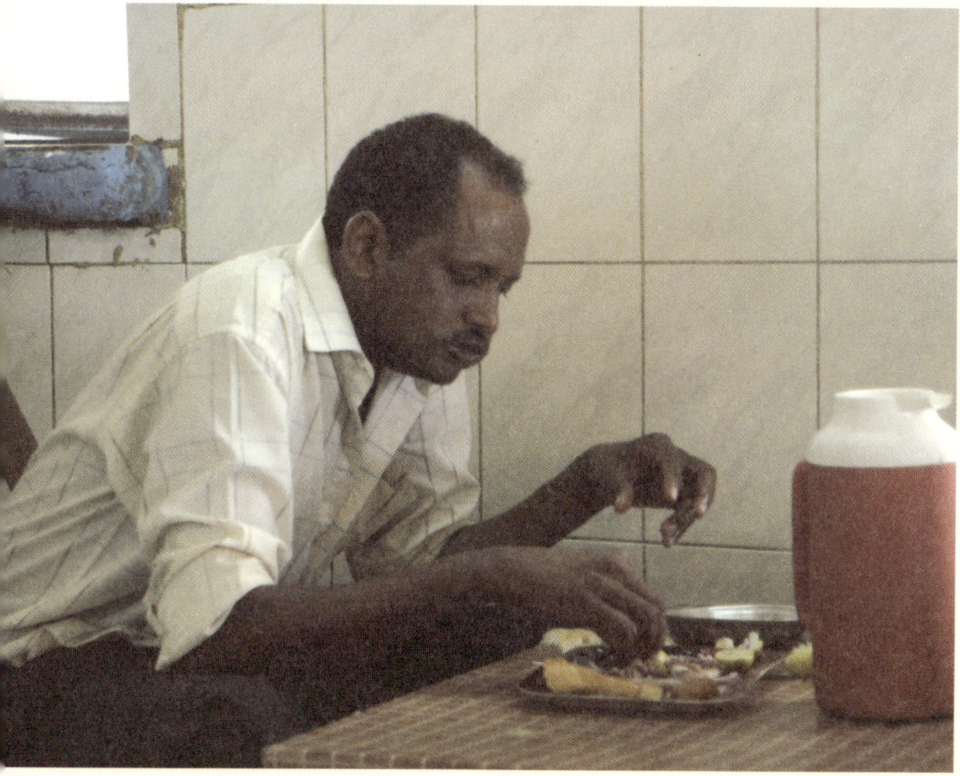

이 바닥나는 수가 있으니. 아무리 아프리카에 왔다지만 알몸으로 우물가로 나가 물을 다시 퍼 올 수는 없잖은가? 등에 물을 끼얹는 것이 가장 어려웠다. 각도 조절이 참으로 난해했다. 말로는 도저히 묘사할 수 없는 몸짓으로 가까스로 등에 물 붓기를 성공했다. 이렇게 온몸으로 샤워를 하니 마치자마자 이마에 땀이 송글송글 맺혔다.

나보다 먼저 아프리카 여행을 다녀온 이탈리아 친구가 이렇게 말했다. 아프리카를 한마디로 표현하면 '보디body'라고. 이제야 그의 말이 이해가 된다. 여기선 밥 먹는 거나 샤워하는 것 모두 몸으로 해결해야 한다. 덕분에 그동안 내가 얼마나 도구에 의존하며 살아왔는지 깨닫게 됐다. 자고로 인간은 도구의 동물이라 했다. 그 말인즉슨 도구 사용을 배제하면 인간이 아닌 동물이란 말이고 지금 난 아프리카에서 동물로 살아가는 법을 배운다는 건가? 이건 극히 문화 우월주의적 발상이지만 막상 이곳에서 이런 생활을 직접 접하다 보면 그런 생각이 들 수밖에 없다.

꼬리에 꼬리를 무는 고행

다음 날 저녁 와디할파에서 아트바라Atbara로 가는 야간 기차를 탔다. 평생 잊을 수 없는 기차 놀이였다. 전날 이집트발 수단행 배 위에서 설마 이보다 더 열악한 교통수단이 또 있을까 싶었는데 바로 그 다음 날 최고 강도의 이동 훈련이 우리를 기다리고 있을 줄이야.

끔찍한 충격이 꼬리에 꼬리를 물고 이어졌다. 기존에 내가 알고 있던 형태의 기차가 아니었다. 나름대로 룸으로 이루어지긴 했는데 흔히들 상상하는 고급 룸이 아니라 좁다란 방에 7~9명이 끼어서, 심지어 포개져서 가야 했다. 거기에 짐까지 가득 들어차서 뭐가 짐이고 뭐가 승객인지 도무지 분간할 수가 없는 형국이었다. 게다가 열린 창문을 통해 들어온 모래 먼지가 사방에 흩뿌려져 온 사방이 황토색 필터를 댄 것처럼 뿌옇다. 에어컨은 고사하고 선풍기 역시 고장나서 창문을 닫을 수도 없었다.

이런 최악의 상황에서도 신기하게 잠이 들었다. 물론 눕지도 못하고 의자에 앉아서 자는 새우잠이라서 허리가 끊어질 듯 아팠지만 어쨌든 잠 덕분에 의식불명에 빠져 악몽 같은 밤을 후다닥 보낼 수 있었다. 만일 그 밤 쉽사리 잠들지 못했다면 정신질환을 일으켜 기차에서 뛰어내렸을지도 모른다. 여행자로서 갖춰야 할 덕목 중에 하나는 때와 장소를 가리지 않고 잠들 수 있는 능력이다. 이 점에선 은호가 나보다 한 수 위다. 난 어떤 상황에서건 자신 있게 잘 수 있지만 시간이 자정을 넘겨야만 그 능력이 발휘된다. 한데 은호는 정말 시도 때도 없이 잤다. 무서운 놈이다. 본인 말에 따르면 "난 졸리다, 난 졸리다"라고 수없이 자기최면을 건 후에 얻어진 능력이라지만 내가 보기엔 선천적이다. 하여튼 자정만 넘어가면 언제 어디서나 잠잘 수 있게 도와주는 나의 잠 신에게 다시금 감사의 말을 전하는 바이다.

다음 날 아침 7시경 기차가 이름 모를 어떤 역에 정차했다. 아직 우리 목적지까지는 한참 남은 것 같았다. 우리에겐 더 이상 이 고물딱지 열차를 타고 갈 기력이 남아 있지 않았다. 그러던 차에 누군가 여기서 내려 버스를 타고 수단의 수도인 카툼까지 간다고 했다. 기차를 타면 카툼까지 하루를 더 타고 있어야 하지만 버스면 6~7시간이면 뚝딱이라 했다. 생각하고 말 것도 없었다. 바로 짐을 꾸리고 그 지옥 같은 기차에서 내려 버스로 향했다.

버스는 한국에서 용도 폐기된 것을 받아 온 모양인지 출입구에 "어서 오십시오"가 한국어로 적혀 있었다. 문자로라도 한국을 접하니 어찌나 반갑고 심적으로 안정되던지. 버스는 훨씬 편했다. 의자도 안락하고 거기에 에어컨까지 나오니 무릉도원이 따로 없었다.

6~7시간이면 도착한다고 했지만 결국 9시간이 지난 후에야 카툼에 도착했다. 카툼의 첫인상 역시 그다지 좋진 않았다. 한 나라의 수도가 이다지도 휑할 수 있다니…… 와디할파만큼 허전하진 않았지만 모래판 위에 조악스럽게 들어선 건물들이 참 불안정해 보였다. 보통 한 도시에 들어서면 건물들이며 그 사이를 휘젓고 다니는 사람들이 무언가 유기적으로 맺어져 있다는 생각이 들기 마련인데 이 카툼이라는 도시는 태풍이 한번 휩쓸고 가면 모든 게 송두리째 날아가버릴 듯한 느낌을 주었다.

아스완에서부터 지금까지 몸을 혹사시키며 죽어라 이동만 해왔기 때문에 오늘 하룻밤만은 편히 지내고 싶었다. 그래서 처음으로 내 돈 내고서 별 세 개짜리 호텔로 향했다. 아무리 거지 여행이라지만 가끔은 이렇게 나 자신에게 보너스처럼 안락함을 선사하는 것도 중요하다. 당근과 채찍의 절묘한 조합!

시원한 에어컨에 푹신한 침대를 보니 너무도 너무도 좋았다. 행복했다. 그리고 뿌듯했다. 그렇게 마냥 침대에 드러누워 "으메, 좋은 거……"만 연신 내뱉고 있었다. 그러나 이 행복은 폭풍전야에 다름 아니었다.

어느 정도 여독을 푼 뒤 돈을 인출하러 밖으로 나섰다. 호텔 직원에게 ATM의 위치를 물었다. 이 근처에 많단다. 혹시나 하는 마음에 "비자카드도 되죠?" 물으니 "No!"란다. 뭐? 비자카드가 안 먹힌다고? 설마…… 하며 재차 물었다.

"비자카드가 안 된다고요?"

"안 됩니다. 몇 년 전부터 수단에선 미국과의 관계 악화로 비자카드가 통용되지 않습니다."

오 마이 갓! 오 마이 갓! 이럴 수는 없다. 이건 분명 꿈일 거야! 분명 가이드북에선 비자카드가 안 된다는 말은 없었단 말이다! 거짓말 하지 마! 으아!

"전혀 방법이 없습니까?"

지푸라기라도 잡는 심정이었다.

"듣기로는 딱 한 군데 은행에서 비자카드를 받아준다고는 하던데."

한 줄기의 희망이 비춰온다.

"그 은행이 어디입니까? 제발 알려주세요. 부탁입니다."

구걸하는 나의 영어에서 "Please!"가 연발된다.

"지금은 모든 은행이 문을 닫아서 알아볼 수가 없습니다."

"그럼 내일 알아봐주실 수 있는 거죠?"

"이런…… 내일은 금요일이네요. 아시다시피 이슬람 국가에선 금요일이 공휴일입니다."

젠장! 가는 날이 장날이라고 아프리카에 온 뒤론 뭣 좀 하려고 들면 항상 금요일이다. 저주스런 금요일이여!

방으로 돌아와 은호와 머리를 맞대고 위기 대처 방안을 논의했다.

"일단 대사관에 가서 도움을 청해볼까?"

"그래도 공항엔 비자카드가 먹히는 ATM이 있지 않을까?"

시간이 지날수록 극한 생각으로 치달았다.

"전당포에다 물건 몇 가지를 팔아서 급전을 받아다가 그 돈으로 일단

빨리 수단을 뜨자. 우리 돈 될 만한 게 뭐가 있지? MP3, CDP, 전기 면도기. 아! 그리고 우리 둘 중에 시계도 하나 팔아 치우자."

내가 떠드는 동안 은호는 조용히 다음 행선지인 에티오피아 론니 플래닛을 쳐다보다 무겁게 입을 열었다.

"성용아, 갈수록 태산이다. 이거 봐봐."

은호가 가리킨 곳엔 선명하게 "No ATMs"란 말이 적혀 있었다. 아무리 빨리 에티오피아로 넘어간다 해도 그곳에서도 현금 인출이 불투명한 상황이었다. 정말 이도 저도 못하는 고립무원 그 자체였다. 너무 준비 없이 아프리카에 왔나 보다. 이미 여행이 11개월째에 접어드니 내심 여행에의 자만심 같은 게 자리잡아서 여행지에 대한 정보 수집이 되려 구차해 보였다.

"그까짓 거 그냥 가면 되지, 뭐" 하며 아프리카로 넘어왔고 그 결과 아주 기본적인 현금 조달에 관련된 정보마저 간과했던 게다. 은호가 우스갯소리로 "여기서 일할까?" 했지만 당시 상황에선 절대 농담처럼 들리지가 않았다. 정말 돈을 조달받을 길이 없으면 일하는 것 외엔 방법이 없었다. 수단 비자에 찍힌 도장 'Not Permit to work'가 떠올랐다. 처음 그 도장을 봤을 땐 "흥! 누가 이런 가난한 나라에서 일한다고 했나?"라며 코웃음을 쳤는데 지금은 상황이 역전되어 이렇게 말할 처지다. "어디 일자리 좀……."

배짱이다. 돈도 없는 것들이 별 세 개짜리 호텔에서 이틀째 죽치고 앉아 있다. 오늘이 금요일인 탓에 은행들이 죄다 문을 닫고 있으니 뭐 어떻게 손 쓸 방법이 없었다. 그렇게 자의 반 타의 반으로 호텔방에 눌러앉았다. 원래는 지금 묵고 있는 하루에 7만 원짜리 고급 호텔을 빠져나와 싸구려 숙소로 갈 계획이었다. 그런데 현재 수중에 있는 현금이 얼마 되지 않아서 그것마저 체크아웃하며 써버리면 현금 조달할 때까지 버틸 활동비가 거의 떨어진다는 표면적인 이유와 심적으로 그냥 편한 곳에 등 붙이고 싶다는 이유로 그냥 머무르기로 했다. 상황이 안 좋을수록 몸이라도 편한 곳에 두자는 생각이었다.

이미 체크아웃 시간을 넘긴 채, 그리고 수중의 돈으로는 이미 체크아웃도 할 수 없는 상황을 만든 채 "에라, 모르겠다" 하며 침대에 누워 TV를 켰다. CNN에선 첫 뉴스로 아프가니스탄에 억류된 한국인 피랍자 중 두 번째 희생자가 나왔다는 충격적인 내용이 보도되고 있었다. 며칠 전 어머니께서 전화로 아프간에서 한국인 스물세 명이 납치됐다는 말씀을 해주시며 나보고 몸조심하라 하셨던 게 기억났다. 그때는 사태의 심각성을 알지 못했는데 뉴스를 보니 이게 보통 사건이 아니었다. 화면에 비친 무슬림 무장 단체들과 오늘 시내에서 본 수단 사람들이 어찌나 비슷해 보이던지 소름이 다 돋았다. 함께 뉴스를 보던 은호 역시 할 말을 잊은 듯했다. "우린 괜찮겠지?"라며 농담조로 물어봤는데 은호의 답이 좀 더디게 나온다.

"어? 어…… 그래……. 여긴 괜찮을 거야."

낮잠 한숨 자고 일어나니 오후 4시다. 벌써 반나절을 보낸 것에 우리 둘 다 "아싸, 시간 참 잘도 흐른다"라며 좋아했다. 근데 이런 우리들의 모습에 내심 씁쓸했다. 이게 정말 여행인가 싶었다. 아프리카에 온 후론 여행의 이유를 잊은 채 오로지 무사 귀국만을 바라고 있었다.

군 생활 말년처럼 틈만 나면 귀국 날짜를 계산했다. 소설가 은희경은 "행복한 사람은 시계를 보지 않는다"라고 했다. 내가 이다지도 시계를 자주 쳐다보는 것은 행복하지 않다는 방증이 아닌가 하는 생각이 들었다. 아프리카 여행, 나 잘하고 있는 거니? 하나도 즐겁지도, 자유롭지도 않다. 마냥 힘들다. 몸은 아프리카에 있는데 이미 마음은 한국에 가 있다. 나, 이 대륙에 왜 온 걸까?

다음 날, 길이 열렸다. 드디어 현금을 인출할 방안을 찾았다. 아침 일찍이 한국 대사관에 전화를 해봤다. 아무도 받지 않았다. 대사관이라는 곳에서 업무 시간 중에 전화를 받지 않다니……. 생각해 보니 이집트에서도 전화로는 대사관과 통화할 수가 없었다. 전화번호가 틀렸다면 홈페이지의 정보 부정확이고 만약 번호가 맞다면 엄연히 근무 태만이다. 어쨌든 대사관의 도움은 물 건너갔다. 오직 자력으로 이 난관을 극복해 가야 했다.

인근 은행엘 찾아갔다. 역시나 비자카드는 씨알도 안 먹힌단다. 그러나 "Maybe……"라며 토를 달고 은행 두 곳을 알려주었다. 이 둘 중의 하나는 아마 비자카드 사용이 가능할 거란다. 한 곳은 걸어도 무방한 거리에 있고 다른 한 곳은 택시를 잡아 타야 한다고 했다.

'걸어도 무방한 거리'는 결코 무방하지 않았다. 족히 40분은 걸어야 했다. 그 은행에서도 역시 "No VISA card"라고 했다. 홧김에 왜 안 되냐고 생떼를 썼다. 그렇게 은행원과 떠들고 있는데 웬 동양인이 불쑥 대화에 끼어들었다.

"아시아 사람이에요?"

"네, 한국 사람이에요. 그쪽도 한국?"

"아뇨, 전 중국에서 왔어요."

수단에 있는 중국의 파이프 회사에서 일한다는 중국인이었다. 그 친구에게 자초지종을 설명하고선 자문을 구했지만 그 역시 잘 모르겠다고 했다. 대신 "제가 도와드릴 수 있는 건 다른 은행까지 모셔다 드리는 것밖에는 없을 것 같네요"라며 자신의 회사 차로 우릴 태워주었다. 수중의 돈이 점점 고갈되어 가는 상황에서 택시비 한 번이라도 아꼈다는 것에 쾌재를 불렀다.

마지막 희망인 그 이름 모를 은행에 다다랐다. 조심스레 "VISA card?" 물으니 "Yes, sir"이란다. 와우! 드디어, 드디어 비자카드가 먹히는 ATM을 발견했다. ATM 앞에서 은호와 춤을 추며 기뻐했다. 카드가 매끄럽게 ATM 안으로 빨려 들어갔다.

"이쁜 것!"

한데 돈이 나오지 않는다. 설마······. 설마······. 조린 가슴 부여잡고 은행 직원에게 물었다. 직원은 뭔가 컴퓨터를 두드리더니 "내일모레 다시 오시면 바로 현금 인출이 됩니다. 현재 시스템에 약간의 문제가 있어서요"라고 했다. 휴우······. 가슴을 쓸어내렸다. 비록 현재 수중에 현금은 없지만 그 가능성을 확인받으니 마음이 놓였다. 살았다. 살았다. 살았어······.

중국인 친구가 돌아가는 차편 역시 제공해 주었다. 너무나 고마웠다. 여행 중에는 재워주고 놀아주며 날 도와준 이들 외에도 이렇게 스쳐 지나가며 큰 도움을 베푼 이들이 너무나 많다. 그래서 난 여행이 한없이 고맙다.

호텔로 돌아오니 피로가 또다시 밀려왔다. 오전에 겨우 몇 시간 움직였다고 그걸로 지쳤나 보다. 우리는 오후 내내 호텔에서 잠만 잤다. 이 숙소에 온 이후론 완전히 퍼져버렸다. 한번 퍼지니 종잡을 수가 없었다. 돌이켜 보면 11개월 동안 정말 쉼 없이 달려왔다. 그동안 쌓여온 온갖 피로가 이곳에서 마구마구 녹아내리는 것 같았다. 쉬는 것까지는 좋은데 다시 일어나기가 쉽지 않았다. 틈만 나면 눕고 싶고, 밖에 나가도 바로 숙소로 돌아가고 싶어졌다. 정말 한국에 갈 때가 다 되었나 보다.

은행에서 2일 뒤에 오라고 하니 돈이 없어 체크아웃을 못 하는 상황인지라 또다시 시간적 공백이 생겼고 이는 번민으로 이어졌다. 뭐 하고 시간을 보낸담? 수단에는 정말 볼거리, 놀 거리가 없다. 만약 나 혼자 왔으면 심심해 죽어버렸을지 모를 동네다. 문득 카이로의 수단 영사관에서 비자 수속을 밟을 때 만났던 수단 친구, 나데르가 떠올랐다. 혹시나 하는 마음에 전화를 해서 "놀아주세요" 했더니 흔쾌히 오케이했고 그날 저녁에 그의 친척 한 명과 직접 우리가 투숙하는 호텔로 찾아와주었다.

간단히 저녁 식사를 하고선 무얼 하고 놀까란 화두가 던져졌다. 그에 관해 이런저런 얘기를 하는데 '여긴 정말 갈 곳도 놀 것도 없구나'란 생각이 절로 들었다. 나데르와 그의 친척은 무언가 말을 주고받더니 내일 다시 만나서 제대로 놀아보잔다. 만난 지 한 시간도 채 안 되어 나데르는 떠났다.

생각보다 나데르와의 만남이 짧아져서 저녁에 할 일이 없어졌다.

"뭐 하지?"

"시샤나 하자!"

은호의 제안에 근처 시샤 집으로 향했다. 어두컴컴한 공간에 수단 남정네들이 삼삼오오 모여 앉아 시샤를 입에 물고서 같이 TV에서 중계해 주는 축구 경기를 보고 앉아 있다. 이것이 수단인들의 밤문화인가 보다. 이들은 이게 아니면 필시 티를 마시며 대화를 나눌 것이다. 수단은 정부 자

체가 이슬람이기 때문에 금주령이 철저히 지켜지고 있다. 아무리 눈씻고 찾아봐도 수단에선 술을 구할 수가 없다. 타국의 밤문화에선 보통 음주가 꼭 따라다니지만 이곳에선 그 대신 티나 시샤가 밤문화의 대부분을 이룬다. 열정적인 밤문화를 중시하는 나로서는 이런 수단인들의 생활이 지루하기 짝이 없었다. 쿠바 역시 수단과 비슷하게 궁핍했지만 그들만의 화끈한 문화가 있기에 살아있다는 느낌이 들었건만 이곳 수단은 그런 문화마저 없으니 정말 갑갑했다. 이들이 무슨 낙으로 하루하루를 살아가는지 정말 궁금했다.

아침 일찍부터 나데르가 우리를 픽업하러 호텔까지 와주었다. 정말 차 한 대를 렌트해 왔다. 게다가 운전사까지 대동해서 얼마나 들었냐고 묻고 싶었지만 나데르가 호의로 준비했기 때문에 섣불리 물을 수가 없었다.

청나일과 백나일이 만나는 뚜띠 아일랜드Tuti Island라는 곳엘 먼저 갔다. 그냥 두 개의 강이 만나는 곳이고 나일강이 시작되는 곳이라는 의미 이외에는 딱히 매력을 끌 만한 게 없었다. 동네 자체가 워낙 황량하다 보니 특별한 그 무언가를 찾을 수가 없었다.

그보다 나데르가 베풀어준 친절에 고마워 몸 둘 바를 몰랐다. 나데르가 뱃삯부터 중간에 마신 망고주스까지 모두 지불해 주었다. 우리가 내려해도 "너흰 우리 손님이야"라고 했다.

그다음엔 점심을 먹으러 갔다. 역시나 전형적인 손가락 식사였다. 이름 모를 생선을 먹었는데 생선마저 손가락으로 뜯고 있으니 더욱더 본능에 가까워짐을 느꼈다. 점점 자연인의 경지에 오르고 있다는 생각이 들었다.

그후엔 카툼 시내의 여기저기를 기웃거렸다. 시샤도 하고 아이스크림도 먹고. 동양인 관광객에게 수단의 가장 좋은 것들만 보여주고 싶은 나데르의 마음이 느껴졌다. 그러나 그렇게 좋다는 곳에만 다녔음에도 그다지 '좋다'는 느낌이 들지 않았다. 그만큼 수단엔 정말 볼거리가 없다. 하지만 수단 사람들의 따뜻한 마음씨는 정말 세계 최고다. 1년간 돌아다녔던 그 어떤 나라에서도 이렇게 훈훈한 사람들을 보지 못했다. 나데르만 해도 단지 영사관에서 우연히 마주친 인연이건만 마치 우리를 가족처럼 대해주었다. 다음 날도 아침 일찍이 은행에서 돈 뽑는 것부터 인근 관광지 투어까지 도와주겠다고 나섰다. 게다가 그다음 날 새벽같이 떠나는 버스까지 잡아주겠다고 했다. 정말 너무 고마웠다.

비단 나데르뿐 아니라 길거리의 모든 이들에게서 악의라곤 전혀 찾아볼 수 없었다. 그 짜증나던 이집트인들과는 완전 정반대였다. 고작 국경선 하나 차이인데 이토록 국민성이 다를 수가 있다는 게 신기할 따름이었다. 역시 문화는 지역색이 아닌 국민성에 있나 보다. 너무도 사랑스런 수단 사람들. '이 따뜻한 국민성은 무슬림 문화에서 기인하는 것일까?'라며 조심스레 가설을 세워보지만 이집트 역시 대부분 무슬림이란 사실을 떠올리면 아닌 것 같다. 아니면 이집트가 관광 도시여서 그 모양일까? 수단에는 나처럼 일부러 여행하러 오는 관광객은 거의 전무하니 그들에겐 타지인들이 마냥 신기할 테고 그래서 우리에게 잘 대해줄 수도 있겠다는 생각이 들었다. 나의 사회학적 상상력은 항상 이런 식이다. 내 맘대로 생각하고 끼워 맞춘다. 그래도 그 재미가 쏠쏠하다.

다음 날 나데르의 도움으로 무사히 은행에서 돈을 인출했다. 일단 비싸디비싼 호텔 체크아웃부터 서둘렀다. 그리고 바로 인근에 위치한 허름하디허름한 숙소에 잠자리를 잡았다. 하룻밤에 5000원이라는 방에 들어가니 이런 생각이 들었다.

'그래! 내겐 이런 허름한 데가 어울리지!'

경제 봉쇄를 벗어난 것을 기념하고 그간 우리를 성심 성의껏 도와주었던 나데르와 그의 친구들에게 조금이나마 성의를 표하기 위해 만찬의 시간을 가졌다. 만찬을 위해 이동하던 중에 우연히 길가에서 'Korean Restaurant' 간판을 발견하고는 내 눈을 의심했다. 수단에 한국 식당이 있으리라고는 상상도 하지 못했다. 일이 잘 풀리려 하니 겹경사가 나나 보다. 돈도 찾고 한국 음식까지 먹게 되다니! 우걱우걱 한국 음식을 음미하고 있을 때 뜬금없이 은호가 이런 말을 했다.

"용아, 우리 요즘에 너무 의도치 않게 돈을 많이 쓴 것 같지 않냐? 그래도 명색이 배낭여행인데 말이야."

배낭여행이라. 듣고 보니 그 말이 맞다. 아프리카에 오기 전까지는 형 그리 정신이 최고조에 달해 주머니 관리에 철두철미했는데 지금은 그 주머니에 구멍이 뚫린 것처럼 돈이 줄줄 흘러나간다. 왜일까? 여행이 막판으로 치닫기 시작하니 긴장이 풀린 탓일까? 아니면 11개월간 힘겹게 세계를 뒹굴고 다닌 나 스스로에게 상급을 주어야 한다는 생각에서일까?

내 여행의 마지막 대륙이 아프리카가 아닌 유럽이었으면 좀 달랐을 것이다. 유럽은 워낙 여행을 위한 제반 시설이 잘 구비되어 있어서 생존을 위해 크나큰 에너지를 소비하지 않아도 된다. 한데 이 아프리카 대륙은 여행 인프라가 지극히 열악하여 이곳에 발을 디디고 있다는 것 자체가 크나큰 에너지 소비를 요한다. 거기에 이미 11개월간 여행에 몸이 닳고 닳은 탓에 가능한 한 편한 여행을 추구했나 보다. 하지만 진정한 비극은 이 동네에서 아무리 편안함을 추구해 봤자 몸만 편히 누일 수 있을 뿐 결코 쾌적하거나 호화로울 수는 없다는 것.

다음 날 아침 일찍이 수단과 에티오피아의 국경 마을인 갈라바트 Gallabat로 향했다. 버스에 오르기까지 나데르가 우릴 대신하여 모든 문제를 해결해 주었다. 뭔지는 모르겠으나 절차가 제법 복잡했다. 이번 역시 나데르가 없었으면 무사히 버스에 오르기가 쉽지 않았을 것이다. 아무리 생각해도 그가 무엇 때문에 그렇게 헌신적으로 우릴 도왔는지 모르겠다. 물론 남 도와주는 데 반드시 이유가 수반되어야 하는 건 아니지만 그가 우리에게 베푼 친절은 '그냥'이란 말을 붙이기엔 너무도 과했다. 어떤 때는 나데르가 하늘이 보내주신 우리의 수호천사가 아닐까도 생각해 봤다.

"정말 너무너무 고마웠어. 이 고마움을 어떻게 갚을 수 있을까?"

고마운 마음을 전하자 나데르가 답했다.

"꼭 나에게 은혜를 돌려줄 필요는 없어. 나중에 분명히 다른 누군가가 너의 도움을 필요로 할 거야. 그때 네가 내게 받은 것 이상으로 베풀어주면 되는 거야. 알았지?"

가슴을 후벼 파는 명언이었다. 혹자는 나의 여행 얘기를 듣고선 "넌 지구 어디에 떨어뜨려놓아도 살아남을 거야"란 말을 한다. 이에 난 결과적으론 그렇다 대답할 것이다. 그러나 내가 살아남는 것은 전적으로 나의 생존 능력이 뛰어나서가 아니라 나를 도와줄 친구를 지구 어디에 가든지 만들 수 있기에 가능한 것이라 말하고 싶다. 여행을 할수록 이 여행이 나 하나만으로 진행되는 건 아니란 생각이 든다. 나데르뿐 아니라 그전에 날 재워주고 먹여주고 하며 음으로 양으로 내 지구 한 바퀴 여행을 도와주었던 친구들이 없었으면 절대 불가능했을 여행이다. 파울로 코엘료의 소설 〈연금술사〉에서처럼 내 여행을 위해 전 세계가 움직이는 마술을 경험했다. 전 지구인들이 나의 여행을 축복해 준다는 영광을 다시금 되새기며 카툼을 떠나 이제 에티오피아로 향한다.

수단에서 에티오피아로 넘어가는 육로 역시 고행이었다. 버스를 두 번 갈아타야 했던 것 역시 곤혹스러웠지만 무엇보다 툭하면 불심검문을 당해야 했던 건 짜증까지 났다. 이 나라의 불안한 치안 때문인지 특히나 외국인에 대한 신원조사는 참으로 까다로웠다. 국경 도시인 갈라바트로 가는 마지막 버스에선 세 시간 동안 족히 예닐곱 번은 여권을 꺼내 경찰로 보이는 이들에게 신원을 확인시켜 줘야 했다. 듣던 대로 수단과 에티오피아의 국경지대는 우범지역 같았다. 오죽하면 세 시간 버스를 타고 가는 내내 무장한 군인이 우리와 동승했겠는가? 그리고 에티오피아 국경 마을에 닿기 직전 검문소에서는 버스의 모든 짐을 내린 후 몇몇 가방은 실제로 열어보게 하여 그 내용물을 일일이 검사했다.

이 모든 검문들이 아무리 짜증이 나더라도 조금만 참으면 수단을 벗어나 새로운 나라에 들어선다는 기대감 하나로 버텼다. 그런데 그 마지막 검문소에서 내 여권을 보더니 에티오피아 비자가 어디에 있냐고 물어왔다. 에티오피아 비자라니? 내가 인터넷에서 모은 정보에 따르면 에티오피아 비자는 국경에서도 얼마든지 발급받을 수 있다고 했다. "지금은 에티오피아 비자가 없다. 여기서 받을 생각으로 왔다" 하니 "여기선 비자를 발급해 주지 않는다. 오직 수도인 카툼에 있는 에티오피아 대사관에 가야만 받을 수 있다"라는 믿을 수 없는 진실을 들었다.

"무슨 소리야? 국경에서 발급해 준다는 말을 듣고 왔는데……"라고 따지고 드니 "아니다. 말했듯 비자를 받으려면 카툼으로 돌아가라. 비자가

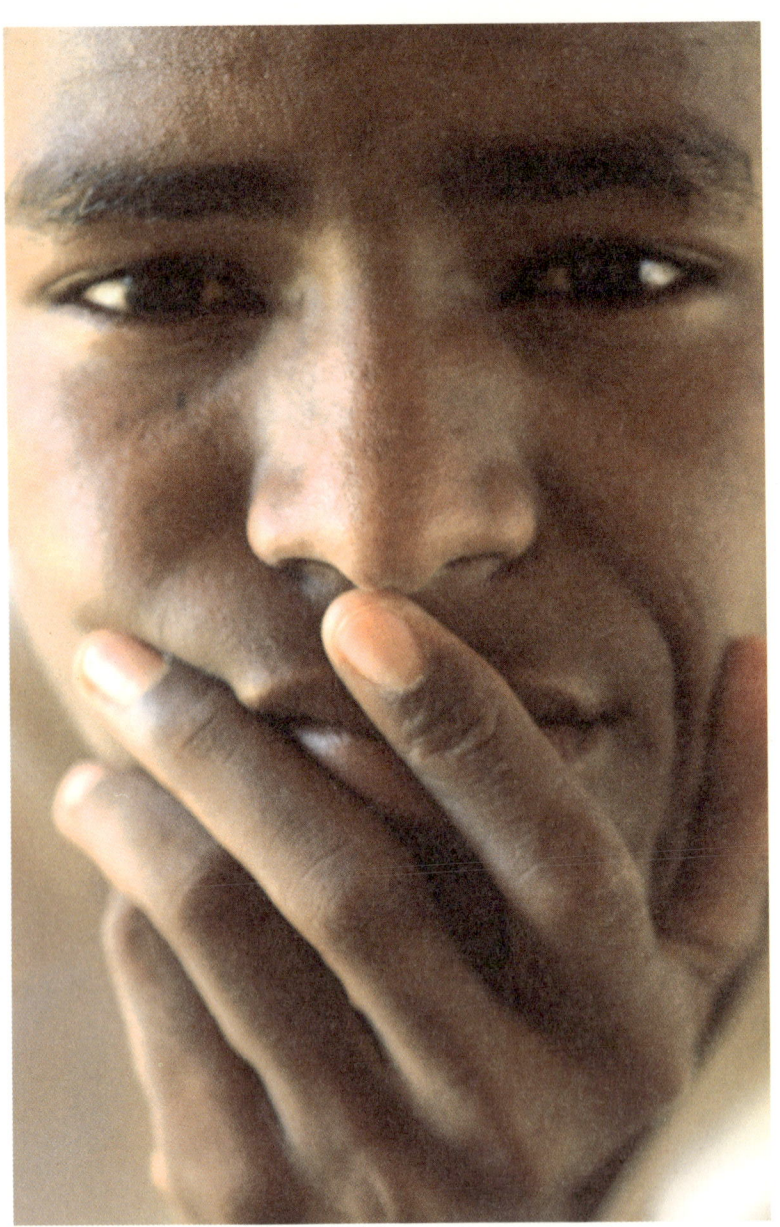

없으면 절대로 에티오피아에 갈 수 없을뿐더러 수단에서도 출국할 수 없다"라는 점점 믿기 싫은 말만 들려왔다.

뭐? 카툼으로 돌아가라고? 그건 절대 상상도 할 수 없는 일이다. 수단 출국 심사관에게 어떻게 안 되겠냐며 생떼를 써봤지만 소용없었다. 인터넷 여행 카페에서 누군가 에티오피아 국경에서 비자를 받았다기에 아무런 의심 없이 왔거늘 그 결과가 이렇게 처참할 줄이야. 일단 해도 넘어가고 이 도시가 전기 하나 제대로 들어오지 않는 오지이기에 잠자리부터 잡고 천천히 생각해 보기로 했다.

전의를 상실한 병사처럼 멍하게 그냥 걸었다. 워낙 오지이다 보니 잠자리마저 변변치가 않았다. 잠자리를 찾아 기웃거릴 때 영어를 할 줄 아는 누군가가 우리에게 다가와 숙소 찾는 것을 도와주겠다고 했다. 가나 출신이라고 소개하는 그이에게 "도와줘서 고마워요"라고 하자 "Thanks to god"이라며 자기는 아무 일도 하지 않았단다. 오로지 주님이 우리를 지켜주실 뿐이라는 말만 반복했다.

여기까진 좋았는데 그후로도 이 친구가 이래저래 계속 말을 붙였다. "밥 먹을래? 수단 어때?" 불라불라……. 듣기 싫다. 귀찮다. 거치적거린다. 이러면 안 되는 줄 알지만, 빨리 가던 길이나 가라며 이 가나 친구를 떠밀었다. 가뜩이나 에티오피아 비자 때문에 이도 저도 못해서 머릿속이 복잡하거늘 누군가와 대화 나누며 여유 부릴 겨를이 없었다.

하룻밤에 1000원짜리 초허름 숙소에 누우니, 젠장, 밖에는 비까지 추적추적 내린다. 사고의 끈을 놓고 그냥 쉬고만 싶었다. 감기 기운에 으스스하고 장거리 버스 이동에 몸은 피곤하고 샤워도 하지 못해 찝찝하기까지 했다. 나 자신이 참 한심해 보였다. 여행을 11개월이나 했다는 놈이 고작 비자 문제 때문에 주저앉다니 정말 굴욕적이다. 인터넷의 허접한 정보를 그대로 꿀꺽 삼켰던 내 자신이 참으로 처량하다. 병신, 머저리, 말미잘……. 산 넘어 산이라고 경제 봉쇄에 이어 이 말도 안 되는 상황에 봉착해 버리니 여행이고 뭐고 다 때려치우고 한국에 가고 싶은 마음뿐이다. 이젠 여행이 싫다. 지긋지긋하다. 다시 본원적인 물음을 던진다.

'나, 왜 여행하니?'

그 누구에게 책임질 여행도 아니거늘 왜 이다지도 난 여행에 매달리는 걸까? 하고 싶은 대로 하고 가고 싶은 대로 가는 게 여행이어야 하는데 왜 난 자신을 혹사시키며 앞만 보고 달려가는지 모르겠다. 아프리카에 와서는 이동하는 것 그 자체가 여행의 팔 할이었다. 계획했던 나라와 도시들을 하나하나 정복해 가는 심정으로 이집트에서 여기까지 내려왔고 그것이 아프리카 여행의 주 원동력이었다. 한데 에티오피아 입국이 거절되자 그간 붙잡고 늘어졌던 실낱 같던 여행의 이유가 산산조각 나버려 돌이킬 수 없는 상태에 이르렀다. 과유불급일까? 여행이 길어지면서 너무 오래, 너무 많이 봐버린 것 같다. 생에 비유하자면 살 만큼 산 때까지 온 것이다. 목까지 차오르는 이 감정을 은호에게 겨우겨우 내뱉는다.

"한국…… 빨리 갈까?"

다음 날 아침, 에티오피아로 이어지는 조그만 다리를 목전에 두고서 카툼으로 되돌아갔다. 어제 온 길을 그대로 되밟아 가려니 처참했다. 내 여행 역사상 최초의 뒷걸음질이었다. 재수를 시작할 때 다시는 안 볼 줄 알았던 수학 정석 책을 다시 펼치면서 느껴지던 그 쓸쓸함이 밀려온다.

게다레프Gedaref에서 버스를 갈아타려 할 때 누군가가 우리를 버스에서 끄집어내어 여권을 훑어본 뒤 어딘가로 함께 가자고 했다. 그는 영어

를 할 줄 몰라 자초지종 설명도 없이 다짜고짜 버스에서 짐까지 내리게
한 후 우리에게 트럭에 오르라 했다. "왜?"라고 물어도 알아들을 수 없는
아랍어만 되돌아왔다. 하는 수 없이 트럭 뒤칸에 올랐다. 설상가상으로
비까지 퍼붓기 시작했다. 트럭에 지붕이 없는 탓에 하늘의 비가 그대로
우리를 적셔왔다. 그렇게 짐승처럼 트럭에 실린 채 비를 맞으며 멀어지
는 버스 터미널을 바라보았다.

내 1년 여행 중 가장 잊을 수 없는 순간이었다. 우리가 있어야 할 곳으
로부터 불가항력으로 멀어지는 그 기분. 이미 심신은 온갖 고생으로 인
해 만신창이가 되어 있고 거기에 덤으로 영문도 모른 채 비까지 맞아가
며 어딘지도 모를 곳으로 끌려가는 동양인 두 명.

그렇게 20여 분을 달려 도착한 곳은 무슨 관공서 비슷한 곳이었다. 그
곳에 도착하여 자초지종을 들어보니 우리를 잡아 온 이 멍청한 녀석은
우리가 에티오피아에서 넘어온 줄로 착각했다는 것이다. 우리 여권에 에
티오피아 비자며 출입국 도장이 없는 것을 수상히 여겨 이곳으로 강제
이송해 온 거란다. 뒤로 넘어져도 코가 깨진다더니…… 안 그래도 에티
오피아 입국을 거부당해서 짜증나 죽겠거늘 웬 멍청이 때문에 이런 봉변
까지 당해야 하다니…… 정말 서러웠다. 갈수록 나의 조기 귀국을 다짐
하게 만드는 일투성이였다.

우여곡절 끝에 간신히 다시 카툼행 버스에 몸을 실었다. 또다시 창가의
풍경들이 초록색에서 황량한 흙색이 되어간다. 갑갑하다. 어제 이 길을
거꾸로 내려갈 때는 점점 초록이 되어가는 풍경에 절로 기분이 좋았다.
'이제야 제대로 된 녹색 자연의 아프리카를 보겠구나' 하며 들떴거늘 하
루 만에 다시 그 황량함 속으로 되돌아가야 하다니.

생각이란 게 참 무섭다. 조기 귀국을 의식의 반열 위에 올리고 보니 그간 무의식, 의식적으로 쌓여 있던 귀국에의 욕망들이 용솟음치는 것을 느꼈다. 자기 기만이라고 해야 할까? 그간 나 스스로를 너무 여행이라는 것에 내던져왔다는 생각이 들었다. 처음 여행을 시작할 때는 '보는 나'를 사랑하는 심정으로 여행하는 것 자체가 마냥 좋았지만 여행이 계속되며 내여행이 하나의 경력으로 변질되어가면서 '보여지는 나'가 시나브로 고개를 쳐들었고 그가 '보는 나'를 옥죄기 시작했다. '보는 나'는 말해왔다.

"성용! 이제 볼 만큼 봤잖니?"

이에 '보여지는 나'는 "성용! 좀 더 봐야 네 여행이 더 폼나지 않겠어?"라며 날 계속 일정 속에 쑤셔 넣어왔다. 피폐해져 가는 일정 속에서 이미 내게 아프리카 여행의 목적은 귀국이었다. 귀국이 목적이 되어버린 순간 그건 더 이상 여행이 아니었다. 애써 외면해 온 그 사실을 난 이제야 인정했다.

'그래, 이제 여행을 그만 할 때다!'

인간은 참 간사하다. 이렇게 여행을 접자고 마음을 먹자마자 갑자기 지금 앉아 있는 버스의 좌석이 한없이 불편하기만 했다.

여행사에 귀국 일정 조정을 문의해 예정보다 10일 정도 귀국을 앞당겼다. 생각 같아선 바로 귀국하고 싶었으나 때가 여름 성수기다 보니 비행기 좌석이 여의치가 않았다. 그리고 비행기 일정은 변경이 가능하지만 행선지 변경은 힘들었기에 예정된 케냐발 귀국 비행기를 타야 했다. 수단에서 케냐를 육로로 넘어가려면 어쩔 수 없이 에티오피아를 거쳐야 한다. 하지만 비자를 발급받는다 쳐도 이미 두 번이나 왔다갔다한 그 길을 다시 갈 마음이 생기지 않았다. 그래서 에티오피아는 건너뛰고 케냐까지

날아가기로 했다.

운 좋게 저렴한 가격으로 케냐행 비행기 티켓을 구할 수 있었다. 워낙 수단에서 돌발상황이 빈번히 발생했던 탓에 비행기 티켓이 손에 쥐어졌음에도 마음이 놓이질 않았다.

'과연 무사히 나갈 수 있을까?'

비행기에 오르는 순간까지 긴장을 늦춰선 안 된다고 생각했다.

비행기 시간이 다가올 때까지 숙소에 박혀 있었다. 몸이 고장 나고 말았다. 중앙 제어 시스템에 과부하가 걸린 탓인지 온몸 구석구석의 관절이란 관절에 다 녹이 슨 것 같았다. 은호 몸도 심하게 고장 났다. 나보다 심각했다. 온몸이 열기로 뜨거워져 일어나질 못했다. 동네가 동네다 보니 말라리아에 걸린 게 아닌가 둘 다 걱정이 되었다.

신음하는 은호를 보니 죄책감에 마음이 무거웠다. 친구 하나 잘못 둔 덕에 흔쾌히 아프리카 여행에 동참한 이 녀석, 아름답고 편한 여행지 다 제쳐두고, 녀석 말마따나 나 때문에 대학생 때의 배낭여행은 죄다 고생길이 되어버렸다. 특히 은호 부모님께서 우리의 수단행을 탐탁지 않게 여기신 것을 알면서도 내가 "수단엔 꼭 가야 돼!"라며 떼를 썼기에 수단에서의 고생은 전적으로 내 책임이었다. "젊어서 고생은 사서도 하잖나?"라며 애써 합리화해 보았지만 고생만 죽어라 하는 여행 앞에 과연 누가 마냥 좋기만 할 수 있겠는가.

은호가 드러누운 탓일까? 나 역시 괜찮던 머리까지 괜히 무거워졌다. 생각하는 것 역시 두통을 유발시킨다. 그래서 무사고 생물체처럼 그냥 침대에 널브러졌다. 몇 시간 후에는 수단을 벗어난다는 생각에 홀가분하면서도 몸이 망가져 있으니 우울했다. 은호가 아프면 나라도 정신을 차려야 하는데 큰일이었다. 여행이 점점 더 싫어졌다. 아니, 내가 여행자인 게 이제는 너무 징그러웠다. 10일 정도 귀국을 앞당긴 것도 한없이 부족했다. 지금 당장 한국으로 가고 싶었다. 집으로 돌아가 이 말이 간절히 하고 싶었다.

"엄마, 나 아파."

숙소에서의 암울함을 견뎌내고서 카툼국제공항에 들어섰다. 드디어 이 지긋지긋한 수단을 빠져나간다. 에티오피아 생략은 탁월한 선택이었다. 아프리카에 온 후로 이동할 때마다 너무 고생을 많이 했던 탓에 비행기를 타고 편안하게 다음 행선지로 순간이동하듯 날아간다는 게 은호나 나에겐 정말 큰 선물이었다. 중간고사를 면제받은 기분이었다. 덕분에 몸도 한결 나아졌다.

무려 12일 동안이나 이 볼 것 없는 수단에 체류 혹은 억류된 기분이었다. 좋다, 나쁘다의 평가를 떠나 정말 지겹게 기억될 여행이다. 금전적, 신체적, 정신적으로 크나큰 타격을 받은 이 나라에 왜 갔냐 물으신다면 "수단이 거기에 있어서"가 가장 정확한 대답이리라. 이집트에서 남쪽으로 육로 이동이 하고 싶었고 그 길목에 수단이 있었다. 그래서 지나쳤을 뿐이다. 그것이 이렇게 힘들 줄은 몰랐다. 여하튼 난 수단을 벗어난다. 눈물겨운 수단 여행에 영원한 마침표를 쾅 찍는다.

기탄잘리 12

내 여행 시간은 길고 그 길은 멉니다.

나는 태양의 첫 햇살을 타고 출발하여

숱한 항성과 유성에 내 자취를 남기며 광막한 우주로 항해를 계속했습니다.

당신에게 가장 가까이 가는 것이 가장 먼 길이며

그 시련은 가장 단순한 가락을 따라가는 가장 복잡한 것입니다.

여행자는 자기 문에 이르기 위해 낯선 문마다 두드려야 하고

마지막 가장 깊은 성소에 다다르기 위해 온갖 바깥 세계를 방황해야 합니다.

눈을 감고 "여기 당신이 계십니다!"라고 말하기까지

내 눈은 멀리 널리 헤매었습니다.

물음과 외침, "오, 어디입니까?"는 천 갈래 눈물의 시내로 녹아 내리고

"나 여기 있도다."란 확언이 홍수로 세계를 범람합니다.

－타고르

라스터맨, 케냐인 되기

밥 말리가 되고 싶었다. 드레드 락의 그 거친 질감을 머리에 휘감고 "No woman, no cry"를 외치고 싶었다. 그래서 케냐의 수도 나이로비에 오자마자 난 미용실로 향해 내 머리에 대 개혁을 단행했다. 그런데 밥 말리가 아니라 〈울트라매니아〉 서태지가 돼버렸다.

　여행하는 내내 난 머리를 길렀다. 아니 길러졌다. 미국에선 기본 커트에 최소 20불이나 요구하는 통에 자르지 못했고 남미에 넘어와서는 말이 통하지 않아 섣불리 미용실에 갈 수가 없었다. 그렇게 반년을 지내다 보니 부스스한 사자 머리가 되었고 이것이 허름한 여행객의 행색을 갖추는 데 제법 어울려 보여 그 스타일을 고수하기로 했다.

　그 사자 머리로 유럽에 건너갔는데 유럽대륙에서 유독 눈에 띄는 헤어스타일을 발견했다. 그건 바로 드레드 락. 흔히들 말하는 레게 파마의 일종인데 머리카락을 몇 가닥으로 나누어 굵은 잡초 형태로 만든 뒤 거기에 드레드 전용 왁스를 발라 화학 처리 과정을 거친 후 탄생되는 머리이다. 만화 〈드래곤볼〉의 초사이어인이나 영화 〈캐러비안의 해적〉에 나오는 조니 뎁의 헤어 스타일을 연상하면 된다. 한국에 있을 때도 간간히 자메이카의 전설적인 레게 가수, 밥 말리 사진을 보며 드레드 락의 존재는 알고 있었으나 내가 해봐야겠다는 생각은 꿈에도 하지 않았다. 내게 드레드 락은 '나 아닌 다른 누군가가 하는 머리' 그 이상도 이하도 아녔다.

하지만 유럽, 특히나 프랑스에서 드레드 락을 멋들어지게 하고 다니는 내 또래 젊은이들을 보며, 그리고 그네들의 히피스런 자유 영혼 냄새가 너무나 달콤하여 과감히 드레드 락에의 동경을 품게 되었다. 게다가 당시 내 사자 머리는 드레드하기에 충분한 재료(?)를 구비하고 있었기에 이때가 아니면 다시는 못 할 거라 생각했다. 그리고 그때가 유럽 이후에 어디로 놀러 갈까 궁리하던 시기였다. 오리지널 드레드 락을 만들기 위해서는 당연히 아프리카로 가야 한다 생각했다. 그래서 결정했다.

"좋아! 아프리카에 가서 제대로 된 드레드를 하는 거야!"

그렇다고 내가 드레드 락 하나만을 위해 아프리카에 넘어온 건 결단코 아니다, 라고 말하면 혹자는 이럴지 모르지.

"비겁한 변명입니다."

여행의 묘미는 자기 변신이다. 내적인 변화는 내가 앞서 떠들어온 여행 얘기를 통해 충분히 드러났으니 여기선 외적인 변화에 대해 말해보겠다. 1년여 동안 어디를 가든 누군가의 눈치 볼 일이 없어 좋았다. 하지만 언제나 주목받았다. 주목받는 것과 눈치를 본다 함은 엄연히 다르다. 눈치 보지 않고 내 멋대로 옷을 걸치고 다니니 주목을 받았다. 한국에서 난 튀지 않는 세련미라는 의상 콘셉트를 지녔다. 평범했다는 말이다. 그런데 여행하는 동안은 내내 독특하게 입지 않으면 심심해 견딜 수가 없었다.

예전 같으면 상상도 못했을 초록색 몸빼 바지도 입어보고 머리는 꽁지 머리 아니면 이상한 모자, 색색의 헤어 밴드, 심지어 터번까지 둘렀다. 손가락엔 가락지들이 알록달록이고 형형색색의 팔찌들은 팔목을 수십 번 휘감아돈다. 매일매일 다른 종류의 목걸이는 필수였다. 이미 방문 국가가 스무 개를 넘어가며 여행에 한창 물이 오르니 온몸을 휘두른 의상, 액세서리가 월드 컬렉션처럼 다국적이 되었다. 스페인 바지에 쿠바에서 공수한 체 게바라 티셔츠, 가방은 페루산, 목걸이는 아르헨티나, 가락지는 볼리비아 등등 모아놓고 보면 완전히 국적 불명의 스타일이 탄생한다. 그리고 나름 그럴싸했다.

특히나 바르셀로나에서 구입한 연두색 몸빼 바지를 입으면 가는 곳마다 시선을 사로잡았고 바지의 출처를 묻는 질문이 쇄도했다. 지금 입으라면 못 입겠다. 이런 패션으로 찍힌 사진들을 보고 있노라면 '과연 저게 내가 맞나?' 싶다. 소위 말해 눈에 뭐가 씌었었나 보다. 그게 뭔지는 모르겠다. 한데 확실한 건 여행을 떠나야만 이것에 씔 수 있다는 거.

허구한 날 명품 두르고 다니느라 심심한 한국인들에게 말한다. 여행을 떠나세요. 그리고 마음대로 미친 놈년처럼 하고 다녀보세요. 그 재미가 아주 쏠쏠하답니다. 남들의 시선이 신경 쓰이신다고요? 에이, 걱정 마세요. 아무도 당신에게 신경 쓰지 않습니다. 당신은 한낱 한 명의 여행객에 불과하니까요.

이런 맥락에서 나의 드레드 락 시도는 당연한 수순이었다. 자기 변신의 결정판! 김성용이 드레드 락을 한다고 그 누가 상상이나 해봤으리? 미용실에 들어서니 스파게티 면발을 뒤집어 쓴 매니저가 자기 같은 머리 스타일을 원하냐고 묻는다.

"No! 전 더 두꺼운 스타일이 좋아요. 절 밥 말리로 만들어주세요."

　"오호, 완전한 드레드 락을 원하시는군요! 좋아요. 밥 말리처럼 잘 말
아드리지요. 걱정 마세요. 여기는 아프리카랍니다."

　유독 아프리카만이 오리지널 드레드 락의 대륙임을 강조한다. 한데 밥
말리처럼 길게 늘어뜨린 드레드를 하려면 가짜 머리카락을 이어 붙여야
한다며 그러려면 가격이 좀 비싸다고 한다.

　"얼만데요?"

　"손님은 한국에서 오셨으니 특별히 6500실링만 받을게요."

한국에서 왔으니 바가지 씌워 6500실링이나 받겠다는 심산이겠지. 한국 돈으로 대략 9만 원 돈이다. 한국에서 드레드 락을 하려면 족히 50만~60만 원은 줘야 한다고 들었기에 오케이했다. 네 시간여 동안 두세 명이 붙어서 머리카락을 엮어 붙였다. 어찌나 강하게 동여매던지 머리 가죽이 다 찢어지는 것 같았다.

머리를 하면서 미장원 내의 케냐인들을 둘러보았다. 대부분 스트레이트 파마를 하기 위해 특수 약품을 머리에 가득 바르고 있거나 긴 생머리처럼 보이기 위해 가짜 머리카락을 이어 붙이고 있었다. 이렇게 머리카락 때문에 악전고투하는 케냐 여성들을 보니 영화 〈말콤 X〉의 첫 장면이 떠올랐다. 말콤 X로 분한 덴젤 워싱턴이 한 미장원에서 스트레이트 파마 약품으로 머리카락을 펴면서 약품의 강한 화학성에 괴로워하는 모습. 그것이 이곳 케냐인들과 너무도 닮아 있었다.

이들은 왜 그다지도 정갈히 곧은 머리카락에 집착하는 것일까? 그것이 아름다워서? 아니면 백인들이 그런 머릿결을 가지고 있기 때문에? 일단은 곧은 머릿결이 더 아름다워 보이기 때문이리라. 그런데 왜 그것이 아름다워 보이는지를 따져봐야 한다. '미'라는 개념은 상대적, 가변적이며 지극히 자의적이기에 역사 속에서 형성되어 온 미국이나 유럽을 위시한 백인과 흑인 간의 위계 속에서 미의식을 재조명해야 한다.

이런 가설을 제시해 보자. 만약에 백인들이 새까만 곱슬머리를 지녔고 흑인들이 금빛의 스트레이트 헤어를 지녔어도 지금처럼 지구상 모든 이들이 금빛의 비단결 머리카락을 갖고 싶어할까? 답은 아무도 모른다. 지금 내 머리를 땋고 있는 미용사는 처음에 내 머리카락을 만지며 물었다.

"이렇게 좋은 머릿결을 가지고 있으면서 왜 굳이 드레드가 하고 싶어요? 우리는 어떻게 해서든 당신 같은 머릿결을 갖고 싶어서 안달인데 말이죠."

남의 떡이 커 보이는 것은 인지상정이지만 그들이 나의 곧은 머릿결에 'fine' 이란 형용사를 붙이는 것에 내심 씁쓸했다. 그래서 그들에게 이렇게 말하고 싶었다.

"세상에 곧은 머릿결이 있으면 반면에 당신들같이 곱슬인 머릿결도 있는 겁니다. 어느 것이든 좋고 나쁠 게 없습니다. 그저 다른 머릿결일 뿐이죠. 제 눈엔 당신들의 곱슬 머릿결이 'fine' 입니다. 그래서 전 이렇게 드레드 락을 하는 거죠."

이런저런 사회학적 상상 속에서 허우적대는 사이에 머리 땋기가 끝났다. 내심 먼저 이렇게 기장을 땋아 늘인 후에 특수 화학 처리를 통해 굵직한 드레드가 완성되리라 짐작했다. 한데 "자, 다 됐습니다. 와우! 완전 케냐 사람 다 됐네요" 하는 것이었다. 엥? 이게 전부라고? 가짜 머리로 땋아 내린 것밖에 없으면서 드레드 락이 완성되었단다. 두피가 훤히 들여다보이는 것이 좀 징그러웠다.

"분명 드레드 락을 해달랬잖아요. 이게 뭐예요?"

항의 같지도 않은 항의에 미용사 왈 "드레드 락보다 이게 더 오래가고 원상 복귀도 쉬워요. 맘에 드시죠?"

뭐야, 이것들! 자기들 마음대로 고객의 머리를 주무르고서 어찌 이렇게 뻔뻔스러울 수가 있지? 화가 치밀어 올라 당장 드레드로 바꿔놓으라고 으름장을 놓을까 싶다가도 이미 엎질러진 물이요, 기분 좋게 미용실을 나서고픈 마음에 그냥 "네…… 멋지네요" 하고 말았다. '라스터Laster' 라는 학명(?)을 지닌 내 머리 스타일은 '울트라맨' 을 외치던 서태지의 빨간 머리와 비슷해 보였다. '그래, 밥 말리 대신에 서태지도 나쁘지 않다' 자위하며 미장원을 나서니 길거리 케냐인들이 모두 쳐다보았다. 동양인이 자신들의 헤어 스타일을 하고 돌아다니는 게 신기한 모양이었다.

"Hey, laster man! Very nice!"

머리 스타일 하나만 바꿨을 뿐인데 어느새 그들의 문화에 흡수되어 가는 기분이 들었다. 지구 한 바퀴 여행의 스물네 번째 국가 케냐. 외관상 거의 완벽한 현지 적응을 마치고 기나긴 여정의 마지막을 내딛어본다. 그나저나 이 머리를 부모님이 보면 뭐라고 하실까?

여행의 끝

come
back
to
korea

'널 수 있어' 1막을 마치다

이곳은 케냐의 나쿠루Nakuru. 홍학 떼를 배경으로 웬 한국인 대학생이 지저분한 티셔츠를 입고 요상한 춤사위를 펼치며 난리 법석을 떨고 있고 다른 누군가는 이를 카메라에 담고 있다.

"성용아! 이번 건 좀 약했다. 좀 더 재밌게 춰봐."

"알았으. 이번엔 확실히 망가질 테니까 놓치지 말고 제대로 찍어야 한다. 알았지?"

"오케이! 레디, '널 수 있어' 마지막 샷, 액션!"

지구 한 바퀴 여행 자체도 그랬지만 '널 수 있어' 프로젝트 역시 설마 하는 마음으로 시작했는데 결국 이렇게 끝까지 와버렸다. 뉴욕에 있는 자유의 여신상 앞에서 첫 촬영을 했으니 8개월간 23개국에서 이 매머드급 쇼를 진행시킨 셈이다.

그러고 보면 나란 놈도 참 대단하다. 이 말도 안 되는 프로젝트를 끝까지 끌고 온 걸 보면 말이다. 누가 시킨 것도 아니요 하등의 책임질 일도 없는 이 무모한 일에 난 왜 그다지도 집착했던 걸까? 그냥 심심해서? 여행이 외로웠던 것은 사실이지만 한 번도 심심하다 생각해 본 적은 없다. 심심함을 느낄 시간 자체도 없었다. 그렇다면 이상한 옷 입고 쇼하는 게 재미있었나? 나름 체질에 맞았던 것은 사실이다. 하지만 그 재미가 이 프로젝트를 마지막까지 몰고 올 정도로 지대하지는 않았다.

때려치우고 싶은 적이 한두 번이 아녔다. 생면부지 외국인에게 이 이상한 퍼포먼스의 촬영을 부탁하는 것이 쉬운 일이 아니었기 때문이다. 물론 내가 부탁한 모든 이들은 촬영에 기꺼이 응해주었다. 하지만 영어가 통하지 않는 이에게 카메라 촬영 방법과 촬영 타이밍을 설명하는 건 정말 크나큰 인내를 요했다.

대단한 카메라도 아니고 그저 똑딱이 디카의 동영상을 찍는 것인데도 어찌나 서투르던지. 퍼포먼스가 시작되기 전에 촬영 버튼을 누르고 있다가 내가 막상 쇼를 시작하면 정지 버튼을 누르는 식이 대부분이었다. 으메, 속 터지는 거! 평균 두세 번의 촬영을 재차 부탁해야 했다. 나쁜 아니라 부탁받은 당사자들 역시 얼마나 답답했을까? 웬 동양인 하나가 이상한 옷 입고 다가와서는 촬영 한번 부탁하기에 응해주었더니 다짜고짜 두세 번 재촬영을 요구하니 말이다.

그리고 가끔은 촬영해 줄 이가 없다는 것에 상당히 난감했다. 이상하게 다섯에 한 번 꼴로는 내 주위에 아무도 없어서 프로젝트 진행하기가 힘들었다. 그럴 때는 본능적으로 삼각대가 될 만한 장소를 찾아내어 그곳에 디카를 세워두고 동영상 촬영 버튼을 누른 후 혼자 쇼를 했다. 지금 생각하니 정말 눈물겹다.

다시 본 질문으로 돌아와본다. 왜 난 이 프로젝트를 끝까지 끌고 왔는가? 그건 1년여 지구 한 바퀴 여행의 존재 이유를 이 티셔츠 하나에 담았기 때문이다.

여행 중에 수차례 '포기'를 떠올렸다. 내가 지금 여기서 뭐하고 있나 싶은 허망감에 빠져 여행의 이유를 상실한 채 헤매기 일쑤였다. 그때마다 '널 수 있어' 티셔츠가 내 여행의 이유를 확실히 각인시켜 주었다. 그 냄새 나는 티셔츠가 날 보며 이렇게 꾸짖었다.

"사회를 디자인해 보겠다며? 이 티셔츠로 너의 지구 한 바퀴 여행을 끝까지 보여주며 한국 사회를 움직여보겠다 하지 않았어? 여기서 주저앉으면 네가 디자인한 한국은 무너지는 거야."

남들은 코웃음 칠지 모를 나 혼자만의 사명감을 '널 수 있어' 프로젝트가 지탱해 주었고 그것이 내 지구 한 바퀴 여행의 원동력이 되었다. 그리고 이 티셔츠에 적힌 수많은 지구인들의 응원 메시지가 날 일으켜주었다. 여행 길에서 마주친 수많은 인연들과 헤어질 때마다 난 이 냄새 나는 티셔츠를 내밀며 그들의 언어로 내게 응원 메시지를 적어달라 부탁했다. 지금 내 티셔츠 뒷면에는 다양한 언어의 응원 메시지가 빼곡히 들어차 있다. 가히 지구 언어 컬렉션이라 할 수 있을 정도다. 여행에 지칠 때마다 이 말들을 보고 있노라면 마치 온 지구가 내게 힘을 북돋워주는 느낌이 들었다.

"용! 넌 할 수 있어! 반드시 지구 한 바퀴를 돌아야만 해."

내가 여기서 주저앉으면 그들이 날 재워주고 먹여주며 베풀었던 사랑이 무의미해질 거라고 생각했다. 또한 내 생에 이처럼 큰 프로젝트를 1년이라는 시간 동안 전 세계를 무대로 진행해 본 적이 없기에 결과야 어떻든 꼭 이뤄내 보고 싶었다. 이처럼 '널 수 있어'의 외침은 어학연수에 눈먼 한국 대학생들에 앞서 나 스스로에 대한 채찍질이었다.

385일간의 지구 한 바퀴 여행은 이곳 케냐에서 무사히 끝났다. 하지만 '널 수 있어' 프로젝트는 이제부터가 진짜 시작이다. 지금은 고작 촬영만 마쳐 1막이 끝난 것에 지나지 않는다. '널 수 있어' 프로젝트의 2막이 열리는 순간, 한국은 이 미친 프로젝트를 어떻게 받아들일까?

마지막 여행지, 한국을 앞두고

귀국, 정말 하고 싶어 미치겠다. 한데 한편으론 두렵다. 1년여간 이렇게 역마살에 휘둘려 살다가 한국에 돌아가 '정착'이라는 것을 제대로 할 수가 있을지 의문이다. 가족, 친구들과도 자연스레 다시 융화될 수 있을까? 게다가 지긋지긋한 무한경쟁에 찌들은 한국 사회가 괴물처럼 나를 옥죄어올 것 같아 걱정이다. 집으로 돌아가려니 별의별 생각이 다 든다. 숱하게 보내온 밤이었거늘 하룻밤, 오늘 밤만 보내면 귀국 비행기를 탈 수 있다는 생각에 잠이 올 것 같지 않다. 정말이다. 성용아! 넌 이제 집으로 가는 거야. 믿을 수 없는 그 일상으로 난 돌아가는 거야.

갑자기 잠결에 눈을 떴다. 그리고 생각했다.

"오늘 귀국하는구나."

점심에 여행 쫑파티를 열었다. 전 세계를 통틀어 50위 안에 든다던 그 식당, 카니보레Carnivore에서 은호와 함께 마지막 오찬을 즐겼다. 마지막이라는 생각에 돈 걱정은 접어두었다. 1인당 3만 원짜리 식사다. 완전 고기 파티다. 닭, 소, 양, 그것도 모자라 타조와 악어 고기까지 등장했다. 어제 저녁부터 굶은 탓인지 아주 잘 넘어간다. 한데 내 입이 워낙 싸구려인지 닭고기가 제일 맛난다. 그렇게 은호와 여행 마지막 식사를 마쳤다. 그러곤 공항으로 향한다. 나를 한국으로 보내줄 비행기가 있는 그곳. 오늘이 귀국 날이란 사실이 아직까지 실감 나지 않는다.

2007. 8. 21. 나이로비발 두바이행 기내

기내 라디오 방송에서 한국 노래를 찾았다. 그토록 그리던 한국 노래의 포화를 맞으니 너무 행복하다. 한국이 스멀스멀 내 안에 들어오는 느낌이다. 한국을 떠올리니 귀국 후 무얼 할지 이것저것 궁리해 보게 된다. 복학에 대한 생각은 일찌감치 접었다. 바로 복학하여 치열한 대학 생활에 내몰리면 여행 중에 쌓아온 내 자유 영혼이 좀먹을 게 뻔하다. 학교로 돌아가지 않는다면 또다시 반년간 무언가를 해야 한다. 그 무언가에 대해서 여행 내내 고민을 해왔다. 그간 설렘으로 그려온 내 장밋빛 퍼즐들이 귀국하는 순간 한국이란 괴물에 잡아먹혀 날아갈세라 기록으로 붙잡아 둔다.

1. 일단 쉰다.
2. 여행에서 스친 모든 인연들에게 무사 귀국을 알린다.

3. 미친 듯이 찍어댄 사진들을 선별하여 인화한다.

4. 스페인어 공부를 시작한다.

5. 인화된 사진을 학교 길거리에서 판다.

6. 여행 내내 궁금했던 부분을 채워줄 수업을 찾아가 청강한다.

7. '널 수 있어' 영상 편집에 착수한다.

8. 내 여행을 책으로 만들어줄 출판사를 알아보러 이곳저곳 찔러본다.

9. 집필을 시작한다(물론 오케이해 준 출판사를 찾았다는 전제하에).

10. 부산영화제 전까지 집필을 마치고 부산에 영화 보러 간다.

11. 출간 전에 '널 수 있어' 영상을 퍼뜨린다.

12. 영상 붐 업에 즈음하여 책을 출간한다.

13. 라디오 방송국에 찾아가 여행 중 수집한 50~60장의 음원을 소재로 소외된
   세계 음악을 소개하는 시간을 만들어달라 떼를 쓴다.

실은 이보다 훨씬 많다. 꿈 많은 청년 김성용! 부디 이 꿈들을 이루어
라! 꿈을 이루는 '널 수 있어'!

2007. 8. 22. 두바이공항

마지막 비행기다. 저것만 타면 한국에 간다 이거지? 보딩을 위해 줄을 서
서 게이트 입구를 바라보니 그쪽에 앉아 있는 대부분이 한국인이다. 불
과 몇 미터 앞에 한국이 보인다. 다시 들어가는구나. 이 세상. 설레고 두
렵고 긴장되고 그리고 피하고 싶어진다. 지구 한 바퀴 여행의 진정한 마
지막 여행지 한국, 난 그곳에 가는 거다.

성용아! 이제 정말 끝났다. 참 길었지? 스스로도 설마 하며 시작한 이 여행, 정말로 1년을 끌 줄은 나도 몰랐다. 성과주의에 길들여진 한국 사회는 필시 네게 물을 거야. "무얼 얻었나요?" 우린 이렇게 대답하기로 하자. "모르겠어요." 참으로 김새는 답이지만 정말 아직까지 모르겠는 걸 어쩌겠니? 얻은 것이 너무 많아서 그런지 모르겠다만 지금은 한마디로 네가 무엇을 얻었는지 끄집어낼 수가 없다.

네가 절대로 잊어선 안 되는 게 있어. 아무 조건 없이 널 재워주고 먹여주며 도와준 전 세계 친구들이야. 정말 그들의 도움이 없었으면 넌 이 여행 못 마쳤을 거야. 그들이 베풀어준 사랑을 갚는 길은 네가 받은 만큼, 아니 그 이상으로 다른 누군가에게 사랑을, 도움을 베푸는 거야. 이 점 절대 잊지 마.

나 지금 기분이 아주 이상하다. 30분 후 인천국제공항에 착륙한다는 기내 방송을 들으니까 설레기보다는 긴장된다. 지금쯤 공항에서 날 기다리고 있을 가족들 만나는 것 역시 걱정이 앞서. 어색할 것 같아서 말야. 후우…… 더 강해진 모습으로 귀국하려 했는데 이거 완전히 겁쟁이가 되어 돌아가네. 어쩌지?

내가 1년간 널 너무 굴린 건 아닌지 모르겠어. '보는 나'를 사랑하고픈 마음뿐였는데 그 사랑이 지나쳐서 네가 숨막히진 않았는지 모르겠다.

이제 다 끝났어. 더 이상 'the world traveler'가 아니라 그냥 청년 김성용으로 돌아가는 거야. 익숙한 말, 공간, 사람들로 가득 찬 그곳에서 넌 다시 사는 거야. 그동안 고마웠어. 이젠 편히 쉬렴.

epilogue

참 자유로웠다

어느덧 귀국한 지 두 달이 흘렀다. 돌아와보니 한국은 그대로다. 다들 여전히 바쁘게 살아간다. 1년 넘게 하는 일 없이 여기저기서 빌어먹고 다닌 내 눈엔 정신없이 바쁜 그들이 마냥 신기하기만 하다.

"무엇 때문에 저리도 정신없이 살아갈까?"

오랜만에 만난 친구들에게 내 여행 얘기를 하고 싶어 미치겠거늘 모두들 생의 기운을 잃은 채 그냥 하루하루를 살아가는 것 같아 할 말이 막힌다. 사회 초년생인 여자 아이들은 "일이 너무 힘들어", "사회 생활 더러워서 못 해먹겠다" 하며 투덜대고 한창 구직 활동에 여념이 없는 남자 아이들은 "취직하기 왜 이렇게 힘드냐", "갈수록 취업 문이 좁아지는 것 같아"라며 신세 한탄만 늘어놓는다. 이런 분위기에서 "성용아, 너 여행은 어땠어?" 질문을 받으면 난 그냥 "좋았지, 뭐" 하고 마는 수밖에 없다. 그네들이 뿜어대는 답답한 한국 냄새에 1년간 세계를 품었던 내 가슴이 좀먹는 듯하다.

그래서 최대한 한국과 떨어지자 마음먹었다. 곧바로 복학하지 않은 게 천만다행이었다. 만약 이 상태로 학교로 돌아가서 다시금 무한 경쟁 속에 내던져졌으면 정말 질식해 죽어버렸을 것이다. 여행 내내 그렸던 나의 귀국 청사진만 바라보았다. 토익이니 인턴이니 따위의 것들이 마구마구 손짓해 댔지만 오로지 여행의 기운만으로 살 수 있는 삶을 택했다.

당장 스페인어 학원부터 등록했다. 남미 여행에서 한이 맺혔던 스페인어를 제대로 배워보고 싶었다. 그리고 무엇보다 스페인어를 나불대고 있으면 남미에서의 그 꿈 같던 시간들이 새록새록 떠오르기 때문에 조금이나마 이 괴물 같은 한국 사회에서 벗어나는 듯한 기분이 들었다.

공부도 내 마음대로 했다. 여행이 내게 준 선물 중의 하나는 내가 무슨 공부를 해야 하는지에 대해 알려주었다는 것이다. 여행 중에 가졌던 수많은 학문적 호기심들을 풀어줄 수업을 학교, 학과에 상관없이 찾아다녔다. 가장 듣고 싶었던 수업은 중남미에 관한 것들이었다. 남미 여행 시 그곳이 너무도 사회적 상상력을 자극했던 요소들로 넘쳤던지라 그것들을 체계적으로 잡아줄 무언가가 필요했고 그것이 내겐 공부였다. 하지만 나 혼자서 낑낑대기보다는 강의를 통해 교수님들과 생각을 주고받으며 내 인식의 틀을 다잡아가고 싶었다.

인터넷에서 손품을 판 끝에 한국외국어대학교 스페인어학과에 개설된 중남미 관련 수업 몇 개를 찾아냈다. 교수님들께 조심스레 메일로 청강을 부탁드렸더니 대부분 흔쾌히 허락해 주셨다. 그래서 강석영 교수님의 '중남미 정치' 수업과 김은중 교수님의 '중남미 문화사' 수업을 청강할 수 있게 되었다(이 글을 빌어 타 학교 학생임에도 불구하고 흔쾌히 청강을 허락해 주신 두 교수님께 감사의 말씀을 드린다).

그리고 내 청춘의 놀이터, 서강대학교에서는 김재영 교수님의 '종교와 죽음' 수업을 들었다. 여행을 통해 다양한 종교를 접하게 되었고 이는 자연스레 다양한 죽음관에의 호기심으로 이어졌기 때문이다.

이처럼 귀국 후 나는 내가 듣고 싶은 강의를 신촌과 이문동을 오가며 마음껏 듣고 다녔다. 신문방송과 경영이라는 나의 전공과 전혀 무관한 이런 수업을 청강하는 내 모습에 몇몇은 우려를 표했다.

"네 전공이랑 상관없는 거 뭐하러 듣냐? 그것도 휴학까지 하면서."

이런 충고 아닌 충고를 하는 이들은 모른다. 내가 휴학을 했기 때문에 이처럼 학교와 학과를 불문하고 공부할 수 있다는 사실을. 그리고 나는 이렇게 내 멋대로 지식을 파먹고 다녀야지만 조금이나마 여행에서의 그 기운을 움켜쥘 수 있다.

신기하다. 여행을 마치고 보니 마냥 제3자의 여행으로만 느껴진다. '김성용'이란 이의 등에 업혀 그의 여행을 따라다닌 기분이. 꿈만 같다. 정말 내가 여행을 다녀온 건가 싶다. 여행지에서 찍은 사진 속의 나를 가만히 쳐다보고 있다. 사진 속의 나는 정말 행복해 보인다. 진정한 자유의 냄새가 물씬 풍긴다. 나에게 질투심마저 일 정도다.

블로그에 여행 사진을 올리면 꼭 댓글로 '자유'가 언급되곤 했다. 그러나 여행에 빠져 있을 때 난 내가 결코 자유롭다 생각하지 않았다. 그땐 여행이 일상이어서 그랬을까? 하지만 여행을 마치고 나서 돌이켜보니 그때의 '나'는 참 자유로웠다는 생각이 든다.

이제는 답할 수 있다. "여행에서 무엇을 얻었습니까?"라는 질문에 난 일생을 통틀어 가장 미칠 듯이 자유로웠던 시간을 가졌다고 말할 것이다. 그거 하나로도 난 내 여행에 한없이 고맙다고.

1년간 켜켜이 쌓아둔 이야기 보따리를 원 없이 풀어놓으니 이토록 시원할 수가 없다. 할 말은 모두 다 쏟아 부었으니 이젠 포토 스토리지에 고이 잠들어 있는 나의 '넌 수 있어' 동영상을 모아다 편집 작업을 슬슬 시작해야겠다. 성용아! 아직 갈 길이 멀다.

P. S. 고맙습니다.

존경하는 부모님, 사랑하는 동생 태호. 워크캠프 워크숍에서 나의 머리를 후려친 그 이름 모를 여대생. 자아의 청춘을 안겨준 SDaS 모든 이들. 칼리의 기적을 보여준 후안 다비드 가족들. 쿠바에서 절 살려주신 김현진 선생님과 KOTRA 조영수 관장님. 아무런 대가 없이 날 재워주고 먹여주고 놀아준 전 세계친구들. '넌 수 있어.' 촬영을 도와준 불특정 다수의 전 세계인들. 사회적 사명감으로 내게 펜대를 쥐어준 친구 서지연 기획자님. 모두 고맙습니다.

무엇보다 내가 힘들 때마다 곁에 함께 해 준 나의 벗 김은호. 너 없었으면 난 아프리카에서 흔적도 없이 사라져버렸을 거다. 고맙다 친구야.

지구 한바퀴 여행에 저를 써주신 주님의 은혜와 기적을 절대 잊지 않겠습니다.

2007. 10. 22.